# ये जीवन है

(कहानी-संग्रह)

# ये जीवन है

आशापूर्णा देवी

रूपान्तर : गीतालि भट्टाचार्य

भारतीय ज्ञानपीठ

राष्ट्रभारती
लोकोदय ग्रन्थमाला : ग्रन्थांक 670

ISBN 978-81-263-1702-8

प्रकाशक :
भारतीय ज्ञानपीठ
18, इन्स्टीट्यूशनल एरिया, लोदी रोड
नयी दिल्ली-110 003

मुद्रक : रेवाँ प्रिंटर्स, दिल्ली-110032

आवरण-चित्र : अमृतलाल बेगड़
आवरण-सज्जा : अशोक भौमिक



YE JEEVAN HAI
(Short-stories)
by Ashapurna Devi

Published by
Bharatiya Jnanpith
18, Institutional Area, Lodi Road, New Delhi-110 003
Ph. : 011 24698417, 24626467; 23241619 (Daryaganj)
Mob. : 9350536020; e-mail : bjnanpith@gmail.com
sales@jnanpith.net, website : www.jnanpith.net

**Fifth Edition : 2020**
**Price : Rs. 200**

# अनुक्रम

# हितैषी

चार वर्ष की कच्ची उम्र से जब घण्टू बाबा आदम का शिष्य था, उसी समय से उसने रोज़गार पकड़ा था।

चाहे उससे दो-तीन पैसे ही जुटते हों, रोज़गार तो था !

बस्ती के सारे बच्चे हाथ में टोकरी लेकर कोयला चुनने रेल लाइन के किनारे दौड़ जाते, घण्टू भी उनके पीछे-पीछे दौड़ता। उसकी कमर में बँधे तागे से लटका ताम्बे का पैसा नाचता रहता था साथ-साथ। बस्ती के ही कुछ लोग, जिनकी हालत इनसे थोड़ी अच्छी थी, यानी जो कमाऊ तो थे पर धनी नहीं थे, वे दो-चार पैसे देकर इनसे कोयला ख़रीद लेते। और ख़रीदती थीं आस-पास के ग़रीब गृहस्थ घरों की स्त्रियाँ। वे जलावन के नाम पर पति से पैसे लेतीं मगर काम इन पथरीले और अधजले कोयले से चलाकर कुछ पैसे बचा लेतीं।

घण्टू को प्रायः सभी पसन्द करते; क्योंकि कोयला चुनने में वह बड़े बच्चों से कम नहीं था, मगर हिसाब लगाने में एकदम बुद्धू।

एक बासी रोटी या दो सूखी डबल-रोटी के टुकड़े के बदले ही एक टोकरी कोयला उँड़ेल देता।

कुछ लोग अपने विवेक का गला घोंटकर लेन-देन का हिसाब बैठा लेते लेकिन जिसमें थोड़ा भी विवेक बाक़ी रहता, वे कहते, "क्यों रे घण्टू, जा रहा है? कोयले का दाम नहीं लेगा?"

घण्टू अकारण दाँत निपोरकर हँसता हुआ कहता—"हिः।"

दो, तीन—जिसे जो सही लगता, उतने पैसे दे देता।

पैसे मिलते ही घण्टू दौड़ जाता भूँजावाले की दुकान पर।

उन गृहस्थ स्त्रियों में ही किसी ने एक दिन एक फटा हुआ हाफ़पैण्ट देकर उससे कहा, "ऐ घण्टू, इसे पहन ले। छिः। इतना बड़ा लड़का नंगा ही घूमता है, शर्म नहीं आती?"

शर्म का एहसास अबतक उसे था ही नहीं। मगर इस प्रश्न को सुनकर घण्टू

के चेहरे पर शर्म की लाली फैल गयी। सर झुकाकर बोला, "बुढ़िया देती ही नहीं।"

"अच्छा, मैं दे रही हूँ, ले ले।"

घण्टू ने हाफ़पैण्ट ले लिया और काफ़ी संघर्ष कर पहन भी लिया। दोनों पाँव एड़ी को छूने लगे और कमर को एक कपड़े के टुकड़े से बाँधना पड़ा। फिर भी घण्टू की ख़ुशी का पारावार नहीं था।

सभ्यता की ओर यही उसका पहला क़दम था।

बुढ़िया कहकर जिसे घण्टू धिक्कार रहा था वह उसकी दादी थी। बेटा-बहू दोनों चल बसे थे। और पोता उसके लिए एक बला से अधिक नहीं था। उसका परिवार, उसकी बेटी और बेटी के बच्चों से ही बनता था। बड़ी दया करके वह सुबह-शाम दो मुट्ठी अन्न उसके आगे डाल देती। घण्टू के लिए उतना ही पर्याप्त था।

सारे बदन पर काई-सी जमी रहती थी, दाँतों पर धब्बे, बहते हुए कान—मगर घण्टू का जीवन मज़े में कट रहा था। अब हाफ़पैण्ट पहनकर ख़ुशी और बढ़ चली थी। अपने को तीसमारख़ाँ समझने लगा।

धीरे-धीरे हाफ़पैण्ट उसकी चमड़ी पर जमकर बैठ गया।

पता नहीं कैसे क्या हुआ, एक दिन घण्टू हाफ़पैण्ट पहने इठला रहा था कि उसकी बुआ फूलमणि को उसके रोज़गार का ख़्याल आया। बस लगी उसके कान ज़ोर से खींचकर पूछने, "ए छोरा! कोयले के पैसे का क्या करता है रे?"

आँ, आँ कर अपने कान वापस खींचते हुए घण्टू बोला, "मारती क्यों हो? झालचना खाता हूँ।"

"मारूँ नहीं? तो पूजा करूँ? राक्षस जैसे थाली भर-भरकर दिन में दो बार खाता है, फिर भी पेट की आग नहीं बुझती? मुफ़्त का भात आता है क्या? कल से पैसे लाकर मुझे देना।"

"नहीं।" गर्दन झुकाकर घण्टू बोला।

मगर इधर जवाब निकला उधर बुआ का एक और थप्पड़ ! उसकी झुकी गर्दन सीधी हो गयी।

"अरे ! मुँह पर जवाब भी देने लगा है? कल से मत खाना। मैं भी देखती हूँ दादी कितने प्यार से खिलाती है।"

कहने की ज़रूरत नहीं, इस ज़िद की लड़ाई में हार गया घण्टू। एक दिन भोजन नहीं मिला तो चकराकर गिर गया वह। भूँजावाले की दुकान वह कमी पूरी न कर सकी। बुआ के आगे स्वीकार करना पड़ा कि कोयले के पैसे वह मुड़ी-चने खाकर बर्बाद नहीं करेगा बल्कि सारे पैसे बुआ के हाथों में लाकर दे देगा।

मगर अगले दिन सुबह "तू शैतान है, तेरा क्या भरोसा।" कहकर बुआ ने अपनी दस वर्षीया बेटी को चौकीदारी करने के लिए घण्टू के पीछे भेज दिया।

कोयला वह भी चुनती थी पर वाचाल हो गयी थी। इसलिए बस्ती के तेरह-चौदह वर्ष के लड़कों के साथ चक्कर काटती थी। ममेरे भाई पर उसका ध्यान नहीं जाता था। माँ का निर्देश पाकर घण्टू की निगरानी के बहाने उसकी अभिभाविका बन बैठी।

अपने साथ घण्टू को लेकर घर-घर जाती, आसपास की बहुओं के साथ कोयले का मोलभाव करती और याद दिलाती रहती कि घण्टू को बुद्धू समझ अब तक लोग उसे लूटते रहे। जब दाम न जँचता तो घण्टू को लेकर झटके से बाहर आ जाती।

परिणाम यह हुआ कि अब तक जो एक-दो बासी रोटी, सूखी डबल रोटी के टुकड़े, दो मीठी बातें नसीब होती थीं, वह भी बन्द हो गयीं। जो पहले प्यार दिखाते थे, वे बोलने लगे, "देखो इस छोरे को। खुद से नहीं बन पड़ा तो लड़ने के लिए एक सरदार पकड़ लाया है।"

घण्टू के सुख के दिन लद गये।

अब पहले जैसा स्वच्छन्द विचरण बन्द हो गया, अपनी मर्ज़ी से काम पर जाना बन्द हो गया। अब सवेरा हुआ कि बड़ी-सी टोकरी लेकर निकलना पड़ता और दिन भर काम करना पड़ता।

ज़रा अनमना होकर रेलगाड़ी का आना-जाना देखने लगा या किसी गाय के पीछे-पीछे 'हट्-हट्' कर दौड़ा या पल-दो पल पैर पसारकर बैठ गया कि फुफेरी बहन बतासी दो-चार हाथ जड़ देती।

बाँस से दबिया तगड़ी होती है। धूप से तेज़ होती है बालू की गर्मी।

बुआ की भारी हथेली के थप्पड़ से उसकी बेटी की छोटी-सी हथेली की मार ज़्यादा पीड़ा छोड़ जाती।

उस पीड़ा से पीड़ित एक दिन घण्टू की अक़्ल का दरवाज़ा खुल गया। सोचा उसने—'मैं किसका हूँ? कौन है मेरा? दो जून भात के लिए अगर पैसे ही देने पड़ें तो दादी और बुआ के पास क्यों पड़ा रहूँ? बतासी की गुलामी अब और नहीं।'

इसलिए एक दिन बतासी के देखते ही देखते चलती हुई ट्रेन पर उछलकर चढ़ गया घण्टू।

लोकल ट्रेनें अकारण ही जब-तब यहाँ-वहाँ रुक जाती हैं। शरारती बच्चे इन्हीं गाड़ियों से आना-जाना करते हैं। यह कोई नयी बात नहीं है। मगर जब गाड़ी चल पड़ी और घण्टू उतरा नहीं तब बतासी फटे बाँस के से स्वर में चीख़ उठी, "अरे मुँहजले, नालायक़ उतर आ, गाड़ी चलने लगी है।"

घण्टू डरा नहीं। बतासी चिल्लाने लगी, "लौटेगा तो पता चलेगा, क्या हाल करती है माँ तेरा, तुझे यम-द्वार पहुँचाकर रहेगी।"

इतने डराने-धमकाने का भी घण्टू पर कोई असर नहीं हुआ बल्कि वह खिड़की से बाहर मुँह निकालकर अपनी जीभ और अँगूठे दिखाकर बतासी को चिढ़ाने लगा।

उसी पल बतासी समझ गयी कि घण्टू अब वापस नहीं आएगा।

हाँ ! फिर वह अपने जन्मस्थान पर वापस नहीं लौटा। महज़ सात वर्ष का घण्टू निरंकुश, स्वाधीन हो गया।

स्वेच्छानुसार मनचाहे स्टेशन पर उतर गया।

स्टेशन का नाम मालूम नहीं था और मालूम करने की इच्छा भी नहीं थी। किसी दिन चाय की दुकान से माँगकर थोड़ी-सी चाय-रोटी खा लेता तो कभी स्टेशन के होटल के पास जाकर घण्टों खड़ा रहने पर बचा-खुचा कुछ मिल जाता।

फिर भी बड़ा खुश था।

रोज़-रोज़ टोकरी लेकर कोयले चुनने के लिए दौड़ना तो नहीं पड़ता। दादी, बुआ और बतासी की डाँट तो नहीं सुननी पड़ती। यह कोई छोटा-मोटा सुख था क्या?

इस सात वर्ष की उम्र में ही दिव्य ज्ञानी घण्टू समझ गया कि सर के ऊपर किसी ऊपरवाले का न होना ही चरम सुख है।

मगर सुख की अनुभूति क्षणिक ही होती है।

इस दुःखमय धराधाम पर सुख जैसी नश्वर चीज़ और है भी क्या?

स्टेशन पर चाय का दुकानदार एक दिन उसे बुलाकर अकारण ही बरस पड़ा, "क्यों रे? रोज़-रोज़ मुफ़्त की रोटी तोड़ेगा क्या? कुछ काम-धाम किया कर।"

खाने को कुछ ख़ास मिलता नहीं था, इसलिए मुँह चिढ़ाकर घण्टू बोला, "एः। बड़ा खिलाता है। ओ-हो-हो।"

दुकानदार चिढ़कर बोला, "अरे, मेरे बाप-दादा-चौदह पुरखों के गुरुवंश का नाती है तू। मैं मर जाऊँ। तुझे पेट-भर खाना नहीं दिया ? अहा-हा-हा। बोल क्या दूँ तुझे?"

घण्टू के लिए ये शब्द नये थे। इसलिए उसने चिढ़कर जवाब दिया, "सुबह-शाम भात खाने को दो तो मैं काम कर सकता हूँ।" दुकानदार ने सोचा, बुरा ही क्या है!

पैसे की बात तो की ही नहीं छोकरे ने, शायद मालूम ही नहीं। सिर्फ़ दो बार खाना देना और बदले में चाय के बर्तन धोना, केतली माँजना, और पान लगाना। दिन-रात काम लिया जा सकेगा।

उसने घण्टू के हाथ में साबुन की टिकिया थमा दी और एक नयी गंजी और नया पैण्ट लाकर दिया।

साबुन से नहा-धोकर नये कपड़े पहनकर घण्टू जिस दिन दुकान के नीचे स्टूल पर पैर लटकाकर बैठा, उसे लगा वह बादशाह है इस दुनिया का।

काम भी बुरा नहीं था।

कम-से-कम कोयला चुनने से तो सौ-गुना अच्छा था।

केवल दो जून क्यों, दिन में चार बार खाने को मिल जाता था। काम बहुत करता था। इसलिए डाँट भी कम पड़ती थी। एक तरह से कहा जाए तो हालत पहले की अपेक्षा सुखद ही थी।

मगर वही...।

वही सुख की नश्वरता!

नसीब फूटा। एक और चायवाला बहकाने लगा उसे, "बिना मज़ूरी के काम क्यों करता है रे?"

घण्टू स्टूल पर बैठकर पैर नचाते-नचाते बोला, "मज़ूरी लेकर क्या करूँगा? सब कुछ तो मिल ही जाता है।"

"अरे बुद्धू, सब मिल जाता है, इसलिए वैसे ही मेहनत करेगा?"

"ठीक ही तो है।"

"अभी तो ठीक है। मगर किसी दिन नौकरी से निकाल दे तो तेरे हाथ में रहेगा क्या? हवा फाँकेगा?"

"क्यों निकाल देंगे भला?"

"लो! क्यों निकाल देंगे? अरे बाबा, स्वर्ग से टपका है क्या? अरे ! जब चीज़ों के दाम बढ़ेंगे तो तुझे खिलाना भारी पड़ जाएगा।"

"ठीक है, माँग लूँगा।" कहकर फिर पैर नचाने लगा घण्टू।

मगर मजूरी माँगते ही हालत बिगड़ गयी। आराम हवा हो गया। मालिक ने उसकी ख़ूब पिटाई की और धमकाया, "देख लूँगा मैं भी कौन तुझे यहाँ पचास रुपये पगार देकर रखता है।"

घण्टू की माँग सिर्फ़ पाँच रुपये की थी, यह उसके मालिक को याद नहीं रहा। स्टेशन के सारे लोग तमाशा देखने लगे। उनमें वह भी खड़ा 'हि-हि' हँस रहा था, जिसने उसे बहकाया था।

फिर रेलगाड़ी पर चढ़ बैठा घण्टू।

बिना टिकट पहले बच गया था, मगर इस बार चैकर ने पकड़ लिया। चैकर घण्टू का चेहरा देखते ही भाँप गया कि इससे कुछ मिलना नहीं है। शायद इसीलिए उसने घण्टू की गर्दन पर दो मुक्के रसीद कर दिए फिर पूछा, "काम करेगा?"

घण्टू होशियार हो चुका था, इसलिए बोला, "करूँगा, मगर पगार देनी पड़ेगी।"

"अरे बाप रे! ये तो लगता है वैसा ही है—ज़हर का पता नहीं सूप जैसा फन फैला रहा है। मैंने कब कहा कि बिना पगार के काम कराऊँगा? कितनी देनी होगी—सौ? दो सौ?"

"पाँच रुपये तो देंगे न?"

चैकर को लगा, लड़का काफ़ी काम आएगा। वह ख़ुश हो गया। उसके साले

साहब के घर नौकर की तकलीफ़ थी। उसने कान पकड़कर घण्टू को उसके सुपुर्द कर दिया।

साले साहब भी रेल के कर्मचारी थे। छोटा-सा रेल-क्वार्टर था, ऊपर-नीचे का झमेला नहीं था। काम भी हल्का था। उनकी पत्नी कोमल स्वभाव की थी। चार बार ही क्यों, अपने बच्चों के साथ सात बार खिलाती। वे जो कुछ भी खाते, घण्टू को भी दिया करती।

अच्छी कमीज़ और धोती ख़रीदकर दी थी। बिस्तर, मच्छरदानी, सब दिया था। घण्टू मानों सातवें आसमान में विचर रहा था!

महीने के अन्त में पगार के पाँच रुपये पाते ही उसके सारे दाँत बाहर निकल आए। उसे लगा जैसे कोई लॉटरी लग गयी है। अब पाने को बाक़ी ही क्या था।

मगर रुपये लेकर वह करे भी तो क्या? पैसे तो खाने पर ख़र्च हो सकते थे। और खाना तो उसे हरदम मिलता रहता था। इसलिए वह मालकिन से बोला, "ये रुपये आप ही रख दीजिए।"

"मैं क्यों लूँ? तेरे पैसे तू नहीं लेगा?"

"धत्! मैं कहाँ रखूँ? हवा में उड़ जाएँ या चूहा चट कर जाए, क्या ठिकाना।"

मालकिन ने हँसते-हँसते पैसे उठाकर रख दिये। पड़ोस में सबको घण्टू की सरलता की कहानी सुनाई—"कहता है, रुपये हवा में उड़ जाएँगे या चूहे चट कर जाएँगे।"

इस तरह तीन महीने बीत गये।

विधाता ने फिर एक हितैषी को घण्टू के पास भेजा। पड़ोस में किसी और के घर का नौकर था वह।

उसने पाठ पढ़ाना शुरू किया—"मूर्खों का सरदार है तू। तुझे तो गिनना भी नहीं आता। पता भी है कितने महीने के रुपये जमा होकर कितने होते हैं?"

घण्टू लट्टू नचाते-नचाते बोला, "माँ जी को पता है।"

"माँ जी को पता रहने से हो गया? कितने महीने से वहाँ काम कर रहा है तू?"

"क्या पता!" उस समय थोड़ी-थोड़ी सर्दी थी।

"क्या बात है। सुन मेरी बात—जा, अपने पैसे माँग ले। कहना—मेरे हिसाब के पैसे दे दो। मैं अँगूठी बनवाऊँगा।"

"अँगूठी?"

घण्टू को लगा जैसे वह स्वर्गलोक का गीत सुन रहा हो। ख़ुशी से झूमकर एक चक्कर घूम गया और बोला, "कहाँ है अँगूठी?"

"अरे बुद्धू। कहाँ होगी अँगूठी? सुनार की दुकान पर, और कहाँ! तू माँ जी

से पैसे लाकर मुझे दे, मैं ख़रीदकर ला दूँगा। लेकिन ख़बरदार! मेरा नाम मत लेना।"

निषेधवाणी भूला नहीं घण्टू। बिना कोई नाम लिये अपने पैसे माँग बैठा।

"अँगूठी ख़रीदूँगा, पैसे दो।"

मालकिन हँस पड़ी। बोली, "अँगूठी क्यों रे? कौन बहका रहा है तुझे?"

"मुझे कौन बहकाएगा ? अँगूठी पहनने का मन हुआ! बस!"

"देख घण्टू, तू न तो सोना पहचानता है, न दाम जानता है। ज़रूर कोई तुझे ठगने की कोशिश में है। किसी की बातों में न आना। अँगूठी लेनी है तो बाबू ख़रीदकर ला देंगे।"

बाबू के ख़रीदने वाली बात बहुत दूर की लगी घण्टू को। अभी होता तो ठीक होता। अपनी उँगली घुमा-फिराकर देखने लगा वह। फिर धीरज रखना कठिन हो गया।

वह क्रोध में बोल उठा, "इसका मतलब आप मुझे पैसे देना ही नहीं चाहतीं? ठगना चाहती हैं?"

इसके बाद मालकिन का हितैषी बनना मुश्किल हो गया। वे गम्भीर हो गयीं। पन्द्रह रुपये गिनकर उसके आगे फेंक दिये।

घण्टू झूमता हुआ निकल गया।

अँगूठी पहनकर शाम को ही वापस आया। हाथ फैला-फैलाकर दिखाने लगा तो मुँह फुलाकर मालकिन ने कहा, "बहुत अच्छा हुआ।"

यह भी नहीं कहा कि यह तो पीतल की है। मगर घण्टू के लिए सोना क्या और पीतल क्या?

अगले महीने उसने दस रुपये पगार की माँग की।

मालकिन का मिज़ाज ठीक नहीं था और समझ रही थीं कि बहकावे में आकर लड़का बिगड़ रहा है। उन्हें गुस्सा आ गया—"दस रुपये क्यों देने लगी रे?"

घण्टू बोला, "क्यों नहीं देंगी? सभी घर में दस-बारह रुपये देते हैं, आप ही मुझे बेवकूफ़ बनाकर ठगती हैं।"

वे समझ रही थीं कि कोई घण्टू को बहका रहा है फिर भी अपने को आपे में रखना उनके लिए मुश्किल हो गया। बोलीं, "जा, निकल जा अभी और इसी वक़्त चला जा जहाँ पचीस रुपये पगार मिले। सात बार खाने को दें, दिन-रात पतंग उड़ाने, लट्टू घुमाने दें, कंचे खेलने दें। ऐसा घर ढूँढ़ ले जाकर।"

जो उसे बहका रहा था, उसने एक नौकरी का इन्तजाम कर दिया, मगर दो दिन काम करके ही भागना पड़ा। उतना काम उसकी बारह वर्ष की हड्डी सहन नहीं कर सकती थी। दरवाज़े-दरवाज़े घूमकर एक दिन वह जगह भी छोड़नी पड़ी उसे। और पहली बार उसकी आँखों से आँसू छलक आये।

इसके बाद घण्टू को घाट-घाट का पानी पीना पड़ा हितैषियों के चक्कर में। फिर एक दिन जब पाई-पाई को मोहताज हो गया तो अपनी अँगूठी बेचने गया। पीतल को सोने के भाव बेचने की कोशिश में पकड़ा गया और जेल गया। यहाँ तक था उसका बाल इतिहास।

बड़े दिनों बाद फिर दिखाई दिया वह कोलकाता की सड़कों पर फल बेचते हुए। लम्बा-चौड़ा, गठीला नौजवान, चौड़ी छाती देखकर कोई सोच भी नहीं सकता, कितना दुःखद रहा होगा उसका बचपन। शायद सभी निर्दयी थे। इसीलिए यौवन उसपर कुछ अधिक ही सदय था।

अब जाकर आदर्श जीवन मिला है घण्टू को। आजीवन उसने इसी जीवन की कामना की थी। कोलकाता शहर में तो नाली की कीचड़ बेचकर भी पैसे मिलते, सो फल बेचकर अच्छा-ख़ासा कमा लेता था वह।

दैनिक ख़र्चा देकर घण्टू होटल में खाता, जब मर्ज़ी सिनेमा देखता, ताश के पत्तों पर जुआ खेलता, सड़क के नल पर नहा लिया करता और रात को किसी बड़े घर के 'पोर्टिको' के नीचे सो जाता था।

इससे आदर्श जीवन और हो भी क्या सकता था? घण्टू के होठों पर या तो बीड़ी होती या फ़िल्मी गीतों के बोल होते थे।

जब जी करता, धन्धा छोड़कर वह सड़कों के चक्कर काटता। उधार में भोजन, पान-बीड़ी सब मिल जाता था।

हाँ, उधार सभी देते थे उसे।

वह था भी दरिया-दिल। छः पैसे का पान खाता और दस पैसे फेंक देता। एक रुपया तीन आने का पराँठा खाकर सवा रुपये तो हमेशा ही दे देता था, उधार देता तो कभी वापस नहीं माँगता था।

ऐसे फुर्तीले बेपरवाह नौजवान से सभी प्यार करते थे।

मगर हाँ, एक मामले में घण्टू बहुत होशियार हो गया था। किसी हितैषी के चक्कर में नहीं पड़ता था।

सब कुछ लुट जाए फिर भी किसी को अपने ऊपर हुकूमत नहीं करने देता था वह।

ताश के अड्डे पर एक यार ने बड़ी कोशिश की थी पट्टी पढ़ाने की। पैसे लगाकर रोज़गार बढ़ाने को प्रेरित किया। कहा था, "रुपये पर रुपया सूद। सुबह-शाम रुपये अण्डे देगा, बच्चे देगा। पैसे लगा, दुगुना करके वापस ला दूँगा। सूद पर देगा तो दस दिन में दस रुपये के सौ मिल जाएँगे।"

मगर घण्टू अटल रहा। बोला, "नहीं यार, ऐसे ही ठीक हूँ, अण्डे-बच्चे की ज़रूरत नहीं। मुझे दस के सौ नहीं करने।"

मज़े में था, मिलता तो खाता, नहीं मिलता फ़ाक़ा करता। फिर भी मस्त था।

मगर अचानक एक दिन उसकी मस्त ज़िन्दगी को किसी की नज़र लग गयी। उसे सब कुछ बेकार लगने लगा।

क्यों रोज़-रोज़ फल बेचने निकले घण्टू, क्यों होटल में जाकर खाना खाये, क्यों ताश खेलकर हारे या जीते? और शाम होते ही सिनेमा हाल में क्यों जाए या गुनगुनाते हुए सड़कों पर क्यों घूमता फिरे?

अबतक जिन बातों से चरम सुख प्राप्त होता था अब वही सब अर्थहीन लगने लगीं। देखने में तो कारण सामान्य जैसे थे।

रोज़ सड़क के पार जिस नल पर घण्टू नहाने जाता, उसी नल को रोककर एक लड़की बैठी रहती। घण्टू का भी रोज़ का काम था नल पर जाना और नल रोकना उस लड़की का। वह वहाँ बर्तन माँजती, कपड़े धोती और बड़े कौशल से साड़ी में लिपटकर नहा भी लेती।

घण्टू कुछ दिन तो सहन करता रहा, लेकिन एक दिन उससे रहा नहीं गया। बोला, "ये तो अच्छा तमाशा है? नल का ठेका ले लिया है क्या? सिर्फ़ तुम्हें ही काम है और किसी को कोई काम नहीं ?"

लड़की इस हमले से रत्तीभर भी नहीं घबरायी। गर्दन घुमाकर, आँखों से बिजली चमकाकर बोली, "क्या काम है और किसी को? न बीवी, न बच्चा, न घर-बार, दो घण्टे रुक भी गये तो क्या आसमान टूट पड़ेगा?"

बरसों पहले एक बार घण्टू की आँखों में आँसू छलके थे। आज पता नहीं क्यों, फिर आँखें भर आयीं। शायद एक नारी से टक्कर लेने का अनुभव नहीं था, इसलिए असहाय महसूस करने लगा। जो जीवन उसे परम-प्राप्ति का आनन्द देता आज उसी पर किसी के उठाये सवाल ने उसे जबर्दस्त तकलीफ़ से भर दिया।

ख़ैर मन में जो भी हो, आँखों में रोष लेकर घण्टू फड़क उठा, "और तुम्हारे पास सबकुछ है क्या?"

लड़की के चेहरे पर अवज्ञा और भी स्पष्ट झलकने लगी। बोली, "है क्यों नहीं? माँ है, बाप है, भाई-बहन हैं।"

घण्टू ने मुँह चिढ़ाकर कहा, "है तो मैं क्या करूँ? मेरा कोई नहीं है तो तुझे क्या?"

"मेरा क्या? लोग हँसते हैं, बुरा लगता है। एक नम्बर का बुद्धू है तू। दोस्त बाज़ी में हराकर तुझे ठगते हैं, उधार लेकर वापस नहीं करते, छिः!"

बस, यही बात घर कर गयी।

सोचो तो यही कारण, नहीं तो कुछ भी नहीं।

उसी दिन से गुमसुम है घण्टू।

जो घण्टू कभी दोस्तों के लिए सबकुछ लुटा सकता था, वही दोस्तों की इस निष्ठुरता से टूट गया। अब ताश के अड्डे से बुलावा आता तो घण्टू 'तबीयत ठीक नहीं,' कहकर टाल जाता। वे उधार माँगते तो घण्टू कहता पैसे नहीं हैं।

वे कहते, "हुआ क्या हमारे घण्टू को?" खुद घण्टू को ही नहीं पता क्या हो गया? हाँ, मगर फ़िल्में अच्छी नहीं लगतीं, गुनगुनाना भी बन्द हो गया। कभी होटल जाता तो कभी नहीं।

सिर्फ़ नियमानुसार प्रतिदिन सुबह फल बेचने निकल जाता धीर गति से। गाँठ में बँधी पैसों की थैली मोटी होती जाती दिन-प्रतिदिन। क्यों न होती? अब रुपया सिर्फ़ आता था, जाता तो था नहीं।

मगर उससे क्या?

जीवन ही जब असार लगे तो पैसों से क्या लाभ।

जब वह लड़की नल के पास होती, घण्टू उधर फटकता भी नहीं, जबकि उसका सम्पूर्ण अस्तित्व चुम्बक की तरह नल की तरफ़ ही आकर्षित होता रहता। अपनी मनःस्थिति को समझ पाने में असमर्थ घण्टू दिन-प्रतिदिन सूखकर काँटा होने लगा।

ऐसे में अचानक एक दिन वह लड़की आयी और कँटीली भौंहें तानकर बोली, "ऐ! नल पर क्यों नहीं आता? नाराज़ है, मुझसे?"

घण्टू ने सिर हिलाया।

"फिर?"

फिर क्या, यह न बताकर अचानक घण्टू ने एक अजीब हरकत कर दी। कमर में बँधी रुपयों की थैली निकालकर उसके हाथ में दे दी और कहा, "ले।"

वाचाल लड़की पहली बार सहम गयी। डरकर थैली फेंक दी उसने।

दो क़दम पीछे हटकर घबरायी आवाज़ में बोली, "तेरे पैसे मैं क्यों लेने लगूँ?"

ज़मीन से थैली फिर उठाकर घण्टू निहाल-सा होकर हँसकर बोला, "ऐसे ही क्यों लेगी? बदले में जो मेरे पास नहीं है, वह दे दे—घर-परिवार, बीवी। और इस बुद्धू की हितैषी बन जा ताकि फिर कोई इसे लूट न सके।"

# आत्महत्या

मैला बिछौना, तेल-मलिन तकिया और गद्दे से सीलन भरी बदबू फैल रही है...जैसे सालभर उसे किसी ने धूप न दिखाई हो। ऐसी शय्या पर सोकर लाख टके का सपना तो देखा जा सकता है, मगर दुर्लभ प्रेयसी का सपना? कभी नहीं!

होस्टल का नहीं, घर का ही, बिस्तर मगर घर में भी यानी मोहन जैसे लोगों के घर में शायद इससे अच्छा कुछ सोचा नहीं जा सकता। सोने के लिए चार हाथ जगह मिल गयी, यही क्या कम है?

मगर एक बिछौने को छोड़कर और ऐसी कौन-सी जगह है जहाँ स्वयं को बिलकुल निश्चिन्त समर्पित कर कल्पना की उड़ान भरी जा सके। दैनन्दिन जीवन के भीषण संघर्ष में अपनी मानस-प्रतिमा को प्रतिष्ठित करने का स्थान ही कहाँ!

जीवन-लीला नहीं, जीवन-युद्ध। संसार की तुलना अब किसी नैया से नहीं, बल्कि उस टूटी हुई बैलगाड़ी से की जा सकती है जिसके पहिये कीचड़ में फँस गये हैं। पहले ज़माने में लोग घर क्या बसाते थे—पचास रुपये माहवार में दस-बारह बच्चे पाल लेते, खिलाते-पिलाते, शादी-ब्याह करते, दान-ध्यान, तीर्थ-दर्शन, कुछ भी नहीं छूटता था।

आराम से लम्बी उम्र काटते, मरने में भी जल्दबाज़ी नहीं करते थे। राम नाम जपते, पूरे होश-हवास में स्वर्ग का रास्ता नापते थे। उस ज़माने में रक्तचाप वृद्धि से सड़क पर गिरकर लोगों की मृत्यु नहीं होती थी, जैसी मृत्यु मोहन के पिता की हुई। ऑफ़िस से लौटकर, ट्यूशन के लिए जाते समय गिर पड़े और उनकी साँसें उखड़ गयीं।

फिर भी मोहन के पिता को इस बीमारी का पता तिरपन वर्ष की उम्र में चला था, मोहन की तरह तेईस वर्ष में नहीं। बीमारी का कारण संघर्ष और कठिन आर्थिक संकट था। इतने पर भी मोहन जैसे क्षुब्ध और असन्तुष्ट नहीं थे; बल्कि इसके विपरीत थोड़े में ही वे सन्तुष्ट हो जाते। छोटी-छोटी बातों पर ख़ुशी ज़ाहिर करते। उनके इस महत्त्वाकांक्षाहीन स्वभाव को देखकर मोहन का मन घृणा और वैराग्य से भर जाता, आज भी मोहन को सब कुछ याद है।

शायद उनके मानस-पटल पर किसी मानसी का वास नहीं था तभी तेलसिक्त

तकिये पर सर रखते ही वे आराम से सो जाते !... बचपन से मोहन उन्हें ऐसे ही देखता आया है।

ख़ैर, आज उनकी चर्चा अप्रासंगिक है। अन्तिम शय्या में तो उन्हें वह तेलसिक्त तकिया भी नसीब नहीं हुआ था। इसका अफ़सोस मोहन की माँ को होता रहता है, मगर मोहन को इस बात का कोई दुःख नहीं।

फुटपाथ पर मौत होने से थोड़ा-बहुत आडम्बर हुआ था लेकिन अपने उस दुर्गन्धपूर्ण सीलन भरे अन्धेरे कमरे के गन्दे बिस्तर पर बीमारी झेलकर मरने से क्या वह भी नसीब होता? ऊपर से मोहन की माँ और बहन के पास सोने का एकाध कण बचा था वह भी बिक जाता और मोहन के सर पर क़र्ज़ का बोझ कुछ और भारी हो जाता।

यह सब बातें अगर उजागर हो जातीं तो मोहन का समाज में मुँह दिखाना मुश्किल हो जाता और उस पर 'नराधम', 'हृदयहीन', 'अकृतज्ञ', जैसे विशेषण इसी दिन काम आते।

पर सोचने-विचारने पर तो कोई रोक नहीं?

बस यही एक आज़ादी हमेशा आदमी को मिलती रहेगी। मोहन मन-ही-मन पिता की सद्‌विवेचना की तारीफ़ किये बिना नहीं रह पाता।

यह सब तो इतिहास बन चुका है अब।

फ़िलहाल मोहन ने अपने आपको एक देशी बैंक में साधारण मूल्य के किराये पर लगाया है। ऐसी उसकी धारणा है। यह नौकरी उसके भविष्य और जीवन की निर्धारक है ऐसा वह सोच भी नहीं सकता। यह भाग्य की सामयिक विडम्बना ही तो है। 'दासत्व शैतान' के आगे अपनी आत्मा को बेचेगा मोहन? कभी नहीं। परिस्थिति की विवशता ही उसे अपने आपको किराये पर लगाने को मज़बूर कर रही है। जिस प्रकार पिता की मृत्यु के बाद किराये पर दे दिये घर के दो कमरे।

सामयिक विडम्बना हो या जो भी हो, दस से पाँच तक ऑफ़िस तो करना ही पड़ता है। फिर तीन घण्टे और लग जाते हैं बी.कॉम की पढ़ाई ज़ारी रखने में। बस थोड़ा-सा अवसर रात को ही मिल पाता।

अवसर मिल पाता नरक भोगने का।

उषा का चेहरा याद आते ही वह जल-भुन गया। ऐसी शय्या पर सोकर प्रेयसी का ध्यान—छिः छिः। मन-ही-मन जैसे अपने हाथों से उस मुस्कुराती छवि को मिटाकर उठ बैठा मोहन...। टूटा हुआ पंखा उठाकर ज़ोर-ज़ोर से झलने लगा। हवा मिली या न मिली, शोर ज़ोरों का होने लगा।

हर रात वह सोचता, सुबह उठकर चाहे कुछ करे न करे, एक पंखा ज़रूर ख़रीद लाएगा। पर सुबह उठकर इस तुच्छ वस्तु की याद ही नहीं रहती। पंखे के शोर से

तंग आकर मोहन उसे उठाकर फेंकने ही वाला था कि नीचे से जयन्ती ने कहना शुरू किया, "लो, शुरू हो गया भैया का पंखा ठोंकना। उफ़, दिन भर की मेहनत कर रात को ज़रा सो सकूँ, वह भी नसीब नहीं।"

सारे परिवार को एक ही कमरे में सोना पड़ता था। कमरे किराये पर देने का यही अवश्यम्भावी परिणाम था जिसे सबने मान लिया था। ग़रीबी की अनेक असुविधाओं में सबसे बुरी यही लगती थी, फिर भी विरोध करने की हिम्मत नहीं थी। महीने भर दौड़धूप कर और अपना ख़ून-पसीना एक कर मोहन जो कमाकर लाता, प्लास्टर झरे ईंट की दीवारों से बने दो कमरे चुपचाप बैठकर कुछ वैसा ही कमा लेते थे तो फिर सहन न करे तो क्या करे?

ये कमरे तो खाते भी नहीं, पहनते भी नहीं। भोर में उनके लिये उठकर चूल्हा भी तो नहीं जलाना पड़ता। इस तुलना में तो मोहन की क़ीमत कम ही ठहरेगी। तभी तो निरुपाय होकर चुपचाप कमरे में बिछे बिछावन की क़तार को रौंदकर वह अपने बिस्तर पर आकर लेट जाता।

मगर जयन्ती के कटुभाषण से वह ऐसा तिलमिला उठता कि दिल करता एक रात घर में आग लगाकर कहीं निकल जाए।...

आश्चर्य की बात थी। कितने परिवार उजड़ गये देश के दंगे में...कितने सुखी और समृद्ध परिवार...मगर मोहन के इस टूटे-फूटे घर की एक ईंट तक नहीं हिली।

पंखे को फेंकने की इच्छा को दबाकर जयन्ती के कथन के प्रतिरोध-स्वरूप मोहन उसे ज़ोर-ज़ोर से झलने लगा।

"देख रही हो माँ," जयन्ती झल्ला उठी, "जानबूझकर और शोर मचा रहा है।"

"क्या करे वह भी," तरुलता की थकीहारी आवाज़ उस अँधेरे में जैसे राहत खोज रही होती, "क्या करे बोल? इतनी गर्मी में बिना पंखा झले रहे भी कैसे? सारे दिन की मेहनत के बाद..."

"नहीं रह सकता? क्यों हम आदमी नहीं हैं क्या? क्या दिन भर गद्दे बिछा-बिछाकर सोये रहते हैं हम? मरदों की मेहनत, हुँः। दाई-महरी के काम से लेकर जूता सिलाई और चण्डीपाठ तक करना पड़ता तो समझते। दिन भर पंखे की तेज़ हवा के नीचे बैठकर वैसा शौक़िया काम तो सभी कर लेंगे।"

मोहन व्यंग्यभरी आवाज़ में बोल उठता, "एक दिन काम बदल लेते हैं आपस में। वहाँ तो 'ए बी सी डी' लिखते ही क़लम टूट जाएगी।"

तुरन्त मुखर होकर जयन्ती बोली, "हाँ टूट जाएगी। मगर इसके लिए शर्म मुझसे ज़्यादा तुम्हीं लोगों को होनी चाहिए, समझे? आसमान की ओर मुँह करके थूकोगे तो वह तुम्हारे ही मुँह पर गिरेगा, याद रखना।"

"क्यों नहीं रखूँगा! दिन-रात क्या कुछ नहीं याद रखता? ये थोड़ी-सी बात कैसे

भूल जाऊँ?"

"ज़्यादा बको नहीं भैया, जलन होती है, तनबदन में। पिताजी नहीं रहे, अब हमें ठीक से रखने की ज़िम्मेदारी तुम्हारी ही है, पता है?"

"ख़ूब पता है।" मोहन हँस पड़ता, "सिर्फ़ ठीक से रखना। माँ के गठिया का इलाज कराना, मुन्नी के पेट की बीमारी का इलाज कराना, शोभन को विलायत भेजना, और तेरी शादी के लिए एक राजकुमार ढूँढ़ लेना—ये सभी मेरी ही ज़िम्मेदारी है न!"

"बिलकुल है!" जयन्ती भी उठ बैठती। अँधेरे में भी पता चलता। ऐसे में भी उसकी बातें तीर की तरह चुभतीं।

"शर्म नहीं आती चिढ़ाते हुए? मगर आदमी होते तो शर्म से मिट्टी में मिल गये होते।"

"क्या! क्या शुरू हो गया?" तरुलता झल्ला उठतीं। लेकिन उस झल्लाहट में गुस्सा कम असहायता ज़्यादा होती। बेटी से निपट लेना उनके बस की बात नहीं फिर भी रोकना ज़रूरी था, इसलिए बोलीं—

"अरे कह लेने दो।" मोहन की व्यंग्योक्ति छुरी की तीक्ष्ण धार की तरह झलक उठती। "कहने पर टैक्स तो नहीं है न। कोई सरकारी नियन्त्रण भी नहीं, बकने दो जितनी मर्ज़ी।"

"मेरा मज़ाक़ उड़ाकर अपना दोष ढँक रहे हो भैया, पर जान लो दुनिया में एक तुम ही चालाक नहीं हो।"

"अच्छा बाबा, तू भी बड़ी चालाक है", बड़ी मुश्किल से स्वर में प्रभुता लातीं तरुलता—"अब तो सो जा। वह बेचारा दिन भर दफ़्तर में मेहनत करने के बाद अपनी पढ़ाई करता है, ज़रा-सा सोया कि उलझ पड़ी उससे। गर्मी से परेशान हुआ जा रहा है, पंखा नहीं झलेगा तो और क्या करेगा? तेरी तो हर बात में ज़बर्दस्ती चलती है। इतना बड़ा लड़का, इस खटाल में सो रहा है, यही कम तकलीफ़ है क्या?"

"कौन कहता है तकलीफ़ करने को? पाँच सौ रुपये महीना लाये और रहे शान से! तुम तो सिर्फ़ भैया की तरफ़दारी करती हो! शोभन के बारे में सोचा है कभी? इतनी छोटी उम्र में क्या नहीं करता है घर के लिए? भैया कभी दो पैसे की चीज़ लाकर भी देता है हाथ में? जैसे विलायत से साहब आये। तुम्हारे यहाँ रहकर तुम्हें निहालकर रहे हैं। ये नवाबी मुझसे तो नहीं देखी जाती।"

"तेरी बातें भी किसी के कान में शहद नहीं घोलतीं, समझी? अब कृपाकर चुप रहेगी या पार्क में जाकर रात काटूँ?" ठण्डी आवाज़ में मोहन कहता।

"जाओ न! किसने मना किया?" जयन्ती लेट जाती धम्म से। "तुम्हारे लिए तो फिर भी पार्क का बेंच है, हमारे नसीब में तो श्मशान घाट के सिवा और कोई

जगह नहीं।''

विक्षुब्ध तरुलता बोल उठीं, ''कैसी बातें करने लगी है आजकल। जब से इनका स्वर्गवास हुआ है, पता नहीं कैसी हो गयी है।''

''अच्छा? तो पिताजी के साथ मुझे भी क्यों नहीं विदा कर दिया? चैन की साँस तो लेती? ऐसी मुँहजली, उद्दण्ड, अलक्ष्मी को रखने की क्या ज़रूरत थी?'' तीखी आवाज़ में कम्पन आ जाता।

''अब क्या! शुरू कर दे आँसू टपकाना। जो जी में आये कह लिया और मुश्किल देखी तो आँसू बहाकर जीत गयी। औरत होना बुरी बात नहीं है।''

पंखा नीचे पटककर मोहन खाट से उतर जाता। छोटे भाई-बहनों के हाथ-पैर कुचलते हुए किसी तरह दरवाज़े की ओर बढ़ता।

''कहाँ चल दिया?'' आर्त्तस्वर में तरुलता पूछतीं।

''डरो नहीं! श्मशान घाट की ओर नहीं,'' मोहन हँस पड़ता ''निश्चिन्त रहो, घूम-फिरकर इसी खटाल में लौट आऊँगा। ज़रा खुली हवा में घूमकर आता हूँ।''

''तभी तो कहती हूँ 'नवाब','' फिर जयन्ती की आवाज़ सुनाई पड़ती। ''इतने लोग इस कमरे में सो रहे हैं, इन्हीं को बीच रात में हवा खाने की ज़रूरत पड़ गयी।''

''जयी, फिर?'' तरुलता अचानक हाथ बढ़ाकर जयन्ती की चोटी खींच बैठतीं। शायद अधिक कायर लोग ही कभी-कभी निर्भीक होकर अचानक एक दुस्साहस का काम कर बैठते हैं। तभी तीक्ष्ण स्वर में बोलतीं, ''तब से बकी जा रही है, तुझे मौत क्यों नहीं आती, चुड़ैल?''

अँधेरे में जयन्ती हँसती, ''उफ़, मेरी चोटी छोड़ दो। मेरे मरने से तुम्हें कुछ सुख मिलेगा क्या? कमर के दर्द से तो हिल भी नहीं पाती। नहीं तो मरकर एक बार देखने को जी करता है।''

''इतना आसान नहीं है,'' मोहन का तीक्ष्ण स्वर अँधेरे को चीरते हुए वार करता जयन्ती पर। ''मरना इतना आसान होता तो फिर क्या चिन्ता थी? इस घर में किसी को भी जीने का हक़ नहीं, समझी? तुझे नहीं, मुझे नहीं, माँ को नहीं, शोभन, मुन्नी, किसी को भी नहीं। फिर भी जीना है। जीना नहीं ज़िन्दा रहना है। इस धरती के अन्न का भागीदार बनकर ज़िन्दा रहना है। दिन-रात भाग्य को कोसकर सर पीटकर भी ज़िन्दा रहना है। लानत है।''

फटी चप्पल में से आवाज़ निकलती और फिर धीमी होती जाती। मोहन बाहर चला जाता।

तरुलता हड़बड़ाकर उठतीं और दर्द से कराह उठतीं और फिर बेटी पर ही बरस पड़तीं, ''कुलक्षणी कहीं की ! तेरे ही कारण किसी दिन मेरा बेटा आत्मघाती हो जाएगा।''

"आत्मघाती होना इतना आसान नहीं है माँ, सो जाओ चुपचाप।"

"तू तो कहेगी ही, माँ का दिल थोड़े ही है।" निराश भाव से कहतीं, "पता नहीं इतनी रात को किसलिए निकल गया..."

"क्यों सोचकर परेशान होती हो माँ, दो सिगरेट फूँककर अभी वापस आ जाएगा, देख लेना।"

बेटी की भविष्यवाणी उसे आश्वस्त नहीं कर पाती। पहले थोड़ा भुनभुनाती और फिर रोने लग जातीं तरुलता। मगर जयन्ती की भविष्यवाणी भी झूठी निकली। उस रात मोहन वापस नहीं आया, अगले दिन सुबह भी नहीं।

रुपये, ढेर सारे रुपये, अनगिनत रुपये चाहिए। पार्क की दीवार फाँदकर अन्दर एक बेंच पर लेटकर आकाश की ओर भावमग्न होकर देख रहा था मोहन। सिर्फ़ पाँच सौ रुपये महीना नहीं, ढेर सारे रुपये। घर की हर ईंट जैसे चीख़-चीख़कर यही सुना रही है—"रुपये चाहिए, रुपये।"

कितना भद्दा था जयन्ती के बोलने का ढंग? कैसा मौन तिरस्कार छिपा था माँ के चेहरे पर!

आँखों के आगे अब कहाँ है वह काले धब्बों में लिपटी झुकी हुई छत जहाँ से सारी कल्पनाएँ टकराकर लौट जाएँगी। तारों से झिलमिल खुले गगन को देखकर उसकी कल्पना बेलगाम हो गयी। कल्पना उसी ऐश्वर्य की, गिने-चुने रुपये नहीं, बल्कि इतने कि मुट्ठी भर-भरकर बरसा सके। उसी रुपये से मुँह बन्द होगा जयन्ती का। सुबोध-सुशील बने रहेंगे ज़िद्दी और अड़ियल सारे छोटे भाई-बहन, चुका सकेगा मातृऋण।... उद्धार कर सकेगा अपनी आत्मा का... ख़रीद सकेगा उषा को। क्यों नहीं? पैसे से क्या नहीं होता? उषा को भी पैसे से ख़रीदा जा सकता है। सुनने में कटु पर बात यही सच है। निर्लज्ज सच। सिर्फ़ धन चाहिए, काफ़ी नहीं, उससे अधिक। काफ़ी से भी अतिरिक्त।

यह धन अगर ऊपर से बरस पड़ता।... ऐसा होता तो मोहन के लिए चमत्कार हो जाता। पर ऊर्ध्वलोकवासी इतने मूर्ख तो नहीं। जब धन के बदले थोड़ा-सा शीतल समीर भेजने से ही तत्काल काम चल जाए तो बुरा ही क्या?

अपनी सारी माँगों, सारे प्रश्नों को भूलकर कुछ समय के लिए शान्त हो गया मोहन।...

नींद खुली तो उषा की लाली फैली थी। उठकर इधर-उधर झाँका कि कहीं गिरा-पड़ा मिल जाए कोई धन...कोई कोना नहीं छोड़ा। बेंच के नीचे, झाड़ियों के पीछे कहीं कोई हज़ार का नोट ही मिल जाए।... मिलता तो आस्तिक हो जाता, सोचा था उसने...पर बन नहीं सका। दिन भर लक्ष्यहीन-सा टहलता रहा, पर रात बिताये कहाँ उस खटाल को छोड़कर ? रातभर खुले मैदान में सोकर बिना नहाये, बिना

खाये उसे बुख़ार-सा लग रहा था। फिर दफ़्तर से कब तक अनुपस्थित रहता आख़िर?

...घर तो लौटना ही था। मगर घर में ऐसी अनहोनी उसका इन्तज़ार कर रही थी, उसे क्या पता था?

बिना रुपयों के मिले और बिना उनके ख़र्च किये ही जयन्ती का मुँह बन्द हो गया। दिन के उजाले में किवाड़ बन्दकर एक रस्सी को मरोड़-मरोड़कर अपने गले से ऐसा लिपटाया था कि उसका स्वर हमेशा के लिए रुद्ध हो गया।

घर के दरवाज़े पर आकर अपने घर को नहीं पहचान सका मोहन। कहाँ से इतने लोग जुट गये, यह भी हैरत की बात थी।

जीवन में कहीं कोई उत्सव का आयोजन नहीं इसीलिए क्या सन्तुलन बनाये रखने के लिए ही मृत्यु एक आडम्बर बनकर आ रही है उनके जीवन में? पहले पिताजी, फिर जयन्ती।

जयन्ती अब कभी नहीं बोलेगी। यह सोचकर ही बहुत हैरान हो गया मोहन। जयन्ती!

दर्द से परेशान तरुलता में दौड़कर आने की शक्ति नहीं थी इसीलिए बेटे को देखते ही रो पड़ीं वहीं से। बेटी के प्रति कभी भी कोई कर्तव्य नहीं निभा पायीं...उसे खाने को नहीं मिला, पहनने को नहीं मिला, माँ के घर में दासवृत्ति करते-करते ही जीवन से ऊब गयी थी वह... इन्हीं बातों को रो-रोकर सुनाने लगीं वह। बोलीं, ''तंग आकर मेरी बेटी ने जान दे दी अपनी।''

तंग आकर? तंग होना जानती थी क्या जयन्ती? अनपढ़, मूर्ख, वाचाल जयन्ती, जो उषा जैसी लड़की के सामने खड़ी होने के लायक़ भी नहीं थी, उसके मन में घृणा इतनी प्रबल कि गले में फन्दा डाल ले!

जयन्ती जैसी लड़की का एक मन भी होता है? एक चिन्ताजगत भी होता है?

तंग आकर मोहन आत्मघाती नहीं हुआ, हुई जयन्ती। शायद जयन्ती के लिए ही सम्भव था। अनपढ़ अशालीन थी इसीलिए शायद भावावेग का प्रदर्शन भी इतना प्रबल था। सभ्य सुशिक्षित मोहन तो तंग आकर अधिक-से-अधिक एक रात पार्क की बेंच पर गुजार सकता था, अपने नैराश्य की कड़वाहट को छिपाने के लिए दिन भर निरुद्देश्य चक्कर काट सकता था—उससे अधिक कुछ नहीं।

वह शिक्षा और सभ्यता ही क्या जो मन की आग को वश में न कर सके।

किराये की मियाद बढ़ते-बढ़ते शायद एक दिन शैतान के हाथों ही आत्मा बिक जाएगी...मगर इसके लिए आत्महत्या करना?

छिः! जैसे किसी सस्ते नाटक का फीका पटाक्षेप !!

# एहसास

खिड़की से दिखाई पड़ा। नानू की माँ का 'नानू' गेट खोलकर भीतर आ रहा है। भैंस के जैसे काले, पथरीले बदन पर कोरा लाल गमछा लपेट रखा है, कोरे थान की धोती पहने, बाल इतने रूखे जैसे रस्सी हों।... इधर-इधर देखते-देखते सावधानी से भीतर आ रहा है।

देखते ही बदन में आग लग गयी।

ज़रूर ही ''माँ के 'श्राद्ध' में कुछ देना होगा'' बाबू, इसी का रोना लेकर आया है। और क्या हो सकता था? अब माँ की मौत का नाम लेकर कुछ दिन के गाँजे का ख़र्चा तो उठाना ही था! अब तक उसकी अधमरी-सी माँ अपना ख़ून-पसीना एक कर इसी बात को निभाती रही! मगर सिर्फ़ नशे का ही ख़र्चा? नानू के उस पथरीले साँचे को बनाये रखने के सारे उपकरण कौन जुटाता आया अपने-आप को निचोड़कर? दिन-रात ख़ून-पसीना एक कर, कितनी तरक़ीबों से जो कुछ कमाती थी, सबकुछ तो उस नालायक़ गंजड़ बेटे के नैवेद्य में ही लुटा देती।

केवल चार-पाँच घर बर्तन माँजना ही तो नहीं। जब देखो—नानू की माँ हड़बड़ाकर चली जा रही है। जा रही है एक बाल्टी कपड़ा साबुन लगाकर धोने, चली जा रही है एक टोकरी गोबर लेकर गोयँठा डालने, चली जा रही है किसी के बाज़ार का सामान ढोते हुए।

इस छोटे से मुहल्ले में नानू की माँ को न पहचानने वाला कोई नहीं। जब नानू सालभर का था, तब नानू के माँ-बाप, पता नहीं कैसे-कैसे, कहाँ से होकर, यहाँ पहुँच गये थे। या शायद अकाल पीड़ित होकर ही चले आये थे। नानू का बाप मोती राजमिस्त्री का काम करता था, लेकिन कितने दिन कर सका? एक दिन अचानक मर गया, बीवी-बच्चे को डुबाकर। नानू तब ढाई वर्ष का था।

तब से नानू की माँ का जीवन-संघर्ष चल रहा है। दो-तीन घर और पकड़ लिए उसने। भीतर-ही-भीतर नानू विशाल और भयंकर होकर बढ़ता चला गया। उसके साथ गंजड़ भी।

सुना है गाँजा पीने से चेहरा सूख जाता है। नानू उसका व्यतिक्रम है। माँ-बेटा आकृति और प्रकृति दोनों में ही विपरीत।

"जवान बेटा जंगली सूअर की तरह यहाँ-वहाँ घूमता रहता है, और चमगादड़ जैसी माँ तू जी तोड़कर मेहनत करती उसे खिलाने के लिए—इतना सर पर चढ़ाना क्यों?..." यह पूछने पर नानू की माँ सहज भाव से बोलती, "नहीं तो छोड़ेगा क्या बाबू? वह राक्षस हड्डी-पसली एक कर देगा मारकर। भूख लगने से अभागे को कुछ दिखाई-सुनाई नहीं पड़ता। घर के काम में एक तिनका तक हिलाता नहीं, दिन नहीं, रात नहीं, कहाँ-कहाँ घूमता रहता है, और पेट में आग लगे तो साँड जैसे चिंघाड़ते हुए आएगा और कहेगा—जल्दी भात दे। एक मिनट रुकेगा नहीं, बाबू। देर होने से हमको पकड़कर अइसे मार कि तइसे मार!"

बड़े सहज ढंग से कहती। इस कथन में कहीं कोई दुःख या नाराज़गी नहीं झलकती है।

मज़े की बात तो यह है कि नानू का वह पेट दिन में कम-से-कम तीन-चार बार दहक उठता है, और उस ज्वाला की निवृत्ति भात छोड़कर और किसी चीज़ से नहीं होती। यहाँ तक कि कभी ग़लती से भी अगर भात की जगह चूड़ा-मूढ़ी या मालिक के घर से लायी बासी रोटी सामने लाकर रख दी, तो वह माँ के मुँह पर फेंककर बोलता, "यह पिण्ड अपने बाप के श्राद्ध में दे जाकर।"

ये सब कहानी नानू की माँ लोगों को सुनाती, अपना दुःखड़ा रोती। अन्त में कहती, "भात बिना नालायक़ राक्षस को आँख से कुछ सूझता नहीं। करें तो क्या करें?"

नानू की माँ अपना पेट पाँच घर की रोटी-चाय से ही भरकर हाँडी का सारा भात नानू के आगे ही धर देती। पर बेटे के विषय में नालायक़, राक्षस, अभागा, दुश्मन जैसे विशेषणों के बावजूद नानू की माँ का अपार पुत्र-स्नेह किसी से छिपा नहीं था।

बेटे के लिए सारे पड़ोस के 'दादाबाबुओं' के छोड़े हुए शर्ट-पैण्ट से अपना घर भर डालती। नानू की माँ नानू को क्या-क्या खाना पसन्द है, उसकी एक लम्बी तालिका पेशकर पड़ोस की गृहिणियों से कुछ-न-कुछ बटोरकर ले आती।

पर यह सब तो बीती बातें हैं।

आती है नहीं, आती थी।

अभी तो हाल में जिस दिन भोर-अँधेरे किसी खटाल से गोबर चुनने को गयी उसी दिन भागती हुई लॉरी के नीचे नानू की माँ ने अपनी अन्तिम शय्या बिछा ली।

नानू की माँ की मौत से सभी को बड़ा आघात लगा, ऐसी बात नहीं, मगर ऐसी बेमौत पर सभी के मुँह से 'आह' निकल गयी। और नानू की माँ कितना अच्छा बर्तन माँजती थी, कितने साफ़ कपड़े धोती थी, इन सबका उल्लेखकर सभी ने उसके लिए यह यश वाक्य कह दिया, "नानू की माँ जैसी और कोई नहीं होगी।"

चिन्ता की अगली धारा ऐसी रही, "बुढ़िया मरकर जी गयी। उस नालायक़, मूरख बेटे से तो छुटकारा मिल गया। जब तक ज़िन्दा रहती, वही बेटा उसे भून-भूनकर खाता।" तो नानू की माँ जलने से बच गयी तो इसका अर्थ यह तो नहीं कि नानू मुहल्लेवालों को जलाने लगे? यह कैसे होने दिया जा सकता था!

नानू को गेट से आते देखकर अपने-आप को कठोर कर लिया मैंने और मन-ही-मन तैयार होने लगा—नानू अगर रो-धोकर सहायता माँगे तो कैसे कठोर जवाब देकर जीवन भर के लिए उसकी आशा की जड़ पर वार कर दूँगा! पहली ही रात बिल्ली को चुप करा दो तो अच्छा। एक बार दया दिखाई कि फँस गये! माया-ममता के घर में ताला लगाकर रखना ही बुद्धिमानी है। अतः बुद्धिमान होने का स्थिर संकल्प कर बैठा।

मगर यह क्या?

यह कैसी अनहोनी प्रार्थना नानू की? नानू की प्रार्थना की वस्तु रुपये-पैसे नहीं, भात-कपड़े नहीं—सिर्फ़ एक तस्वीर।

"तस्वीर!" हैरान होकर पूछा मैंने, "'तस्वीर' मतलब? किसकी तस्वीर? कैलेण्डर की?"

क्या पता, शायद अभागा दीवार पर टँगे किसी कैलेण्डर की सुन्दर नारी मूर्ति पर ही मर मिटा हो। परन्तु चेहरे के भाव कुछ और ही कहते।

मेरे प्रश्न को सुनकर नानू ने अपनी लाल-लाल आँखें उठाकर देखा। गाँजाखोरों की आँखें लाल ही होती हैं, उसमें कोई नयी बात नहीं। मगर नानू की वे लाल-लाल आँखें कितनी बड़ी हुआ करती थीं, ऐसे भीतर धँस गयीं कब? इन थोड़े दिनों में उसका चौड़े थाल जैसा चेहरा सूखकर छड़ी जैसा कैसे हो गया?

अर्थात् पेट-पूजा ठीक से न होने पर उसका पर्वत जैसा आकार भी डगमगाने लगा। खाना-पीना नहीं मिल रहा होगा शायद। मगर यह बात पूछकर ज़िम्मेदारी अपने ऊपर लेने की हिम्मत नहीं होती।

सच ही तो है। एक माँ के सिवा त्रिभुवन में उसका और कोई सगा था भी तो नहीं। किसे पड़ी है कि उसके लिए भात पका दे?

भात का ख़र्चा ही कौन देगा?

नानू की माँ की वह बात याद आ गयी—भात बिना सब जगह अँधेरा दीखता है नालायक़ को।

आज के दिन कुछ खाकर जाने को कह देता तो अच्छा होता...। नहीं, ज़रूरत नहीं। 'कंगाल को साग का खेत नहीं दिखाना चाहिए।' यह ऋषि वाक्य है। दिखाने का अर्थ ही है नहर खोदकर मगरमच्छ को आमन्त्रित करना।

नहीं, नहीं, उसे कुछ सीख मिलनी चाहिए।

अब समझ में आएगा कितने धान से कितना चावल निकलता है। समझ में आएगा कि हाथ-पैर नहीं हिलाने से भात जुटता नहीं।

लड़के का चेहरा बहुत ही सूखा हुआ था। हट्टा-कट्टा चेहरा जब सूखता है तो और भी करुण लगता है। मगर लगता है किसी-न-किसी की स्नेह-छाया मिल ही गयी है। नहीं तो कौन उसे शुद्ध करने के लिए नयी धोती, नया गमछा दे गया?

कौन दे गया पूछते हुए भी सँभल गया। जवाब पाने का अर्थ ही है, अपने दोष को उभारना। दूसरे लोग मानवता दर्शा रहे हैं और मैं नहीं, यह कोई सुखद अनुभूति नहीं है।

उससे तो अज्ञानता ही भली।

अज्ञानी को अपराध का बोध नहीं होता। वह कुछ देर चुप रहा।

नानू भी।

सर झुकाकर नानू अपनी कठोर उँगलियों से धरती पर लकीरें खींचता रहा।

फिर लम्बी साँस छोड़कर बोला, "नहीं बाबू, वह तस्वीर नहीं, फ़ोटोवाली तस्वीर! छोटे भैया की शादी के समय सब लोगों को लेकर जो 'ग्रुप' फ़ोटो करवाया गया था—वही एक चाहिए।"

सुनकर तो और भी हैरान हो गया।

छोटे भैया की शादी के समय का ग्रुप फ़ोटो? उस फ़ोटो से तुझे क्या काम?

नानू अपने कोरे गमछे के कोने से आँखें पोंछकर भर्रायी आवाज़ में बोला, "उसमें माँ है, बाबूजी।"

"उसमें माँ है? तेरी?

नानू उदास स्वर में बोला, "हाँ बाबू, बड़े भैया के मुन्ने को गोद में लिये—"

पता नहीं था मुझे। ध्यान से कभी देखा भी नहीं।... मगर बात क्या है? सचमुच मातृ-भक्ति उमड़ने लगी या यह भी कोई चालबाज़ी है। शायद हमदर्दी जगाकर असली बात पर आ जाएगा।

गम्भीर स्वर में मैंने कहा, "माँ की तस्वीर उसमें है तो क्या हुआ? ले जाकर पूजा करेगा?"

नानू ने अपनी लाल-लाल आँखों को एक बार उठाकर ही सर झुका लिया। उसी तरह ज़मीन पर अदृश्य लेखन की लकीर खींचते-खींचते और भी उदास स्वर में बोला, "उसी के लिए तो माँग रहा हूँ, बाबूजी। घर के कोने में पीढ़े पर बिठाकर रोज़ सवेरे फूल चढ़ाकर पूजा करूँगा।"

"क्या बोला? सचमुच माँ की तस्वीर की फूल देकर पूजा करेगा?"

कठोर स्वर में मैंने कहा, "नालायक़, पाजी, बन्दर कहीं का, नखरे दिखाने के लिए और कोई जगह नहीं मिली? जीवन-भर माँ को सताता रहा, मार-पीट करता

रहा, अब मातृ-भक्ति दिखाने चला है?''

आवाज़ कुछ अधिक ही कठोर हो गयी।

मगर नानू का स्वर इतना कर्कश था, यह तो पता नहीं था। अचानक नानू अपने कठोर कर्कश स्वर को और भी बीभत्स बनाकर ज़ोर-ज़ोर से रो पड़ा, ''समझ में नहीं आया बाबू। पहले समझ में नहीं आया। भगवान का बनाया ये चाँद, सूरज, ये हवा, रोशनी, ध्यान लगाकर देखा कभी? जन्म से ही माँ को उसी भगवान के चाँद-सूरज की तरह देखता आया। कभी कुछ बदलाव नहीं। कभी नहीं सोचा, माँ किसी दिन मर जाएगी।''

# कैक्टस

निहायत ज़रूरत के समय वांछित वस्तु का हाथ लग जाना मनुष्य के भाग्य में कभी-कभार ही होता है।

भारती के भाग्य में वही दुर्लभ घटना घट गयी। ख़बर मिलते ही भाग्य की इस अप्रत्याशित करुणा पर ख़ुशी से पागल हो गयी भारती।

उस ख़बर को पाने के बाद उस दिन जब तक भी वह कॉलेज में रही सोचती रही कि किस भाषा में, किस ढंग में यह ख़बर शिशिर को सुनाएगी।

कब सुना सकेगी।

सच ही है, मकान की चिन्ता में जब भारती और उसके पति परेशान हो रहे हैं, नये-नये अपमान की ज्वाला, नयी कड़वाहट से मन पीड़ित हो रहा है, हर छुट्टी का दिन दोनों मकान की खोज में ही बिता रहे हैं और अख़बार खोलते ही सर्वप्रथम पाठ्य समाचार 'मकान और ज़मीन' का कॉलम ही होता है, ऐसे समय में यह समाचार जैसे विधाता के हाथों आशीर्वादी फूल की तरह ही लगता है।

हालाँकि घर में समस्या होने का कोई कारण नहीं था, क्योंकि जिस मकान में वे लोग किराये से रहते थे उस घर में सुविधाएँ ही अधिक थीं। मगर कुछ दिनों से मकान मालिक को ही ये लोग नापसन्द होने लगे थे।

प्रतिदिन बढ़ रहे मकान-किराये की ख़बर सुन-सुनकर उनके मिज़ाज भी सातवें आसमान पर पहुँच चुके थे। असर पड़ा था इतने दिनों से रहते आये किरायेदारों पर।

जब भारती की शादी भी नहीं हुई थी, तब से शिशिर यहीं है। शादी के बाद दुल्हन के रूप में इसी घर में आयी। आकर देखा—नीचे मकान मालिक, ऊपर ये लोग रहते हैं। मगर मकान मालिक होकर भी अपनों जैसा व्यवहार था उनका।

शिशिर की माँ के साथ मकान मालकिन की गहरी दोस्ती थी। शिशिर की माँ की मृत्यु के बाद वही माँ-मौसी की तरह इनकी देखभाल करती रही, "बहू, बहू" कहकर बीस बार ख़बर लेती रही। सुख-दुःख में अभिभावक की भूमिका निभाते रहे थे वे लोग।

मगर कालक्रम में वे अभिभावक ही अब पराये-सा बर्तावकर रहे हैं। एक साथ

दो-दो चूल्हे जलाकर भारती के सोने के कमरे की खिड़की के पास छोड़ जाते, रात के नौ बजते-बजते गेट पर ताला मार देते, भारती के घर के कपड़े बरामदे पर सूखते देखकर ही चिल्लाना शुरू करते—कपड़े माथे पर लग रहे हैं, भारती के बेटे की गेंद अगर आँगन में गिर जाती तो सीधे उठाकर सड़क पर फेंक देते। और जब भी मौक़ा मिलता, भारती और शिशिर को लक्ष्य बनाकर जिसे पाते उसे ही बुलाकर उपदेश देने लग जाते—"और चाहे जो कर लो भैया, कभी भी घर को किराये पर मत देना। ये किरायेदार इतने ख़तरनाक होते हैं कि एक बार डेरा गाड़ लिया तो ज़िन्दगी-भर नहीं हटेंगे। पुरखों तक रह जाएँगे।

ऐसे ही कुछ-न-कुछ कहते रहते।

यानी किरायेदार भगाने की हर तरक़ीब वे आजमा चुके थे। भारती और शिशिर के लिए यह स्थिति अत्यन्त पीड़ादायक रही।

विशेषकर सुना-सुनाकर कही गयी बातें हज़म नहीं होतीं। अपमानजनक कार्यों से अपमानजनक बातें और भी पीड़ादायक होती हैं। और उसी की मात्रा बढ़ती जा रही है।

कारण शायद एक ही है—विश्वव्यापी मूल्यवृद्धि। पिछले हफ़्ते अख़बार में विज्ञापन देखा—"दो कमरे, रसोईघर, बाथरूम—दो सौ पचास रुपये"—इसी हफ़्ते वह बढ़कर तीन सौ पचीस, अगले हफ़्ते शायद बढ़कर...ख़ैर। इसी बहाने अब तक का सौहार्दपूर्ण वातावरण कटुता में बदल गया, यही अफ़सोस की बात है। और यह कटुता इतनी निर्लज्ज रूप ले चुकी है कि सच्चे दुश्मन भी शरमा जाएँ।

सुबह-सुबह एक नयी बात और हो गयी।

ऊपर, पता नहीं किस कारण, बण्टू कुछ ज्यादा ही ऊधम मचा रहा था, अचानक नीचे से मकान-मालकिन व्यंग्यपूर्ण शब्दों में बोली, "बहू, ओ बहू, बच्चे को थोड़ा सँभालकर रखो बेटा, ग़रीब की टूटी-फूटी झोंपड़ी ढह जाएगी। इस जन्म में खाली भी तो नहीं होगी कि थोड़ी मरम्मत करा लूँ।"

भारती के कॉलेज जाने का समय हो रहा था, इसलिए बात बढ़ायी नहीं उसने। जहाँ तक सम्भव होता वह अपनी तरफ़ से बढ़ाती भी नहीं। केवल अपने आठ वर्ष के बेटे से मिन्नत कर आयी कि ऊधम नहीं मचाये।

मगर आज पता नहीं किस बात की छुट्टी है स्कूल में और इधर माँ-बाप की छुट्टी नहीं, ऐसा सुनहरा अवसर कभी-कभी उसके हाथ लगता है। अतः बण्टू माँ की मिन्नतों को नज़रअन्दाज़ कर और बाई की परवाह न कर मनमानी करता रहा।

क्या पता, लौटकर कैसी परिस्थिति से सामना हो भारती का। और पहले? जब बण्टू और छोटा था? यही लोग दिन-रात बण्टू को अपने पास रखते थे, नहलाते, खिलाते, सुलाते थे।

शायद उन्हीं के आग्रह और स्नेह के कारण ही कॉलेज की नौकरी बहाल रख सकी थी भारती। कितना प्यार जताकर यही लोग कहा करते थे–"तुम लोग धन्य हो बहू। आजकल की लड़कियाँ...। घर-बार सँभालती, पकाती, खिलाती और उधर मोटी रक़म कमाकर भी लाती हो। हम तो कुछ भी नहीं करते, इतना तो कर सकते हैं न?"

चक्का घूम गया।

बदल गया सब कुछ।

अब हवा में बातों के तीर छोड़े जाते हैं। अब बण्टू को छोड़कर जाती तो इस प्रकार के तीर कान पर आकर चुभते–"माँ चली बैग लटकाकर, सज-सँवरकर, अब बेटे की धमाचोकड़ी को भोगें पड़ोसवाले! अच्छी मुसीबत हो गयी है।" ऐसी अभद्र टिप्पणियाँ करनेवाले वे ही थे जो बण्टू को 'चाँद का टुकड़ा' कहकर प्यार किया करते थे और उसकी जन्म-सम्भावना के दिनों में भारती को अचार खिलाते और हज़ारों उपदेश दिया करते थे।

हो सकता है, बहू बनकर आयी भारती की बढ़ती हुई डिग्रियाँ और फलस्वरूप कॉलेज की अध्यापिका बन जाना ही उनकी निराशा का एक और कारण हो।

ख़ैर, यह भारती के सोचने की बात नहीं है।

भारती के सोचने की बात यह है कि उसकी घर की समस्या के समाधान का एक सुयोग आ गया है। कॉलेज के अधिकारी उसे कॉलेज-हॉस्टल के सुपरिटेण्डेण्ट का काम सौंपना चाहते हैं, जिसके फलस्वरूप उसे एक अच्छा ख़ासा क्वार्टर मिले जाएगा।

कॉलेज पुराना है मगर हॉस्टल की बिल्डिंग बिलकुल नयी। आधुनिक सुख-सुविधा के उपकरणों से सज्जित। एक तरह से अत्यन्त ही आकर्षक, इसमें सन्देह नहीं। जब से यह प्रस्ताव मिला है, वह अत्यन्त प्रसन्न है।

हालाँकि कहा तो उसने यही कि 'सोचकर कल जवाब दूँगी', मगर मन-ही-मन जानती थी सोचने को कुछ है ही नहीं। वह ज़िम्मेदारी भारती अच्छी तरह निभा सकेगी, इतना आत्मविश्वास था उसमें। ऐसे कामों में सबसे ज़रूरी है अच्छा बर्ताव। वह हारेगी नहीं। उसके बाद रही परिकल्पना। वह सब हो जाएगा।

घर लौटकर और जवाब देने से पहले ही वह अपनी कार्यप्रणाली ठीक करने लगी।

लौटकर देखा तो बण्टू खेलने निकल गया था। बाई चूल्हा जलाकर दूध गर्मकर रही है। कोयले का चूल्हा। देखते ही भारती को याद आ गया वहाँ गैस स्टोव होगा। कितना साफ़-सुथरा, कितना सुन्दर सरल। अब तक पुरानी बची-खुची चीज़ों से ही गृहस्थी चलाती रही, कभी अपनी रुचि के अनुसार आधुनिक ढंग से नहीं चला सकी,

अब शायद नसीब का दरवाज़ा खुल जाएगा।

बाई से बोली, "शारदा, बण्टू को दूध पिलाये बिना ही छोड़ दिया क्या?"

शारदा भारती की मान-मर्यादा की परवाह न करते हुए बोल उठी, "अच्छा कहा आपने? इतना सीधा लड़का है आपका कि छोड़ने से जाएगा और नहीं छोड़ने से घर में बैठा रहेगा।"

"फिर भी। दूध पीने तक उसे रोककर रखना चाहिए था। उसकी छुट्टी होने से ही यह मुसीबत हो जाती है। दिन-भर खूब शैतानी की उसने?"

"शैतानी!" आवाज़ को और चढ़ाकर शारदा बोली, "शैतानी या...। मकान मालकिन तो ऊपर आकर कितना कुछ सुना गयीं।"

यह शिकायत कोई नयी नहीं है।

भारती सुनकर दुःखी होती, लज्जित होती, बेटे को डाँट लगाती।

आज लगा, अजीब बात है। छोटे बच्चे शरारत नहीं करेंगे? इसके लिए वह आकर बुरा-भला सुना जाएँगी? इतनी हिम्मत कैसे होती है? इसीलिए न कि हम अपनी मान-मर्यादा की रक्षा नहीं कर पाते हैं, ताव दिखाकर सामने से चले नहीं जाते हैं? यही न? ठीक है, अब कोई दुविधा नहीं, कल ही जवाब दे दूँगी।

शिशिर के इन्तज़ार में बेचैन हो उठी भारती।

और एक बार मन-ही-मन सोचा उसने, किस प्रकार यह ख़बर सुनाएगी। थोड़ा मुस्कुराकर, थोड़ा संकुचित होकर—हाँ, थोड़ा हँसकर, थोड़ा चिन्तित-सा मुँह बनाकर भारती बोल उठी, कॉलेज में तो आज एक काण्ड हो गया।"

शिशिर हँसकर बोला, "तुम्हारे कॉलेज में तो रोज़ ही काण्ड होता है। हुआ क्या?"

"नहीं, मतलब और कुछ नहीं, मेरे पास एक प्रस्ताव आया है।"

"अरे, तुम तो एक रहस्य की तरह धीरे-धीरे बात को खोल रही हो। प्रस्ताव है क्या? विदेश भेजना चाहते हैं तुम्हें?"

"तुम तो हमेशा ही मेरा मज़ाक़ उड़ाते हो। सुनो महाशय, बताती हूँ। वे लोग मुझे कॉलेज-हॉस्टल की परिचालिका बनाना चाहते हैं।"

शिशिर हैरान होकर बोला, "अच्छा? तुम्हें ही अचानक योग्य कैसे समझ लिया?

"योग्यता देखी होगी अवश्य" गर्दन हिलाकर एक तरुणी की तरह हँसते हुए बोली, "गुण है अन्दर। केवल तुम्हें दिखाई नहीं पड़ता।"

"वही देख रहा हूँ। अच्छा तो तुमने फट से 'हाँ' तो नहीं कह दिया न?"

किया तो नहीं था पर शिशिर के कहने के अन्दाज़ से अचानक थोड़ी नाराज़ हो गई। जितना ख़ुश होना चाहिए था, हुआ तो नहीं। हाँ, असली बात अभी सुनी भी तो नहीं। मतलब जानी हुई बात है पर ध्यान नहीं आया होगा ज़रूर। फिर भी

अपंनी नाराज़गी को छिपा नहीं सकी। बोली, "क्यों? हाँ करने में दोष क्या?"

शिशिर समझ गया कि भारती नाराज़ हो गयी है। मगर पता नहीं क्यों आज शिशिर ने इसकी परवाह नहीं की, अपने आप को रोका भी नहीं, बल्कि उसे मज़ा आने लगा। पर गम्भीर स्वर में बोला, "नहीं, दोष कुछ नहीं, पर काम इतना सरल नहीं है।"

"मगर कठिन कार्य में ही तो ख़ुशी मिलती है।"

"वह अलग बात है। वह तो गणित के कठिन प्रश्नों को सुलझाने की बात है। यह कुछ और है। काफ़ी गोलमालवाली बात है।"

भारती हँस पड़ी है, "ख़ुद गोलमाल करनेवाले के साथ ही गोल-माल होता है। ख़ुद ईमानदार रहने से 'माल' को गोल नहीं करने से मुश्किल कहाँ?"

"ऐसा मत सोचो। याद रखना ये लड़कियाँ इस युग की छात्राएँ हैं। 'असन्तोष' जिनके इष्टदेव हैं और 'विरोध' जिनका दीक्षामन्त्र।"

दृढ़ स्वर में भारती बोली, "यह भी इस युग का एक फ़ैशन है। इन छात्रों की निन्दा करना। ये जो देखते हैं, वही सीखते हैं। हम ख़ुद ही कौन सा धैर्य, स्थिरता, सन्तोष और सभ्यता का आदर्श प्रस्तुत करते हैं इनके आगे? अगर हम स्वयं शिक्षित, दीक्षित, निर्विकार चित्त होकर दिखा सकते तभी पता चलता दोष कहाँ है। ख़ैर हमारी लड़कियाँ वैसी नहीं हैं। वे मुझे बेहद चाहती हैं।"

"विशेष जगहों पर परिवर्तन भी आता है।" हँसकर शिशिर बोला, मौसीजी भी तो तुम्हें कितना प्यार देती थीं। दिन-रात बहू-बहू...।"

भारती भी हँस पड़ी। बोली, "हाँ, वह एक उदाहरण की पराकाष्ठा है, मानती हूँ। फिर भी वह प्रस्ताव मैं हाथ से जाने न दूँगी। इतना बड़ा आकर्षण छोड़ा नहीं जा सकता। कम-से-कम मौसीजी के हाथ से तो छुटकारा मिलेगा, बस इसी ख़ुशी में। यह काम लेने का अर्थ ही है एक सुन्दर, सुदृश्य, सुरम्य वास-भवन।"

हाँ, ऐसे ही बातों में उलझा रखा था। भारती ने। इतनी देर बाद बोलने का अवसर मिला। सोचा उसने, अब रोशनी चमक उठेगी शिशिर के चेहरे पर। मगर कहाँ?

वह आशा किसी अदृश्य दीवार से टकराकर लौट आयी।

शिशिर ने व्यंग्य से कहा, "तो फिर वह वास-भवन ले रही हो क्या?"

अरे! यह कह क्या रहा है? भारती मन-ही-मन हँसकर सम्भावना के पंख पसारे एक असीम सुखद आकाश में सैर करने लगी।

"नहीं लूँ? जब से सुना है, मैं ख़ुशी से पागल हो रही थी, सोच रही थी कब तुम्हें यह ख़बर सुना सकूँ! और तुम तो चिन्ता में डूब गये। इतना सोचने का क्या है? मैं अगर काम में खोट रखकर जीतने की कोशिश न कर दिल लगाकर मेहनत

करूँ, तो लड़कियाँ असन्तुष्ट क्यों होंगी? यह सब सोचकर डरो मत। अहा, अगर हमारा वह क्वार्टर तुम देखते। बिलकुल एक तस्वीर है। देखना कैसे सजा लेती हूँ ! और मकान छोड़ देने से तुम्हारी मौसीजी भी शायद..." हँस पड़ी भारती।

बोल उठेंगी, "तुम लोग जा रहे हो, हम रहेंगे कैसे..., कहकर रो ही पड़ेगी। दुनिया में असम्भव कुछ भी नहीं है।"

भारती की बात शायद सच ही थी। दुनिया में असम्भव कुछ भी नहीं है। तभी तो भारती के साथ सुर मिलाकर शिशिर भी हँसा नहीं, बल्कि फट से बोल उठा, "मकान एकदम छोड़ देने का सवाल उठता कहाँ है? क्वार्टर तो मिल रहा है तुम्हें।"

"यह क्या बात है। मुझे मिल रहा है का मतलब? सिर्फ़ मुझे रहने देंगे क्या? मेरे पति और पुत्र को नहीं रहने देंगे?"

"पुत्र की बात नहीं कह सकता," शिशिर बोला, "प्रश्न पति को लेकर है। रहने देने से ही रहा जा सकेगा, ऐसा नहीं भी हो सकता है।"

भारती बोली, "घुमा-फिराकर नहीं, ज़रा सीधी तरह से बोलो?"

"सीधा ही तो है सब कुछ । तुम्हारे उस प्रमीला-राज्य में जाकर बसने की मेरी इच्छा नहीं है।"

"यह बात है।" निश्चिन्त होकर भारती ने साँस छोड़ी, "प्रमीला-राज्य से कोई सम्पर्क नहीं रहेगा महाशय, बिलकुल स्वयं-सम्पूर्ण व्यवस्था है। प्रवेश-द्वार भी अहाते के भीतर नहीं, बाहर है। और शायद भूले नहीं कि हॉस्टल ही लड़कियों का है, कॉलेज में 'सहशिक्षा' दी जाती है। लड़कों के हॉस्टल के परिचालक के क्वार्टर में उनकी पत्नी बिना किसी भय के रहती है।"

हँस पड़ा शिशिर, "यह कोई कहने की बात नहीं है। स्त्रियाँ अपने पति के साथ, जंगल, पाताल, पर्वत-शिखर, सभी जगह रह सकती हैं"

भारती अचानक स्तब्ध हो गयी। जिस निश्चिन्त, प्रफुल्लित, सरल मन से अपनी भावी गृहस्थी की सुखद छवि भारती बना रही थी, उस छवि पर जैसे किसी के पंख की छाया पड़ गयी।

धीरे से भारती बोली, "रह सकती नहीं, रहना ही पड़ता है। यही बात है।"

आपत्ति का कारण समझना कठिन नहीं था अब। पत्नी की योग्यता से मिले उस मकान में जाने की इच्छा नहीं है महाशय को।

वही चिरन्तन पुरुष का अर्थहीन अहंकार! किसी भी तरह अपने आपको पत्नी से श्रेष्ठ सोचे बिना नहीं रह सकते। श्रेष्ठ हर तरह से—मान, मर्यादा, आर्थिक अवस्था। अरे बाबा, जिस युग में दस वर्ष की लड़की को ब्याहकर अपनी गृहस्थी के कारागार में जीवन-भर के लिए बाँदी की तरह भर लेते थे, उस युग की चिन्ता-चेतना-अभ्यास को भूल क्यों नहीं सकते तुम लोग?

इतने दिनों तक स्वामी, प्रभु, वर आदि अनेक श्रेष्ठ विशेषण अपने नाम के साथ जोड़कर राज-पाट तो बहुत किया, अब वह कृत्रिम मोह टूटता क्यों नहीं? एक बार ज्ञान की आँखें खोलकर देखो तो सही—वर बड़ा है या वधू बड़ी है?

अर्थनैतिक मुक्ति के साथ ही क्या स्त्री-पुरुष दोनों एक ही मैदान में आकर खड़े नहीं हुए?

फिर?

मन-ही-मन भारती ने सोचा यह सब, मगर मुँह से कुछ बोली नहीं। बात बदलकर बोली, "देखो तो, तुम्हारे आते ही बात छेड़ दी मैंने, अभी तक हाथ-मुँह धोया नहीं तुमने, ध्यान ही नहीं रहा। जाओ झटपट। आलोचना, सोच-विचार सब बाद में करना।"

उस समय तो बाँध दे दिया।

मगर फिर तरंग तो उठेगी ही।

फिर वही प्रसंग छिड़ा। तरंग के आघात से ही।

कुछ घण्टे बाद, बण्टू खाकर सोया ही था, ये लोग खाने की तैयारी कर रहे थे कि नीचे की मौसीजी तरंग बनकर आघात कर बैठीं। इन्हें आजकल भारती ने 'मकानवाली मौसी' कहना शुरू किया उनकी आड़ में।

मौसीजी का नाम चारुलता है।

पर उनके नाम को लेकर कभी किसी ने सोचा नहीं। आजकल शिशिर कहता है—एक तरह से सार्थक नाम है उनका। 'नष्टनीड़' की नायिका, हमारे ऐसे सुखद नीड़ का क्या हाल कर दिया।

ऐसे समय आकर उन्होंने एक सम्भावित पल को नष्ट ही कर दिया। खाना खाते-खाते भारती सोच रही थी, प्यार-दुलार दिखाकर शिशिर को उसकी झूठी मर्यादा के मीनार से उतारना पड़ेगा। नहीं तो क्या पता, अचानक कह देगा, "नहीं, वह काम तुम्हें नहीं लेना है।" यही सब सोच रहा है, उसकी बातों से पता चल ही रहा है।

भारती भी हर तरह से समझा-बुझाकर उसके मन की दुविधा को दूर कर देगी।

मगर उसके पहले ही कली को तोड़कर फूल को निकाल लिया मौसीजी ने।

एक समय इस घर में उनका बेझिझक आना-जाना था, इसीलिए संकोच नहीं किया उन्होंने। सीढ़ी से उठते ही बोल उठीं, "बेटा शिशिर, खुलकर ही बोलना पड़ रहा है, बुरा मत मानना, यह मकान अब छोड़ देना होगा। हर तरह से परेशान हो रही हूँ तुम लोगों को रखकर। ऊपर से हमारे नाती साहब। किसदिन ग़रीब के टूटे-फूटे घर की छत गिरा दें, इसी डर से मरी जाती हूँ। मेरे इस कहने को ही नोटिस मानकर मकान खोजो..."

बराबर 'मौसी' पुकारता आया, इज़्ज़त करता आया, अचानक मुँह पर बेइज़्ज़त तो नहीं कर सकता था। इसीलिए शिशिर मुलायम स्वर में बोलने ही जा रहा था, "खोज तो रहा हूँ बहुत दिनों से..."

मगर उसकी बात ख़त्म होते ही भारती बोल उठी, "आजकल के ज़माने में जो नियमित रूप से किराया दे उसे 'नोटिस' तो नहीं दिया जा सकता मौसीजी।"

मौसीजी ज़रा चौंक उठीं।

क्योंकि इसकी आशा नहीं की थी उन्होंने।

अब तक जितने तीर थे सब उन्होंने ही छोड़े थे। लगता था पत्थर की दीवार से लगकर गिर पड़ते थे। निशाना ठीक बैठा कि नहीं पता ही नहीं चला?

वह जिस बात को असुविधाजनक बतातीं, वे लोग उस मामले में और सावधानी बरतते। कभी जवाब देते सुना नहीं। और आज एकदम क़ानून की बात कर बैठी।

चेहरे को विकृत करते हुए बोलीं, "हम लोग उस ज़माने के आदमी हैं, इस ज़माने में क्या चलता है पता नहीं, सीधी बात यह है कि तुम लोग एक मकान का इन्तज़ाम कर लो, बस। अनिल का ब्याह करना है, कमरे की आवश्यकता है।"

इतना कहने के बाद मौसी नीचे उतर गयीं।

भारती ने स्थिर दृष्टि से शिशिर की ओर देखा और बोली, "सुन लिया?"

"सुन लिया।" शिशिर बोला, "सुनता ही तो रहता हूँ हर समय। पर तुमने भी उनके मुँह पर क़ानून की बात करके अच्छा नहीं किया।"

भारती अपने पति की ऐसी उल्टी बात सुनकर हैरान रह गयी। सच कहा जाए तो मौसीजी के बर्ताव में परिवर्तन आने के बाद से उनसे और उनके परिवार से जो शिष्टता निभाये जा रहे हैं वे लोग, उसका बारह आना श्रेय भारती को ही जाना चाहिए। अकसर ही क्रोधित होकर शिशिर कुछ कहने को मचलता तो भारती ही उसे ठण्डा करती। कहती, "और जो चाहे कर लो, प्लीज़, झगड़ा मत करो। याद रखना, बाद में फिर मुँह दिखाना पड़ेगा। एक बार आमने-सामने झगड़ा हो जाने से वह पर्दा हट जाता है, फिर तो निर्लज्जता की चरम सीमा तक पहुँचने में भी संकोच नहीं रह जाता है। इससे तो अच्छा है शिष्टता की रक्षा करके यहाँ से निकल जाना।"

शिशिर कहता, "मगर ये तो उसी कारण बढ़ती ही जा रही है। विरोध करना भी ज़रूरी है।"

अजीब बात है, आज एक पल के लिए जैसे ही भारती अपनी नीति से हट गयी है, वैसे ही शिशिर ने अपनी नीति बदल ली।

थोड़ी देर चुपचाप पति की ओर देखकर भारती बोली, "अच्छा नहीं किया क्यों?"

"मुझे तो ऐसा ही लगा।"

“मगर तुम ही कहते हो विरोध करना आवश्यक है।”

“कहता हूँ, तुम ही तो उसपर रोक लगाती हो।”

“आसानी से नहीं लगाती। आज वह ऊपर आकर दोपहर में बण्टू को खूब डाँट गयी हैं, कान मरोड़कर गयी हैं, जानते हो यह बात?

“डाँट गयीं, कान मरोड़ गयीं?

“और क्या कह रही हूँ? बण्टू से सुन लेना कल। उस छोटे से बच्चे से क्या कहा पता है? तुम लोग हमारे इस टूटे घर में पड़े ही क्यों हो? माँ-बाप दोनों कमाते हैं, जाओ न महल बनाकर उस पर उछल-कूद करना।”

शिशिर गम्भीर होकर बोला, “हूँ।”

“हूँ का मतलब?”

“मतलब दोनों की कमाई ही उनकी आँखों की किरकिरी बन गयी है।” भारती ने एक बार फिर उस रहस्य भरे चेहरे की ओर तीखी दृष्टि डाली।

क्या कहना चाहता है वह?

दोनों का कमाना बुरा है?

पड़ोसियों को खटकेगी ही?

इसमें पड़ोसियों को दोष नहीं दिया जा सकता।

चेहरे पर गम्भीरता लाकर बोली, “जब यह भूल हो ही गयी है तो अब चारा क्या है। तुम्हारी मौसी की आँखों से किरकिरी निकालना बस में तो है नहीं? अब आशा करती हूँ कि प्रमीला-राज्य का बहाना बनाकर इस पीड़न से छुटकारा पाने का रास्ता बन्द नहीं कर दोगे। बल्कि अपनी मौसीजी को बोलकर आओ कि अगले महीने से हम मकान छोड़ रहे हैं।”

शिशिर भी गम्भीर हो गया। बोला, “मैं पागल तो नहीं हो गया।”

भारती अचानक बेहद उत्तेजित हो गयी। बोली, “इसका अर्थ क्या? क्या तुम सचमुच मेरे क्वार्टर में नहीं जाओगे?”

शिशिर कठोर व्यंग्य के स्वर में बोला, “एकदम नहीं जाऊँगा, ऐसी प्रतिज्ञा तो नहीं कर सकता। मान लो अपंग होकर तुम्हारे घर जा पहुँचा।”

“ओह, तुमने आज मुझे नाराज़ करने की ठान ही ली है। मगर मैं नाराज़ नहीं होऊँगी। तुम्हें यह पागलपन करने भी नहीं दूँगी। वह काम मैं ज़रूर लूँगी और सब को जाना ही पड़ेगा। समझे? क्यों, तुम्हारे घर अगर मैं रह सकती हूँ, कोई अपमान नहीं महसूस करती, फिर मेरे घर तुम क्यों नहीं रह सकते?”

“हर बात का जवाब नहीं दिया जाता है।”

“जवाब है नहीं, इसीलिए नहीं दिया जाता। तुम समझाओ मुझे कि तुम्हें आपत्ति कहाँ पर है?”

अचानक थोड़ा मुस्कुराकर शिशिर ने अपना सीना दिखाकर बोला, ''यहाँ पर।''

''वह मैं समझ रही हूँ। मगर तुम्हें वह पुराना कुसंस्कार त्यागना पड़ेगा। मेरी बात माननी पड़ेगी।'' हल्के स्वर में भारती बोली, ''सुशील बालक की तरह मौसीजी की नाक के सामने से मकान छोड़कर जाना पड़ेगा। सच कहती हूँ तुमसे, जितनी खुशी इस काम के लिए हुई, उससे कहीं अधिक मौसीजी की बात सोचकर हो रही है।''

शिशिर फिर गम्भीर होकर बोला, ''वह बेकार बात है। मकान की खोज तो हो ही रही है।''

''वह तो कब से हो रही है।'' भारती क्रोधित हो गयी, ''शायद अनन्तकाल तक होती रहेगी, उससे लाभ क्या होगा?''

बातों-ही-बातों में तकरार बढ़ती जाती, बढ़ती जाती दोनों तरफ़ की ज़िद भी। शिशिर का अड़ियलपन भारती को भी कठोर बना देता।

आख़िरकार क्रोध में आकर भारती बोल उठी, ''ठीक है, तुम रहना अपनी पूज्य मौसीजी के घर में, हो सके तो दावत खाना अनिल की शादी में और कमर कसकर काम करना। मैंने अपना भविष्य ठीक कर लिया है।''

हालाँकि कहकर ही वह चौंक गयी।

समझती वह कि ज़्यादा ही कठोर हो गयी, पर क्या करे, इनसान ही तो है हाड़-मांस की बनी। शिशिर ने अगर क़सम खा ली है कि जीवन की खुशी, शांति और निश्चिन्तता की ओर कभी नहीं देखेगा, कब तक सहे वह?

क्रमशः उसके मन में भी कुटिल विचार आते। सोचती, ओहो! तुम पुरुष होकर एकदम राजा बन गये। तुम्हारे ही अहंकार की जीत हो। क्यों, मैं इनसान नहीं? अपनी उन्नति, अपना भविष्य, अपनी आर्थिक सुविधा नहीं देखूँ मैं? योग्यता होते हुए भी तुम्हारे तुच्छ अहंकार की तृप्ति के लिए छोड़ दूँ वह सुअवसर?

वही पुराना स्त्री सुलभ आचरण निभाती रही, इसी का नतीज़ा है कि तुम इस तरह सोचने लगे।

अभी दिन-भर काम कर थक जाती हूँ फिर भी कभी पाँच मिनट आराम करने का नहीं सोचती। कभी आशा नहीं करती कि एक गिलास पानी कोई सामने लाकर दे। घर आते ही कपड़े बदलकर मैं काम में जुट जाती हूँ ताकि घर आकर तुम सब कुछ साफ़-सुथरा देख सको। घर लौटते समय बेटे को स्कूल से लेकर आती हूँ। उसे खिलाती, सँवारती और खेलने भेज देती हूँ ताकि वह तुम्हारे आने से पहले ही खेलकर घर लौट आये, इसके लिए सौ-बार समझाती हूँ। क्योंकि जानती हूँ तुम थोड़ी-सी बात पर चिन्तित हो उठते हो। जानती हूँ कि आकर उसे न देखने से तुम्हें बुरा लगता है।

बण्टू की देखभाल करके कभी शायद खड़े-खड़े एक कप चाय पीकर ही चौके में चली जाती हूँ ताकि तुम्हारे आने से पहले खाना पकाने का काम पूरा कर लूँ। मेरे और तुम्हारे घर आने के बीच ढाई घण्टे का अन्तर है, तभी इतना कुछ सँभाल पाती हूँ मैं। उस थोड़े से समय में ही तुम्हारी पसन्द का नाश्ता बना लेती हूँ, ताकि चाय के साथ तुम्हें दे सकूँ। इसी के साथ अपने को भी सँवार लेना पड़ता है कि चाय की मेज़ पर तुम्हारा साथ दे सकूँ।

ऐसा नहीं कि केवल मुझे ही अव्यवस्थित वेश-भूषा नापसन्द है, तुम्हें भी तो पसन्द नहीं। दिन भर काम करने के बाद इतनी भागदौड़ करने में मुझे कोई तकलीफ़ नहीं होती क्या?

बहुत तकलीफ़ होती है।

मगर तुम्हें ख़ुशी होगी सोच कर सब सह लेती हूँ मैं। आज तक मेरी जीवन-नैया चलती रही तुम्हारी ख़ुशी की पतवार के अनुकूल।

मगर तुम?

तुमने जीवन में एक बार भी यह नहीं कहा, ''अहा, वह ख़ुश होगी।''

तुम अपने अहंकार में अटल हो।

मैं सभ्य और ममतालु हूँ, तभी तुम्हें याद नहीं दिला रही कि—इस काम को लेने से जो अतिरिक्त रुपये आएँगे, उसका अंक तुम्हारे जैसे मामूली क्लर्क के लिए उड़ा देने लायक़ नहीं है। याद नहीं दिला रही हूँ कि महीने भर में जो तुम कमाते हो, वह मेरे बारह दिन की कमाई है।

याद दिलाऊँ भी तो कैसे, ख़ुद ही कभी याद किया क्या? आज तुमने मुझको इतना निराश किया, इतना दुःख दिया, तभी याद आ रहा है।

हाँ, दुःखी भारती के मन में ऐसी उल्टी-सीधी चिन्ता मँडरा रही है।...मगर अगले दिन जब कॉलेज में बात फिर से छिड़ी तो भारती बोली, ''सोचकर देखा मैंने, मैं इस काम के लायक़ नहीं हूँ।''

अध्यक्ष ने कहा, ''योग्यता का विचार करना हमारे हाथ में ही छोड़ दीजिए। झटपट हस्ताक्षर कर दीजिए।''

बाक़ी अध्यापिकाओं ने भी समझाया। उसकी सहेली लीला घोष बोली, ''तू एक नम्बर की बुद्धू है। ज़रूर तू अपने रूढ़िवादी पतिदेव के मना करने पर यह मौक़ा छोड़ रही है। मैं तो सोच भी नहीं सकती। मुझसे पूछा होता तो मैं ख़ुशी से झूम उठती।''

हँसकर भारती बोली, ''वह तो मैं भी झूम रही हूँ।''

''रहने दे वह बनावटी बातें। 'कर्ता की इच्छा से कर्म' वाला युग अब चला गया, देख नज़र उठाकर दुनिया की ओर।''

अचानक भारती का दिल फिर गया। बोल उठी वह, "ठीक है।"

"ठीक है?"

मगर ठीक रहा कहाँ? जीवन ही बेतरतीब हो गया भारती का। शिशिर ने भी वही स्वर अपनाया। बोला, "ठीक है। तुम्हारी बात ही रह जाय। मैं यहाँ रह जाता हूँ, तुम बण्टू को लेकर..."

भारती डर गयी।

बहुत ही असहाय महसूस करने लगी वह। वह विनम्र हो गयी, झुक गयी। देर रात को जब बण्टू सो चुका था, इस कमरे में चली आयी। पति के सीने से लगकर बोली, "देखो, मेरी बात मानो, मैंने तो जाकर 'ना' ही कर दिया था। बिलकुल। मगर इतनी मिन्नत करने लगे सब कि आख़िर—और सच कहो तो कोई तर्क था भी नहीं मेरे पास।"

"पति यहाँ आना नहीं चाहते, यह तर्क काफ़ी नहीं था शायद?"

सीने से लगी पत्नी के दिल की भाषा समझने की कोशिश नहीं की शिशिर ने बल्कि अपने को ज़रा अलग ही हटा लिया उसने।

भारती फिर भी और झुक गयी। बोली, "इनसान से बेवक़ूफ़ी भी तो होती है, ग़लती भी होती है, यही सोच लो न कि मैंने भी ग़लती की है, तुम उसे सँभाल लो।" शिशिर कठोर स्वर में हँस पड़ा।

बोला, "सँभालूँगा? मैं? क्या कहती हो?"

डेढ़ सौ लड़कियों को सँभालने के प्रतिज्ञा-पत्र पर हस्ताक्षर करके आयी, अब यह कैसी वाणी?

नहीं होगा, किसी तरह नहीं समझेगा। किसी भी हालत में जीवन को सरल नहीं होने देगा।

मनोरम छवि जैसी सुन्दर गृहस्थी को सजाने का आनन्द वह भारती को नहीं देगा। इस निष्ठुर को क्या पता लड़कियाँ शिक्षा, कर्म या पद-मर्यादा में जितना भी ऊपर उठ जाएँ, उनके हृदय के अन्तर्लोक में एक ही कामना रहती है—अपनी पसन्द का एक घर। उसे सजा-सँवारकर गृहस्थी बसाना।

क्या समझता नहीं वह? जान नहीं पाता?

शायद ठीक ही जान लेता है। सभी पुरुष जान लेते हैं। और लड़कियों की उस कमज़ोरी का फ़ायदा उठाकर ऐसा दिखावा करते हैं कि उनको किसी चीज़ की ज़रूरत नहीं है। 'घर' शब्द उनके लिए कोई स्वप्न नहीं, कामना नहीं, साधना नहीं केवल एक आश्रयस्थल है। दिखावा करने, कृपा करके उसने जो 'घर' बसाया है, वह केवल नारी की कामना पूरी करने के लिए है। स्वयं वह निर्लिप्त, उदासीन और फँसा हुआ महज़ एक प्राणी है। घर-गृहस्थी के साथ उसे ज़बर्दस्ती बाँधकर रखा

गया है।

तभी तो नारीमन के छोटे-छोटे सुख, छोटी आशा, छोटी-मोटी चाहतों को अनायास ही अनसुनी कर देते हैं।

शिशिर सो गया। भारती को याद आने लगा—एक बार भारती की बहन की शादी में बारासत गये थे वे लोग। रात हो गयी थी, भारती की माँ ने कितना अनुरोध किया था बाक़ी रात वहीं ठहर जाने के लिए, बोली थी—कल सुबह यहीं से खा-पीकर दफ़्तर चले जाना बेटा, आज इतनी रात को...

शिशिर ने भारती की माँ का यह अनुरोध ठुकरा दिया था। अर्थात भारती के अहं को ठेस पहुँचायी थी। फिर भी शिशिर को सुबह खाने की दिक़्क़त होगी, सोचकर स्वयं भी उतनी रात को शिशिर के साथ भारती लौट गयी थी।

भारती को याद आया, एक दिन—

हाँ, इस तरह एक-एक कर कितने ही दिनों की याद भारती को आयी जिनमें शिशिर की हृदयहीनता साफ़-साफ़ उजागर हो रही थी।

शायद ये सब बातें जीवन में कभी भी याद नहीं आतीं भारती को, आज भी पता नहीं मन के किस कोने में छिपी हुई थीं ये यादें। मगर आज सब उठकर सामने आने लगीं अदालत में खड़े हुए एक-एक गवाह की तरह।

भूल गयी भारती कि वह पी-एच.डी. है, भूल गयी कि एक विशिष्ट कॉलेज में वह अध्यापन करती है, भूल गयी अपने कर्मक्षेत्र में उसकी कितनी मान-मर्यादा है। एक कमसिन तरुणी की तरह, नवविवाहित, रूठी हुई वधू की तरह रो-रोकर तकिया भिगोने लगी।...

अच्छा हुआ कि गवाह नहीं रहा कोई। इसी तरह सब कुछ सुरक्षित रहता है, मान सम्मान सब कुछ। निर्जन में आँसू का कोई दर्शक नहीं होता, एकान्त चिन्ता का कोई साक्षी नहीं होता।

शिशिर का ही कोई एकान्त-लोक नहीं है, कौन कह सकता है। हो सकता है वह भी पीड़ित हो रहा है, दुःखी है, रूठा हुआ है, क्योंकि वह अपनी तरह से सोच रहा है, अपने दृष्टिकोण से देख रहा है, अपनी चिन्तनधारा के अनुसार राय दे रहा है। इस तरह वह भी शायद भारती को हठी, दुर्विनीत और निष्ठुर समझ रहा है।

दोनों में से किसी का कोई प्रत्यक्ष-प्रमाण नहीं है।

इतने दिनों तक दोनों एक-दूसरे में ऐसे सम्पूर्ण थे कि उनका कोई ऐसा मित्र भी नहीं था, जिसके पास जाकर दिल का बोझ हल्का करें।

इसी वजह से ये दोनों बन्धुहीन अपनी-अपनी दुर्गति से परिचालित होते गये और प्रमाणित करते गये कि दुर्गति का असाध्य कुछ भी नहीं है। उन लोगों ने एक और उपलब्धि को प्रमाणित कर दिया कि मनुष्य में कितने ही परिवर्तन आते हैं।

क्योंकि अगला दृश्य कुछ ऐसा है, तस्वीर जैसे उस सुन्दर घर को पौधे, रंगीन मछलियों, कुशन, पर्दे, सोफ़े आदि से सुन्दर ढंग से सजाकर बण्टू को लेकर अकेले रहती है भारती। एक छोटा-सा नौकर है दिन-रात के लिए जो अपनी छोटी-छोटी बाँहों से घर को धूल-रहित स्वच्छ बनाकर रखता है, एक बाई है जो दोनों शाम आकर मोटे-मोटे काम कर देती है, ऊँची मेज़ पर रखे गैस के चूल्हे पर खाना पकाती है, बेसिन में साबुन का झाग बनाकर कपड़े धोती है।

कभी-कभी भारती उस बाई की ओर ईर्ष्या की दृष्टि से देखती है, क्योंकि अचानक ही कभी उसे याद आ जाता है चारुलता मौसी के घर का वह कालिख़ भरा रसोईघर, जिसमें ईंट से बने चूल्हे पर कितने सालों तक वह खाना पकाती रही। याद आ जाता नहाने का वह बाथरूम जिसके फ़र्श का सीमेण्ट उखड़ा हुआ था। वही तो जगह थी जहाँ भारती कपड़े धोती और एक बेसिनवाले बाथरूम का सपना देखती थी।

मगर अब तो एक रूमाल भी धोने को जी नहीं करता, चौके में जाकर दो आलू की भाजी तक बनाने को जी नहीं करता है।

पता नहीं क्यों।

क्या भारती पैसेवाली हो गयी है इसलिए? या कि शाम होते ही उसके सुन्दर गोल बरामदे में अध्यापिकाओं की जमघट होती है, इसलिए समय नहीं मिलता है?

उस जमघट की प्रधान वक्ता लीला घोष कहती, ''दिखा दिया तेरे उस 'परम गुरु' ने। मैं कह देती हूँ भारती, कहीं कुछ नहीं है, ईर्ष्या है बस। पति-पत्नी के रिश्ते में यह चीज़ कुछ अधिक मात्रा में ही होती है, समझी? मिलकर काम करने से जो लाभ होता है उसी की ख़ातिर अपनी ईर्ष्या को ढँककर रखते हैं।

फीकी हँसी हँसकर भारती बोली, ''इतनी बात कैसे जान गयी ?''

''देखकर, वत्स। देखकर।''

''क्या तभी शादी नहीं की?''

''अरे नहीं, इसलिए नहीं,'' लीला घोष हँस पड़ी, ''अभी भी मिले तो कर लूँ। ऐसे चेहरेवाली से कौन ब्याह करेगा, बोल? तभी तो यह हाल है। पर समझती हूँ सब।''

हँसी का फ़व्वारा छूटता, साथ में चाय की नदी बहती। वह छोटा नौकर सावधानी से ट्रे में उठाकर क़ीमती प्यालों में ले आता सुनहरी चाय।

भारती को उठना भी नहीं पड़ता। शीशे की खिड़की पर लगे गमलों में लगे कैक्टस—कोई सर उठाकर खड़ा रहता, कोई अपनी टेढ़ी-मेढ़ी बाँहें इधर-उधर फैलाकर शीशे पर एक विकृत आदमी जैसी छाया तैयार करता।...

हवा से पर्दा काँप उठता।

उनकी हँसी-ठहाके के बीच भारती की नज़र उधर पड़ती, शायद सोचती, ऐसी भी क्या बुरी हूँ?

फिर एक समय बाई आकर पूछती, "दीदीजी, मुन्ना को खिला दूँ अभी?"

भारती नाराज़ होकर कहती, "क्यों? अभी खिला देने से तुम्हारा भागना आसान हो जाएगा, है ना? नौ बजे से पहले नहीं खाएगा, पढ़ेगा नौ बजे तक।"

बाई भारी स्वर में कहती, "अपने लिए नहीं कह रही थी, पढ़ते-पढ़ते नींद आ रही है, इसीलिए..."

चली जाती गुस्सा दिखाकर।

भारती की सहेलियाँ कहतीं, "वह बेचारा ज़रा अकेला महसूस करता है।"

भारती शीशे पर पड़ी टेढ़ी-मेढ़ी छाया की तरफ़ देखकर अनमने भाव से बोलती, "हाँ, कभी-कभी यही सोचती हूँ कि उसे किसी बोर्डिंग में डाल दूँ। कम-से-कम दूसरे लड़कों के साथ..."

और शिशिर?

सच कहा जाए तो बाहर से शिशिर की हालत भी बुरी नहीं लगती। ऊपर के कमरे छोड़कर वह चारुलता मौसी की बैठक में समा गया है, 'पेइंग गैस्ट' बनकर। देखभाल में कोई कमी नहीं है। मौसीजी स्नेह गद्गद होकर सदा करुणा बरसाती हैं, शिशिर की कमीज़ के बटन लगे हैं या नहीं, यह देखने का ज़िम्मा भी उन्होंने अपनी बेटियों को दे रखा है। यह ममता केवल दिखाने के लिए है, ऐसा कहना मौसीजी के प्रति अन्याय होगा। ममतावश ही कर रही हैं।

स्नेह ममता की फल्गुधारा बराबर बहती थी, एक तीव्र इच्छा के वशीभूत होकर उनका स्वार्थ उन्हें कठोर, कर्कश और निर्लज्ज बना रहा था। वह बाधा दूर हो गयी, ऊपरवाले कमरों में हल्की रँगाई-पुताई करके किराये में आशानुरूप वृद्धि कर एक किरायेदार को बैठा दिया है, उसके अन्दर से बैठक का भी आधा हिस्सा और दो बार भोजन के लिए शिशिर से मुट्ठी भरकर पैसे ले रही हैं, तो फिर एक बार निर्लज्ज होने में दिक़्क़त क्या है?

एक बार फिर निर्लज्ज होकर शिशिर के लिए ममता बरसा रही हैं चारुलता मौसी। जिसकी बीवी भाग गयी, उस शिशिर के उदासीन मन पर आगे इस निर्लज्जता की कड़वाहट का असर नहीं होगा, इतना मौसी भी जानती हैं।

मगर क्या शिशिर इतना उदासीन हो गया, कि आधे घर में ही राजी हो गया? हो तो गया। शायद शिष्टाचार के कारण ही। क्योंकि अब तक उस कमरे में जो अविवाहित बेटा सोता था, उसे हटाना ठीक नहीं लगा शिशिर को। इसलिए बोला, "रहने दीजिए अनिल को सोने दीजिए, जैसे सोता था। कमरा बड़ा है..."

शिशिर के छोटे भाई जैसा ही तो था अनिल। पहले शिशिर के पास कितने

हठ करता था, कितना परेशान करता था शिशिर की माँ को।

शिशिर भी अब अधिक जगह लेकर क्या करे? कट ही तो रहे हैं दिन, कट जाती हैं रातें। एक थाल भोजन की, एक बिछौना सोने को और नहाने के समय छोड़े धोती, गंजी, तौलिए, सब हाथ के सामने धुले-सूखे मिलते।... इतना तो हो ही जाता है।

इससे अधिक चाहने को है ही क्या, कोई बाधा-बन्धन, कोई उत्तरदायित्व नहीं, ऐसी ज़िन्दगी का भी एक अलग राग होता है। महीने के प्रारम्भ में रुपये थमा देने के बाद दुबारा सोचना नहीं पड़ता कि खाने के लिए खटना भी पड़ता है। घर चलाने के लिए केवल रुपये ही काफ़ी नहीं हैं, तेल-नमक-लकड़ी के धन्धे में ही दुनिया छान लेनी पड़ती है।

सच ही तो है, अब तो सुनना नहीं पड़ता—सुना है पावरोटी अब से कूपन के बिना नहीं मिलेगी, क्या आफ़त है, देखो तो! सुनना नहीं पड़ता, मेरा कोई काम तुम क्यों नहीं करते, ज़रा सुनो तो। जाओ, एक बार जाकर देख आओ क्या सचमुच बाज़ार से तेल ग़ायब है? नहीं सुनना पड़ता, ''सैर से लौटते समय एक बार दुकान होकर आना, चाय बिलकुल ख़त्म है। ...देखो, आज तो समय है, बण्टू को लेकर एक बार 'साउथ टेलरिंग' के यहाँ जा सकोगे? कुछ शर्ट-पैण्ट की ज़रूरत थी उसे।''

उसे आश्रय मिल गया है एक अखण्ड निश्चिन्तता के शब्दहीन जगत में। इस शब्दहीन जगत में बाहर से आ रहे छोटे-मोटे शब्द बुरे नहीं लगते हैं। उन शब्दों में कोई ज़िम्मेदारी नहीं है। नहीं है कोई ग़िले-शिकवों का आक्रमण।

ये शब्द केवल कानों पर से गुज़रते हुए शब्द-समूह हैं। पुराने दिनों की तरह बड़े उत्साह के साथ अनिल अपने फुटबाल-टीम की बातें करता, अच्छा ही लगता है शिशिर को।

मौसीजी की बेटियाँ जब-तब बोल उठतीं, ''उफ् शिशिरदा, कितने अनमने हैं आप, कल से आपकी सुराही में पानी नहीं है, कहा भी नहीं।''

बुरा नहीं लगता सुनने में। और मौसीजी जब खाने के समय सामने पंखा झलतीं और कहतीं, ''कितना कम खाते हो आजकल, देखकर दिल 'हाय-हाय' कर उठता है। दीदी जब थी, घी से सनी रोटी भरकर रख देती थी, बेटा कॉलेज से आकर खाएगा। क्या दिन थे वे सब।''

उस समय खुशी के आवेग से शिशिर की आँखें ही भर आतीं।

घुमा फिराकर शिशिर की माँ की बात ही छेड़ती चारुलता मौसी। कैसी गहरी दोस्ती थी दोनों में, याद दिला देतीं और बीच-बीच में साँस छोड़कर कहतीं, ''क्या जाने, कैसा दिल है बहू का। इस तरह गृहस्थी लुटाकर नौकरी में तरक़्क़ी करने चली गयी। हम लोग ऐसा सोच भी नहीं सकते।''

हो सकता है, यह केवल भारती की निन्दा करने के लिए ही नहीं बोलतीं, शायद सच्चे मन से ही निकलती हों ये बातें।

असहाय, अकेले पुरुष के प्रति ममता,—नारी मन की सहज प्रकृति है, चाहे वह किसी भी उम्र की क्यों न हो।

शिशिर की टूटी हुई गृहस्थी उनकी ममता को और भी छेड़ती और इसी कारण बहू की निन्दा और जमकर करतीं।

भारती की दुर्बुद्धि से मौसी को कितनी ही सुविधा क्यों न मिली हो, उस पर क्रोध किये बिना नहीं रह पातीं।

मगर उनकी मुलाक़ात क्या बिलकुल ही नहीं होती? पति-पत्नी की? बाप बेटे की?

नहीं, नहीं। ऐसा हो सकता है क्या?

क़ानूनन कोई लिखा-पढ़ी नहीं हुई है, केवल अपनी-अपनी सहूलियत के हिसाब से रहते हैं, बस भेंट होती है।

हर रविवार को मुलाक़ात होती है।

शिशिर नहीं जाता, भारती ही आती है बेटे को लेकर। मौसीजी के घर में ही आकर बैठना पड़ता है। चाय भी पीनी पड़ती है कभी-कभी। प्लेट में लेकर बण्टू भी नाश्ता करता है। कभी अगर देखता उसके पिता नहाने गये हैं या बाहर निकले हैं, चुपके से माँ से पूछता, "माँ, ज़रा छत पर जाऊँ?"

छत पर ही उसका अड्डा था। अभी भी टूटी हुई चटाई पानी के टैंक के पास वैसी ही पड़ी है।

भारती को बेटे का यह कँगलापन अच्छा नहीं लगता, आँख से इशारा भी करती, मगर लाभ नहीं होता।

मौसीजी स्नेह-भरे स्वर में बोलतीं, "अहा जाने दो, बचपन के खेलने की जगह है। नये किरायेदार भले इनसान हैं, कुछ नहीं कहेंगे। जा, चला जा।"

शिशिर नहा लेता। फिर सज-धज लेने के बाद तीनों साथ निकलते। रविवार को अब वे बाहर ही खाते, घर पर नहीं।

जैसे यह एक अलिखित नियम ही बन गया है कि खाने का ख़र्चा शिशिर ही देगा। भारती कभी अपने बटुए को नहीं छूती।

बाहर घूमते वे लोग इधर-उधर, खाना खाते; सिनेमा देखते, सर्कस आता तो वह भी देखते।

देखने में तो ऐसा लगता कि बण्टू का मनोरंजन ही मुख्य उद्देश्य है। जैसे उसी को खुश करने के लिए निकले हैं दोनों। लौटते समय अकसर ख़रीदारी करते वे लोग बण्टू के नाम पर, खाने की चीज़, खिलौने, लाल मछली, कैक्टस।

इसका मतलब यह तो नहीं कि ये दोनों बात नहीं करते आपस में, हँसते नहीं? सब कुछ करते हैं।

सामयिक घटनाओं पर छिड़ी हुई बातें भीतर असर नहीं करतीं, बाहर से ही निकल जाती हैं।

शाम होते ही धीरे से दोनों कहते, "अच्छा।"

शिशिर बण्टू के सर पर हलके से थाप देकर कहता, "बण्टू बाबू जिस तरह लायक़ होते जा रहे हैं, अब वही हमें घुमाने ले जायेंगे, क्यों बण्टू बाबू?"

बण्टू मुँह फेरकर खड़ा रहता । मुँह नीचा किये रहता।

बण्टू किसी तरह भी अपनी आँखें माँ-बाप को देखने नहीं देता है।

वह बड़ा हो रहा है, क्या यह पता चलता है?

कभी-कभी जब बण्टू इधर-उधर होता, भारती भी अपनी आँखें नीची कर बोलती, "मेरे घर कभी नहीं आओगे तुम।"

"नहीं आऊँगा, ऐसा कब कहा?"

"कहा नहीं, यह सच है।"

"चला आऊँगा किसी दिन।"

भारती चुप हो जाती।

मन-ही-मन सोचती, "अच्छा। मैं कभी अस्वस्थ भी तो नहीं होती। कैसा अटूट स्वास्थ्य दिया है भगवान ने।"

कल्पना करती, वह अटूट स्वास्थ्य अब टूट चुका है। कॉलेज के अधिकारी वर्ग ख़बर भेजते हैं शिशिर को—

मगर कल्पना कल्पना ही रह जाती।

फिर अगले रविवार स्वास्थ्य और शक्ति से भरपूर भारती जा पहुँचती चारुलता मौसी के घर। शायद जानबूझकर कुछ देर से ही पहुँचती ताकि शिशिर तैयार ही मिले। पर यह आशा प्रायः पूरी नहीं होती है। जब तक उन्हें देखता नहीं, शिशिर हिलने का नाम नहीं लेता है।

लाचार होकर उसे मौसीजी के चौके के दरवाज़े पर आकर बैठना पड़ता है।

और बण्टू छत पर जाने को बेचैन रहता, मगर पहले की तरह ज़िद नहीं करता वह। बड़ा शान्त हो गया है बण्टू। शान्त और गम्भीर।

मान लेना पड़ेगा बण्टू भी ठीक ही है। ठीक नहीं होता तो शान्त क्यों हो जाता? हर हफ़्ते इसी घटना की पुनरावृत्ति होती। एक ही उत्साह से हर रविवार का प्रारम्भ होता है और एक ही निराशा से उसका अन्त।

मगर आश्चर्य की बात यह है कि यह जीवन अब उन्हें अजीब नहीं लगता है। परिस्थितियों के साथ बिलकुल खप गये हैं वे लोग, अच्छा समझौता हो गया

है उनके साथ।

विनिद्र रातों की अपार क्लान्ति लेकर भी भारती सुबह सहज भाव से लाल मछलियों को खाना देती, कैक्टस के गमलों को धूप की ओर घुमा देती और सोचती कुछ और ख़रीदने पड़ेंगे।

शिशिर भी रविवार की शाम को घर लौटकर बिस्तर पर हाथ-पैर पसारकर सोचता कि अगले रविवार को क्या उपहार दिया जाए बण्टू को।

इनसान कितना बलशाली है, यही उसका सबूत है। अपने को हर हालत में 'ऐडजस्ट' कर लेता है वह। यही करते-करते उसके जीवन का परिक्रमण चलता है।

फिर भी क्यों अपने आप को लेकर चिन्ता का अन्त नहीं--यही आश्चर्य की बात है, यही सोचने की बात है।

# निवारण चन्द्र की अन्त्येष्टि क्रिया

रायबहादुर निवारण चन्द्र की मौत एक दिन सचमुच हो ही गयी। इस घटना से निवारण-भवन में उथल-पुथल मच गयी। शोक तो नहीं, बात जहाँ तक आ पहुँची थी, वहाँ 'शोक' शब्द एक मज़ाक़ ही बन जाता। पर उथल-पुथल मची क्योंकि ऐसा किसी दिन सचमुच होगा, यह विश्वास निवारण चन्द्र के बेटे-बहू, पोते-पोतियों, परपोते-परपोतियों के मन से उठ चुका था। उन लोगों ने मान ही लिया था कि चित्रगुप्त के खाते से वह पन्ना, जिस पर निवारण चन्द्र का नाम लिखा है, कहीं फटकर गिर गया है।

अतः अब यह घटना विश्वास योग्य नहीं लग रही थी।

बरसों पहले, पता नहीं कब, कई बार मरते-मरते भी बच गये निवारण चन्द्र और तब से जीवितों की दुनिया से छूटकर इस तिमंज़िले महल के किसी एक कोने में खोये पड़े रहे, तब से निवारण चन्द्र की बात किसी को याद नहीं।

कभी-कभी दूर के रिश्ते की औरतें कहती हैं, "हाय राम! बूढ़ा अभी तक ज़िन्दा है?" और भी दूर के लोग कहते, "क्या कहती हो? बुड्ढा अभी तक मरा नहीं?"

निवारण चन्द्र के जीने-मरने से किसे क्या लाभ या हानि होगी, यह कोई सोचता नहीं। ऐसा लगता जैसे वह कोई नाजायज़ फ़ायदा उठा रहा हो, जैसे अधिकार से अधिक कुछ पा रहा हो।

घर के लोग ये सब नहीं कहते, क्योंकि कोई निवारण चन्द्र के बारे में सोचता ही नहीं। उन लोगों के जन्म-मृत्यु-विवाह को केन्द्रित कर जो जीवन-लीला संघटित हो रही है, निवारण चन्द्र से उसका कोई सम्बन्ध नहीं है, निवारण उनका रास्ता रोककर खड़े भी नहीं हैं।

साल में एक-दो बार शायद परिवार के सदस्य उस कोनेवाले घर के दरवाज़े पर आकर खड़े होते—विजयादशमी के अगली सुबह या पहले वैशाख की दोपहर या कभी-कभार किसी नये दुल्हे-दुल्हन को लेकर आते। बस, इतना ही।

इसके अतिरिक्त और करें भी क्या? इतना ही तो पर्याप्त है। जो आदमी छियानबे साल पहले इस धरा पर आकर अभी तक हिलने का नाम नहीं ले रहा हो—उसके प्रति इससे अधिक शिष्टता और कब तक दिखाई जा सकती है? कौन

याद रखे कि निवारण चन्द्र के नाम से कभी शेर और बकरी एक ही घाट से पानी पीते थे, इसी निवारण-भवन की धरती उनके पद-चाप से थरथराती थी और इस भवन की प्रत्येक ईंट पर उनकी सतर्क दृष्टि हुआ करती थी। समय पर मरना ही सही जीना है, यह बात जो लोग भूल जाते हैं, उनकी लोगों को क्या परवाह?

फिर भी, ये लोग तो कम-से-कम इतने दिन भूलकर रहने की त्रुटि के संशोधन में लगे हुए हैं। 'दान सागर' कर रहे हैं श्राद्ध में।

आज के लोग तो इसका नाम ही भूल चुके हैं! निवारण चन्द्र के बेटे, सुयोग्य बेटे हैं तभी तो अतीत की मर्यादा को वर्तमान में प्रतिष्ठित कर रहे हैं! हालाँकि निवारण चन्द्र के पुत्र भी वयोवृद्ध ही हैं, जो करना है, उनके बच्चे ही कर रहे हैं, मगर उन्हीं की इच्छा से तो हो रहा है! न्विारण चन्द्र के तीनों बेटे होनहार थे, धन-मान-यश, हर प्रकार से, परन्तु अबतक परिवार टूटा नहीं था।

ऐसी मिसाल इस युग में दुर्लभ है। मगर दुष्ट जनों का कहना है कि यह भी उस चालाक बुड्ढे की चतुर बुद्धि का परिणाम है। बुड्ढे ने वसीयत में लिख रखा है कि जो बेटा मेरे जीवन-काल में अपनी रसोई अलग करेगा, उसे निवारण-भवन का हिस्सा नहीं मिलेगा।

इधर उस जीवन-काल को खींचकर इतना लम्बा कर लिया उन्होंने कि बेटों के सारे बाल सफ़ेद हो गये। अब तो वही डर के मारे काँपते रहते हैं कब उनके बेटे-बहू अलग हो जाएँ।

सौभाग्य से ऐसा अभी तक हुआ नहीं।

बल्कि वे बाप-चाचा के हर काम में आन्तरिक सहयोग ही देते हैं। तभी तो घर के बड़े बेटे ने इस मौक़े पर घर की सभी बहू-बेटियों के लिए अच्छे ज़री किनारोंवाली टंगाइल साड़ी लाकर दीं, माँ और चाचियों के लिए भी चौड़े किनारोंवाली धनिया खाली साड़ी। मँझले बेटे ने पिता और चाचाओं की अनिच्छा होते हुए भी धोतियाँ और बच्चों के लिए नये कपड़ों का इन्तज़ाम किया है। धोती आजकल कोई पहनता ही नहीं, बस एक दिन पहनकर छोड़ देंगे फिर भी क़ीमती महीन धोती ही ख़रीदी है उसने। जैसे कि यह भी राय बहादुर निवारण चन्द्र की मर्यादा को बनाये रखने का एक अंश हो।

इस श्राद्ध क्रिया के हर काम में उनकी मर्यादा की उचित रक्षा हो रही है। घर के नौकर-दाई को दशहरे में भी इतने अच्छे कपड़े नहीं मिलते जैसे मिल रहे हैं ''बड़े मालिक के शराध'' में। ऐसे प्रख्यात व्यक्ति इतने दिनों तक इसी घर में रहते थे, यह बात दुनिया को मालूम भी तो हो।

न्यौते की 'लिस्ट' तैयार हो गयी है, भोज का 'मैन्यू' भी तैयार, मगर फिर भी बीच-बीच में उसमें कुछ और जुड़ रहा है, चल रहा है कुछ परिवर्तन उसमें और

'लिस्ट' बड़ी होती जा रही है।

बेटों को अचानक ही याद आ जाता है—बाबूजी को यह भोजन अत्यन्त प्रिय था, बहू-बेटियों को याद आ जाता, बीमारी के कारण बाबूजी को यह खाना मना हो गया था। इस भोज की तालिका में वह सब जुड़ जाए तो बाबूजी की आत्मा को शान्ति मिलेगी।

इस तरह लिस्ट में वह भी जुड़ जाता। ब्राह्मण-भोजन आदि सारे झंझट श्राद्ध के दिन ही निपटाकर असली भोज का प्रबन्ध नियम भंग के दिन किया गया है।

न्यौते की चिट्ठी के नीचे आत्मीय, कुटुम्ब और बन्धुजन का नाम देकर पूरी-भाजी और एक सब्ज़ी खिलाकर श्राद्ध का भोज करा दें, ऐसी छोटी नज़र निवारण के वंशजों को नहीं मिली। इस उपलक्ष्य में वे अपने आत्मीय कुटुम्ब और मित्रों को जमकर खिलाना चाहते हैं।

ये तो किसी के बेटे के पोते का अन्नप्राशन, उपनयन या विवाह नहीं कि एक ही जेब खाली हो? यह तो एक पारिवारिक उत्तरदायित्व है, निवारण के होनहार परपोते ने भी इसमें अपना योगदान दिया है।

सम्बन्धियों के अतिरिक्त निवारण के बेटों के ऑफ़िस के पूर्व सहकर्मी (जो अब भी जीवित हैं), जो उनके बेटों के ऑफ़िस में 'बॉस' या 'सीनियर' के पद पर शोभित हैं, उनके नाम भी तालिका में हैं। इसके अलावा दो-चार अँग्रेज़ अफ़सरों के भी नाम हैं। अतः भोज की तालिका में मांस, मछली, चॉप, कटलेट, फ्राई के अतिरिक्त मुर्ग़े का भी स्थान है—उसके बिना तो 'फ्राइड राइस' खाने में मज़ा नहीं।

हाँ, मगर इसे तालिका में शामिल करने से पहले मामले पर काफ़ी बहस और मतभेद हो चुका है। अभी-अभी परलोक सिधारे निवारण चन्द्र के जहाँ जितने सम्बन्धी थे, सभी तो आ चुके हैं। अधेड़ उम्र की बेटियाँ, उनसे आधी उम्र की पोतियाँ, बहुएँ सब आयी हैं साथ-साथ। उनमें अब दो गुट बन गये हैं। एक गुट का प्रतिवाद सख़्त हो उठा—श्राद्ध में मुर्ग़ी? छिः-छिः! हिन्दू घर में यह कैसा अनाचार!

दूसरे गुट की आवाज़ भी बुलन्द थी उस प्रतिवाद के जवाब में—"श्राद्ध तो हिन्दू घरों में ही होता है, यह कोई कहने की बात है ! कोई हवन में तो नहीं डाला जा रहा है? सगे सम्बन्धियों को बुलाकर अच्छा भोजन कराने की तो प्रथा है।"

निवारण की मँझली बेटी ने नाक सिकोड़कर कहा, "ऐसा कहने से कैसे चलेगा, मेरी ससुराल में लोग थूकेंगे।"

निवारण का छोटा बेटा बोला, "क्यों मँझली दीदी, वे लोग नहीं खाते क्या? मँझले जीजा तो मुर्ग़ा मिल जाय तो और कुछ छूते ही नहीं।"

"वह और बात है। इसका मतलब यह तो नहीं कि पिता के श्राद्ध में...?"

निवारण का बड़ा बेटा बढ़ी हुई दाढ़ी पर हाथ फेरकर बोला, "उससे क्या? बाबूजी को यह चीज़ कितनी पसन्द थी, तुझे याद नहीं? उन दिनों तो चौके में मुर्ग़ा लाना मना था, अलग से बावर्ची रखकर घर के बाहर पकवाकर..." भावावेग से आवाज़ थोड़ी-सी दब गयी, फिर धीरे-से बोला, "थोड़े आचार-विचार के बहाने लोगों को उस ज़माने में कितना कुछ पाने से रोका जाता था।"

मँझली बेटी का मन फिर गया, बोली, "सच ही कहते हो भैया। तुमने कहा तो याद आ गया। याद है, हम लोग कैसे बाहर जाकर खाते थे, नौकरों के नल पर जाकर हाथ-मुँह धोते थे, और कपड़े बदलते तब जाकर बिस्तर में सोने की अनुमति मिलती थी।"

कमरे में कुछ कमसिन बहुएँ थीं जो फ़िल्मी नायिका की तरह मुँह पर हाथ रखकर हँस उठीं।

एक ने कहा, "कौन था इतना झक्की?"

"और कौन, हमारी माता ठकुरानी के सिवा? इन सब बातों को लेकर कितना परेशान करती थीं बाबूजी को।"

बातों-ही-बातों में, पुरानी याद ताज़ा करने की धुन में असली बात ही दबती जा रही थी, फिर अचानक ही बात पक्की हो गयी। मुर्ग़ा बहाल रहा। किसी एक ज़माने में इस सुविधा से वंचित निवारण चन्द्र की दिवंगत आत्मा को शान्ति मिलेगी, इसमें सन्देह नहीं।

मुर्ग़े की प्रतिष्ठा के बाद ही अचानक चारों ओर पुरानी यादों को ताज़ा करने की होड़ लग गयी। पता चला केवल बेटियाँ ही नहीं, अधेड़ उम्र की भतीजियों, भानजियों को भी याद है। ताऊजी को क्या पसन्द था, मामाजी को क्या अच्छा लगता था।

उनमें से एक रोबदार भानजी बोल उठी, "तुम लोगों ने जो लिस्ट बनाई, रहने दो, मामाजी के श्राद्ध में मैं कृष्ण नगर से ख़ास मिठाई लाऊँगी। मामाजी को बेहद पसन्द थी। मेरी ससुराल है न वहाँ, जब तब आना-जाना लगा रहता था। मेरे आते ही कहते, 'कहाँ गयी रे? तेरी ससुराल की 'सरपुरीया' कहाँ है?' "

उनकी दूसरी दीदी, एक और भानजी बोल उठी, "न्यौता तो, जैसा सुन रही हूँ, डेढ़ हज़ार से ऊपर है। अर्थात् सोच-समझकर देख लो, सादे काग़ज़ पर हस्ताक्षर मत कर देना।"

रोबदार भानजी बोल उठी, "डेढ़-दो हज़ार में कोई फ़र्क़ नहीं पड़ेगा, दीदी। मामाजी ने हमें कितना लाड़-दुलार दिया, हमने कब क्या किया उनके लिए? दस-बीस साल से तो भेंट-मुलाक़ात ही नहीं हुई।"

अतः खाने के 'मेन्यू' में एक और आइटम बढ़ गया—बढ़ गयी भानजी की पद

मर्यादा भी। फिर तो झपाझप लम्बी होती चली गयी तालिका।

किसी ने गुप्तीपाड़ा से सन्देश लाने की ज़िम्मेदारी ले ली, किसी एक ने मछली के एक विशेष व्यंजन का उल्लेख कर उसका उत्तरदायित्व ले लिया, किसी और ने कच्चे आम की चटनी का ख़र्चा उठाने का बीड़ा लिया, और एक तो बोल ही बैठा, "तुम्हारे यहाँ सब अँग्रेज़ यार-दोस्त आएँगे, मैं कुछ स्कॉच ह्विस्की ले आऊँगा...नौकरी की पदोन्नति में उस स्कॉच ह्विस्की का बड़ा हाथ था। मामाजी खुद थोड़ा-बहुत पीते-वीते थे, एक बार एक अँग्रेज़ दोस्त के साथ—मतलब वह तो ब्रिटिश ज़माना था, काफ़ी दबदबा था, मामाजी का अँग्रेज़ दोस्तों के बीच।"

एक लम्बी-चौड़ी कहानी शुरू ही की थी उसने, अचानक बाधा उत्पन्न हुई। भरी सभा में एक छाया मूर्ति का आविर्भाव हुआ। प्रायः सभी चौंक उठे।

"यह कंकाल जैसी प्रेतात्मा इस घर के किस कोने में रहती थी?" निवारण की एक पोती ने कहा, "पहनावा आदमी को कैसे बदल देता है। अभी कुछ ही दिन पहले नानी को देखकर गयी थी, तब उनकी उम्र तिरासी वर्ष की थी। पतली छोटी-सी तो थी। फिर भी सिन्दूर की बड़ी-सी बिन्दी, चौड़े किनारेवाली साड़ी और हाथ में भरी चूड़ियों में कैसे दमकती थीं। और अब देखो—कौन कहेगा, ये वही हैं। रंग भी जैसे झुलस गया है। बुढ़ापे में भी तो कैसे खिली रहती थीं।"

जिनके विषय में टिप्पणी की गयी, उनके कानों में बात गयी नहीं थी। क्योंकि काल का शिकंजा तो उनके भी आँख, कान, दाँत सब पर पड़ चुका था।

अगर इतने दिनों तक राय बहादुर जीवित नहीं रहते, तो शायद इन्हीं के बारे में ऐसा कहा जाता, "अरे बाप रे! बुढ़िया अभी तक है? हाय राम! अभी तक मरी नहीं?"

परन्तु चूँकि हेमांगिनी देवी निवारण चन्द्र से तेरह वर्ष छोटी हैं, इसलिए उनकी उम्र को लेकर कोई चिन्तित नहीं हुआ। यहाँ तक कि एक लकवे के रोगी की सेवा करते रहना उनकी क्षमता की बात है या नहीं, यह भी किसी ने नहीं सोचा। एक नौकर तो है ही उन्हें हिलाने-डुलाने के लिए, फिर क्या?

बाबूजी की सेवा माँ करेगी, यही तो स्वाभाविक है। और यह भी तो सब जानते हैं कि और किसी का काम घर के मालिक को पसन्द भी नहीं आता। मगर हाँ, यह तो तब की बात है जब वे इस पृथ्वी पर ढंग से जी रहे थे।

हेमांगिनी के हाथ की रोटी के सिवा और कोई रोटी हज़म नहीं होती थी, उनके हाथ की बनी सब्ज़ी के सिवा और किसी में स्वाद नहीं आता था। फिर? इतने अपमान के बाद बहुएँ और उनकी बहुएँ भला क्यों आगे आएँ?

इसके बाद तो निवारण चन्द्र नामक व्यक्ति इस निवारण-भवन की धरती से विलीन हो गये। इस घर के किसी भी दर्पण में उनकी छाया फिर नहीं पड़ी, इस

घर की किसी मेज़ पर उनकी थाली नहीं परोसी गयी। केवल हेमांगिनी नामक एक दुबली-पतली औरत की हिफ़ाज़त में रह गये वे कई युगों तक। वे ही युग हेमांगिनी पर भी असर करते रहे, यह किसी को ध्यान नहीं आया।

शुरू-शुरू में हेमांगिनी, मतलब जब उनके बेटों के घने-काले बाल हुआ करते थे, जब-तब दौड़ी आतीं, ''अरे, डॉक्टर बाबू को जल्दी से ख़बर दे, इनकी छाती में दर्द हो रहा है।'' फिर धीरे-धीरे यह आना कम हो गया। कभी-कभी आकर कहतीं, ''देख, डॉक्टर बाबू को एक बार बुलाने से ठीक रहता। कई दिनों से कह रहे हैं छाती में...''

इसके बाद तो काफ़ी लम्बे अरसे के बाद कभी-कभार धीरे से उनके दरवाज़े पर आकर खड़ी होतीं, कहतीं, ''तुम लोगों में से कोई एक बार आ सकता है? कैसा तो कर रहे हैं।'' तब तो बेटों के बाल भी सफ़ेद हो चले थे, किसी को ब्लड प्रेशर, किसी को डायबिटीज़।

पोते जाकर देख आते और कहते, ''कुछ नहीं, शायद पेट गड़बड़ था।'' उनकी बहुएँ छुप-छुपकर हँसतीं, ''दादी को डरने की कोई ज़रूरत नहीं, उन्हें तो अमरत्व का वरदान मिला हुआ है।''

इसके बाद पता नहीं कितने दिनों से हेमांगिनी अपने बेटों के पास नहीं आयी। अन्तिम दिन उनका नौकर आकर बोला, ''बाबू, दादीजी ने कहा आप लोग सभी उस कमरे में आ जाएँ।''

आज बड़े दिनों बाद हेमांगिनी इस कमरे में आकर खड़ी हुईं, धीरे से बोलीं, ''तुम लोगों से एक बात करना चाहती थी।'' हेमांगिनी के बेटे-बहू, पोते-पोती ये सब हृदयहीन तो नहीं थे, इसलिए सब मिलकर परेशान हो उठे, बोले, ''तो तुम ख़ुद क्यों आ गयीं, हमें बुला लेतीं।'' थान में लिपटी हेमांगिनी को देखकर उन्हें पहली बार लगा कि माँ भी बूढ़ी हो गयी है।

फिर भी उनका एक पोता बोल उठा, ''अच्छा दादी, इस चादर को पहनना क्या इतना ज़रूरी था? आजकल तो देखता हूँ सभी साड़ी, चूड़ी सब कुछ पहनती हैं।''

हेमांगिनी ने इस बात का जवाब नहीं दिया। केवल एक बार उसे देखकर थोड़ा रुककर दृढ़ स्वर में बोलीं, ''मैंने सुना, उन्हें क्या-क्या खाना पसन्द था उसकी लिस्ट बन रही है भोज में खिलाने के लिए। अगर यह सचमुच सही है तो, उस लिस्ट में कुछ मीठे अंगूर लिख ले।''

''क्या लिख लूँ?'' सभी चौंक उठे थे।

हेमांगिनी बोलीं, ''कहा न, बड़े-बड़े मीठे अंगूर।'' थोड़ी देर चुप रहीं। फिर सब की ओर नज़र डालकर भी किसी को न देखते हुए बोलीं, ''काफ़ी दिनों से खाने की इच्छा थी! मगर आख़िरी तक हो नहीं सका।'' हो नहीं सका ! काफ़ी दिनों से

इच्छा थी, बाबूजी की! दादाजी की! मामाजी की! ताऊजी की!"

"कितने शर्म की बात है। कितने शर्म की।" मारे शर्म के सभी धरती पर गड़ गये।

हेमांगिनी उन्हें देख रही थीं, ऐसा लगा नहीं। शायद दीवार की ओर ही देख रही थीं।

थोड़ा सँभालकर छोटा बेटा बोल उठा, "यह बात कहने के बदले तुमने हमारे गाल पर एक थप्पड़ क्यों नहीं मार दिया, माँ? बाबूजी को अंगूर खाने की इच्छा हुई थी, बार-बार उन्होंने यह बात कही थी, मगर वह तुच्छ वस्तु लायी नहीं गयी। यह बात सोची भी जा सकती है?" दीवार की ओर से मुँह घुमाकर हेमांगिनी ने बेटे की ओर देखा। देखा उस चेहरे पर धिक्कार, तिरस्कार और विक्षोभ की तीखी अभिव्यक्ति।

मँझले बेटे के कण्ठ से वह धिक्कार उच्चारित हुआ, "अच्छी बात है माँ, अगर हम बाबूजी के इतने ही नालायक़ बेटे थे, तो नौकर से भी मँगवा सकती थीं।"

हेमांगिनी धीरे-धीरे रुककर बोलीं, "मँगवाया था दो दिन। छोटे-छोटे इतने खट्टे कि क्रोधित होकर फेंक दिये थे उन्होंने।"

"वह तो फेंक ही सकते थे," एक भतीजी रोनी-सी आवाज़ में बोल उठी, "ख़ुद कैसी चीज़ लाते थे, यह तो सोचो ताईजी! न्यू मार्केट से बाहर का फल उन्हें पसन्द ही नहीं होता था कभी। बड़े दिन के समय टोकरे में फल लाते थे। ये बड़ी-बड़ी नारंगी, लाल-लाल ढेर सारे सेब, बड़े-बड़े अंगूर के गुच्छे। वही आदमी दो अंगूर खाना चाहते थे तो खट्टे अंगूर मिले। उठाकर फेंक देंगे नहीं?" स्वर रुद्ध हो गया था उसका।

बड़े बेटे ने भी रुँधे स्वर में कहा, "यह बात एक बार हमारे कानों में क्यों नहीं डाल दी माँ तुमने? घर में इतनी चीज़ें आती रहती हैं। इतने रुपये ख़र्च होते हैं।" मँझली बेटी बोल उठी, "बुरे समय में कुछ बोलना ठीक नहीं। फिर भी बिना कहे रहा नहीं जाता। इन दिनों तुमने भी बाबूजी की बहुत अवहेलना की।" वे बराबर ही कितने शौक़ीन, कितने नवाबी मिज़ाज के थे, यह तो भूल ही गयी थी जैसे। "...बीच-बीच में देख तो गयी हूँ आकर। बिस्तर का क्या हाल, पहनावा भी वैसा ही।" बोलते-बोलते उसकी आवाज़ भर्रा गयी।

छोटा बेटा फिर एक बार बोल उठा, "वह सब तो फिर भी छोड़ा जा सकता है, मगर शर्म से सर झुका जा रहा है जब भी सोचता हूँ, बाबूजी ने अंगूर खाने चाहे पर मिले नहीं। ऐसा कैसे कर सकीं माँ?"

अपनी धुँधली दृष्टि से बारी-बारी से सबको देखने की कोशिश की हेमांगिनी ने, मगर धुँधले से आकारों को छोड़कर और कुछ देख नहीं सकीं। शायद इसीलिए

फिर दीवार की ओर देखने लगीं।

क्या उस दीवार पर सर कटानेवाले अनेक इतिहास लिखे गये थे? क्या उसी को पढ़ रही थीं हेमांगिनी ?

परन्तु इस भावावेग की धारा के बीच भी न जाने कैसे अपने आपको आवेग मुक्त रख सकीं वह। निरुत्ताप स्वर में धीर-धीरे बोलीं, ''तुम लोग अपने सौ झमेलों में व्यस्त रहते हो, इसीलिए तुम्हें परेशान करने में शर्म आती थी।''

—''शर्म! शर्म आती थी!''

एक साथ पता नहीं कौन-कौन बोल उठा, ''कहने में शर्म आती थी! एक तीखा स्वर सुनाई दिया, ''यह कहने में ही तुम्हें शर्म आनी चाहिए थी दादी। छिः छिः, विश्वास ही नहीं होता। तुम्हारी यह अजीब शर्म देखकर हँसूँ या रोऊँ, समझ में नहीं आता।''

सारे कमरे में इसी बात के समर्थन की गूँज सुनाई देती।

मगर शर्म के इस आघात से टूटकर हेमांगिनी देवी कठघरे में खड़े अपराधी की तरह सर झुकाकर खड़ी नहीं रहीं बल्कि अचानक एक अजीब बेसुरी आवाज़ में बोल उठीं, ''अरे, कितनी हैरत की बात है। तुम लोगों को भी ऐसा ही लगता था? मैं भी तो ऐसा ही सोच रही थी।''

अचानक कमरे से निकल गयीं, पता नहीं क्या करने के लिए!

# बक़ाया लगान

ऐसा कोई प्रख्यात शहर नहीं है कि स्टेशन पर उतरते ही यात्रियों की अपेक्षा में खड़ी टैक्सी की क़तार नज़र आये। इतनी आशा नहीं थी सोमेन और सीता को।

मगर यह भी आशंका नहीं थी कि सवारी करने को कुछ भी नहीं होगा। एक पहिये की निशानी तक नहीं होगी। स्टेशन मास्टर की छोटी-सी कोठरी के बाहर दो गज़ के टीन के 'शेड' के नीचे खड़े होकर बेचारे असहाय दृष्टि से दूर-दूर तक देखकर भी सामने मैदान और जंगल के सिवा और कुछ भी नहीं देख पाये। ट्रेन से जो कुछ लोग उनके साथ उतरे थे, स्पष्ट था कि उनके जैसे सम्भ्रान्त परिवार से नहीं थे वे लोग, काँटा-तार के घेरे के बीच से निकलकर जंगल के भीतर से कब अदृश्य हो गये, पता ही नहीं चला। एक अकेला कुली, जो साथ था, वह भी अब दिखाई नहीं पड़ा। रहने को कोई जगह मिलेगी यहाँ? मिलना सम्भव है क्या?

टाइम-टेबल से एक अज्ञात, अपरिचित स्टेशन का नाम खोजकर टिकट ले लिया और ट्रेन पर सवार हो गये। पर इस बचपने का परिणाम सोमेन को अब पता चलने लगा। जब घर से भाग निकला था, तब भाग निकलना ही उसका मुख्य उद्देश्य था, हालत क्या होगी, यह चिन्ता गौण थी। जिस तरह ट्रेन में भागकर आया, अधिक चिन्ता करने का समय नहीं था।

थोड़ी असुविधा ही होगी, थोड़ी तकलीफ़ ही, यही न! मगर असुविधा और तकलीफ़ के भय से घबरा जाए, ऐसी मनःस्थिति कहाँ है उनकी?

स्टेशन का चेहरा देखकर धारणा भी बदलती जा रही है। भारी जेब भरोसा कम, चिन्ता अधिक बढ़ा रही है।

आ तो गये, ठहरने के लिए जगह ढूँढ़ना मुश्किल ही लग रहा है।

ऐसे में सीता ने ही हिम्मत बँधायी। सहज भाव से बोली, "स्टेशन मास्टर से पूछकर देखो न, एक गाड़ी का प्रबन्ध नहीं कर देगा? गाँव तक पहुँच जाने से कोई रास्ता निकल ही आएगा। कुछ भी न हो तो पेड़ की छाँव तो कोई छीन नहीं सकता!"

हँसने की कोशिश की सीता ने।

"वह भी छिन सकती है! देश में और कुछ हो न हो, थाना-पुलिस नामक कुछ तो है ही।"

"वाह! थाना-पुलिस की बात क्यों उठ रही है?"

"हम कोई चोर हैं क्या?"

सोमेन धीरे से हँसकर बोला, "नहीं है, इसका सबूत क्या है? तुम मेरी विवाहिता पत्नी हो यह प्रमाणित करने के लिए भी तो कोलकाता में रिश्तेदारों के पास लौटना पड़ेगा।"

"यह क्या बात करने का तरीका हुआ? इसका अर्थ क्या है?" सीता भौंहें सिकोड़कर बोली।

"इसका अर्थ है दुनिया का हर आदमी अविश्वास का पात्र बनने योग्य है। 'कामिनी और कंचन' इन दो वस्तुओं के साथ 'वृक्ष-तले डेरा डालना' ठीक जँचता नहीं है। पुलिस पीछे पड़ सकती है। देख रहा हूँ, काम बच्चों जैसा ही हो गया है।"

तीखे स्वर में सीता बोली, "तो तुम क्या चाहते हो? लौटती ट्रेन से कोलकाता लौट चलें?"

"अभी इतना नहीं कह रहा हूँ, पर लग रहा है किसी विपत्ति में न फँस जाएँ!"

"विपत्ति!" शान्त स्थिर दृष्टि से सीता ने सोमेन की ओर देखा, "अभी भी विपत्ति से डरते हो तुम?"

पल में चुप हो गया सोमेन। क्षण-भर पहले की असतर्क चपलता इस अचानक आघात से जैसे मूक हो गयी। इतनी देर बाद याद आया, क्यों दोनों भागकर आये हैं यहाँ। सोमेन शर्म से गड़ गया। कितने शर्म की बात है! सोमेन की चपल वार्तालाप करने की आदत अभी तक छूटी क्यों नहीं!

दोनों सूटकेस के ऊपर बैठे रहे चुपचाप। ऐसा लगा कि इसी प्रकार बैठे रह जाएँगे युगों तक। सीने पर पड़ा है अनन्त भार पत्थर-सा, दृष्टि में अनन्तकाल का असहाय प्रश्न—कहाँ गयी, क्यों गयी ?

नहीं, अब उन्हें हँसने का अधिकार नहीं है, अधिकार नहीं चपल वार्तालाप का। आनन्द की दुनिया से निर्वासित हो गये हैं दोनों। बराबर से ही प्राण चंचल, हँसमुख स्वभाव स्वतः जागरित हो उठा था। फिर कोड़े खाकर चुप हो गया।

श्यामली नहीं रही, वे रह गये, इस अपराध का कोई अन्त है?

अकेली सन्तान श्यामली!

सत्रह वर्ष के शरद-वसन्त में पला एक खिला हुआ फूल। वह फूल कैसे झुलसकर सूख गया!

पेन्सिल छीलने की छुरी से हाथ कटने पर कोई मर जाता है क्या? किसी ने इस तरह मरते देखा है किसी को? कहाँ था इतना ज़हर जो सारी नसों में फैलकर ताज़े ख़ून को नीला कर गया? रोक दिया उसकी गति को?

मगर क्या सीता को सचमुच यह अनुभव है कि श्यामली मर चुकी है?

ये सारी चीज़ें पड़ी रहेंगी श्यामली की, उसकी क़िताब-कॉपी, पैन्सिल, कलम, पड़ी रहेगी वह छुरी भी सही-सलामत। केवल श्यामली का कहीं कोई चिह्न भी नहीं रहेगा? इस विशाल धरा के किसी कोने में भी नहीं?...आकाश, धरती, जल कहीं भी पल-भर के लिए भी उसकी छाया तक नहीं पड़ेगी?

अनगिनत साड़ी-ब्लाउज़ और प्रसाधन के उपकरणों से भरी विशाल अलमारी के दोनों पल्लों को सपाट खोलकर जब सीता असहाय दृष्टि से देखती रहती है, क्या वह समझ पाती है कि ये सब कभी श्यामली नहीं पहनेगी ! कभी नहीं खोलेगी क्रीम और 'परफ़्यूम' की शीशी?

शायद नहीं समझ पाती है, तभी सारे रिश्तेदारों को हैरान कर इतनी चुपचाप रही अब तक? या फिर उन्हीं लोगों ने समझने ही नहीं दिया? आच्छादित कर दिया सीता की सोच-समझ, अनुभूति को?

श्यामली के जाने के छत्तीस दिन बाद अनजाने अपरिचित इस अजीब माहौल में ढलती शाम को आकाश में फैली चिता की लाली को देखकर क्या आज सीता को अनुभव हुआ कि श्यामली सचमुच मर गयी है? उसे रोना चाहिए? नीरव आँसू गिराकर नहीं, तीव्र आर्तनाद कर?

चौंक उठा सोमेन। सीता रो रही है? चीख़कर रो रही है सीता? वह चीख़ ऐसी तीखी, ऐसी तीव्र है?

कहाँ छिपा था सीता के कण्ठ में यह तीव्र आर्तनाद? क्या पागल हो गयी अचानक?

इतने दिनों तक तो ऐसा उसने कभी नहीं किया। उसके नहीं रोने पर ही क्या कम दुःखी हुए थे उसके हितैषी सगे-सम्बन्धी? अकेली सन्तान के विछोह के बाद जो औरत चुपचाप बैठ सकती है, अतिथियों का स्वागत भी करती है, कुशल समाचार पूछती है, उनसे श्यामली को छोड़कर दुनिया की और सारी बातें कर लेती है, चाहे कितनी भी बेकार क्यों न हो। पीछे उसकी समालोचना करने से बाज आएँगे, ऐसे कठोर हृदयहीन तो नहीं हैं उसके रिश्तेदार। थोड़ा बहुत संकुचित सोमेन ही नहीं हुआ था क्या? सीता के लिए रोना ही तो उचित था, वही स्वाभाविक था। पाँच तरह की बातें तो होंगी ही।

दुर्घटना की रात को ख़बर पाकर जब सगे-सम्बन्धियों का दल अपनी निश्चित निद्रा का सुख त्यागकर धड़धड़ा कर उसके घर पहुँचा, और सीता को जकड़कर चेहरे पर पानी के छींटे और सर पर पंखा झलने के लिए लोगों ने आपस में होड़ लगा दी, तब बड़ी ही कुशलता के साथ अपने-आप को छुड़ाकर श्यामली के बालों को सँवारने बैठ जाना सीता के लिए बड़ा बेतुका आचरण था कि नहीं? माँ के सिवा और किसी से अपने बाल सँवारना श्यामली नहीं जानती थी, मगर जो श्यामली को

सजाकर भेजने के लिए हाथ में स्नो सेण्ट लेकर बैठी रहीं उन्हें क्या पता था!

"बड़ी तगड़ी औरत है," यह टिप्पणी अगर नीरव से सरव ही हो गयी थी तो किसी को दोष नहीं दिया जा सकता है।

ख़ैर जो भी हो, सीता अपना कर्तव्य पालन करे या न करे, बाक़ी लोग अपने कर्तव्य से क्यों चूक जाएँ?

अतः सीता मूर्च्छित नहीं हुई, फिर भी उसके चेहरे पर पानी के छींटे दे-देकर होश में लाकर लोग बेसब्र न होने पर भी उसे सीने से लगाकर—'बेसब्र नहीं होना बेटी, सोमेन की तरफ़ देखो, यही दुनिया का नियम है, धीरज खोने से कैसे चलेगा ...क्या करोगी, यह सब कर्मफल है'—आदि अच्छे-अच्छे उपदेश बरसाते गये।

तब से यही चलता रहा छत्तीस दिनों तक।

कर्मफल का लीलाकीर्तन।

श्यामली की यह आकस्मिक मृत्यु विधाता की हृदयहीन निष्ठुरता नहीं है ! भगवान का अन्याय अविचार नहीं है। शैतान का प्रकोप नहीं है, केवल सीता का कर्मफल है। इसी बात को समझा देने के लिए अपने काम का नुक़सान करके भी लोग आते जा रहे हैं, अपनी जेब के पैसे ख़र्च कर भी आते चले जा रहे हैं। लौटते समय सोमेन की गाड़ी ही पहुँचा देती है उन्हें। दे भी क्यों नहीं? ये लोग जब इतना ख़्याल रखते हैं उसका, वह इतना भी न करे !

समाज में उनके इतने सम्बन्धी, इतने हितैषी, इतने हमदर्द थे, यह पहले कभी मालूम पड़ा था उन्हें? सोमेन और सीता को ? जिन्होंने ज़िन्दगी में कभी छाया भी नहीं देखी उनकी, क़दम नहीं रखे उनके घर पर, बड़े लोग कहकर जिनके नाम पर नाक सिकोड़ा, आज वे भी आ रहे हैं मन की कालिमा हटाकर। इनके सोना-चाँदी, चमकदार साड़ी और कोठी की तड़क-भड़क उन्हें मलिन नहीं करती है आज। अब तो पीठ पर हाथ फेरने के निर्मल सुख से वंचित होना कोई भी नहीं चाहता।

'अहा', 'अहा' की संवेदना से गूँज उठा है माहौल। अबतक जो सुख, सौभाग्य और गर्वित स्वभाव से मटकती फिरती थी, अब वह मुट्ठी में आ गयी है।

'इनसान' का सुख कमल के पत्ते पर ठहरा पानी है। नहीं तो और क्या है! यही तो देखो, सब कुछ लुट गया, रहा क्या! बोलो?

"अकेली सन्तान चली गयी। अनेक जन्मों तक महापाप न करने से ऐसा नहीं होता।"

"क्या करोगी बेटी, जो करके आयी हो उसका फल तो भुगतना ही पड़ेगा न?"

"यही नियम है दुनिया का...अहा।"

सबको इसी ढंग से बात करना कहाँ से आ गया, यही आश्चर्य की बात है। कोई छूटता नहीं, छोटा-बड़ा हर कोई ऐसी बड़ी-बड़ी बातें करता है।

केवल रिश्तेदार? सब्ज़ीवाली, ग्वालिन, पड़ोस में काम करनेवाली बाई, सभी आ रहे हैं सीता की पीठ पर हाथ फेरने। आ रहे हैं—"अहा, अहा" करने। मानों श्यामली उतारकर ले गयी है उनकी भव्यता का आवरण।

हालाँकि भले इरादे से ही आ रहे हैं ये लोग। इकलौती सन्तान की मृत्यु पर उसकी माँ को सान्त्वना देने नहीं आएँगे? समाज, गोष्ठी, मानवता—ये सब शब्द आख़िर किसलिए हैं ? सीता अगर उनकी सहानुभूति से द्रवित न हो, काठ की गुड़िया की तरह बैठी रहे या फिर अतिथियों के लिए चाय-जलपान का प्रबन्ध करने में लग जाय, यह उनका दोष तो नहीं? सीता की सूखी हुई आँखों को देखकर उनके आँसू भी सूख जाते इसमें कोई शक नहीं, परन्तु बांग्ला भाषा में इतने अच्छे-अच्छे वाक्य है, अनेक उपदेश-वाणी हैं, उन्हीं से निभाना पड़ता है।

अगर रुलाया न भी जा सके, तब भी पिछले जन्म की दुष्कृति से सीता को अवगत तो कराया जा सकता है। तत्त्व-ज्ञान की बातें तो कही जा सकती हैं। वैसे सीता भोजन-शयन त्याग करती या नहीं ईश्वर जाने, परन्तु किये बिना चारा ही क्या? सुबह से रात तक कोई न कोई तो उपस्थित है ही सीता को थोड़ा-सा कुछ मुँह में डालने की मिन्नत करने के लिये।

एक बूँद शरबत पीने के लिए अगर कोई मिन्नत करता रहे, इतना-सा गले में नहीं डालने से ज़रूर मर जाएगी सीता, कहकर अफ़सोस करने लगे, किस मुँह से उनके सामने बैठकर सीता दाल-भात खाये? किस मुँह से कहे थोड़ी-सी चाय के बिना उसका सर दर्द से फटा जा रहा है।

सोने के समय है चचेरी सास। दुस्संवाद पाते ही गाँव से जो दौड़ी आयी, साथ में एक सनकी लड़का, दो क्वाँरी लड़कियाँ, विधवा बहू और तीन-चार पोते-पोतियाँ भी हैं। इतना निकट सम्बन्ध है कि छोड़कर नहीं जा पाती हैं।

सीता को पास में लेकर सोने की ज़िम्मेदारी अपने आप ले ली हैं उन्होंने।

अद्‌भुत अध्यवसायी हैं, मानना ही पड़ेगा। नींद को इस प्रकार वश में रखना कम ही लोगों को आता होगा। प्रायः सारी-सारी रात सीता को समझाती रहतीं, परलोक, जन्म-जन्मान्तर, लीलामय की लीला, इच्छामयी की इच्छा का गूढ़ तत्त्व। आवाज़ न मिलने पर बदन पर हाथ फेरकर करुण स्वर में कहतीं, "बहू, सो गयी क्या? हाँ तो, मेरी उस ममेरी भतीजी की बात कह रही थी...तीन महीने के भीतर पति गया, बाप गया, दो जवान बेटे गये। सुघड़ गृहिणी रातों-रात क्या से क्या हो गयी। अब तो एक तरह से भीख़ माँगकर ही गुजारा कर रही है। मगर क्या सुख, क्या ऐश्वर्य था..."

इस प्रकार के अनेक अच्छे-अच्छे उदाहरण उनकी झोली में है, मौक़ा मिलते ही खोलकर बैठती हैं। बदन पर हाथ रखने से भी अगर नींद नहीं खुलती, धक्का

देने से भी नहीं, तब निरुपाय होकर जम्हाई लेतीं...अहा, नींद ही उसकी दवा है, सर्वसन्तापहारिणी निद्रा। बहू का मन हल्का है तभी, नहीं तो मेरे 'किसना' के जाने पर छः महीने तक आँखें बन्द नहीं कर सकी। बैठे-बैठे रात काट देती थी—कहकर आख़िर आँखें बन्द कर लेतीं।

इस स्नेहमय निरीक्षण के घेरे से निकलकर किस मुँह से सीता कहेगी कि सोमेन के पास नहीं सोने से उसे नींद नहीं आती है। श्यामली को खोकर भी नहीं। उन्नीस वर्ष का अभ्यास है। इतनी बड़ी चोट खाकर भी बदला नहीं।

सीता ने हिसाब लगाकर देखा—श्यामली के जाने के बाद सोमेन के साथ उसकी पहली मुलाक़ात हावड़ा स्टेशन पर हुई।

सचमुच की मुलाक़ात।

भाग निकलने की परिकल्पना कब, किस तरह की थी, जैसे-तैसे सूटकेस सजा लिया था, स्वयं को भी ठीक से याद नहीं है। अबतक केवल एक आवाज़ लगातार उठती रही--भागना पड़ेगा, भागना पड़ेगा, जहाँ भी जिस तरह भी हो। जहाँ जाकर एक बार सहजता से साँस ले सकेगी। जहाँ पास-पास बैठ सकेंगे सोमेन और सीता। एकान्त की निकटता के साथ सोमेन की गोद में अपना सर रख सकेगी वह। इसी के लिए आधी रात को ट्रेन में चढ़कर भाग जाने की परिकल्पना। पता चल जाने पर दया के वशीभूत होकर कौन साथ पकड़ ले, क्या जाने।

स्टेशन पहुँचकर अचानक खिलखिलाकर हँस पड़ी थी सीता। स्वाभाविक नहीं थी वह हँसी। बोली थी, ''ख़ूब बेवक़ूफ़ बनाया सबको, क्यों?''

''बेवक़ूफ़?'' आश्चर्य हुआ था सोमेन को।

''नहीं तो क्या?'' सुबह होते ही सब देखेंगे पंछी उड़ गये। बड़ा मज़ा आएगा।''

''चाची को भी नहीं बताकर आना ठीक हुआ क्या?'' सोमेन ने कहा।

इतना 'ऐडवेंचर' उससे हज़म नहीं हो रहा था।

''जो हुआ, सो हुआ। उफ़, जान में जान आयी।''

'कर्मफल' के हाथ से छुटक़ारा तो मिला। ट्रेन में चढ़कर भी बहुत बचपना किया सीता ने, किसी स्टेशन पर चनाचूर ख़रीदकर खाया, मिट्टी के कप में चाय भी पी उसने।

क्या सोमने को बुरा लगा था?

नहीं।

नुक़सान कितना भी गहरा हो, वेदना कितनी भी तीव्र हो, पुरुष उसे दबाकर रखना चाहता है, उसे भूलना चाहता है। उसे नुक़सान फिर भी सहन हो जाता है पर शोक सहन नहीं होता है। और शोकग्रस्त नारीहृदय से भयंकर पुरुष के लिए और है क्या?

इसीलिए सोच रहा था, शायद सँभल गयी सीता। सोच भी नहीं सका था कि अचानक इस प्रकार आर्तनाद कर चूर-चूर हो जाएगी वह। खो बैठेगी अपने-आप को। रोकने की चेष्टा व्यर्थ रही। तरंग और भी उत्ताल हो उठी। हलचल मच गया समुद्र में। छत्तीस दिनों के बाद सोमेन को इस सत्य का अनुभव हुआ कि श्यामली मर चुकी है।

मगर, यह क्या?...कहाँ थे इतने लोग?

इस निर्जन मैदान में कहाँ से लग गया जनता का जमघट! धरती भेदकर आ गये क्या?

कुली-कामिन, झाड़ूदार, स्टेशन मास्टर, फायरमैन, सिगनलमैन—कौन नहीं?

आश्चर्य की बात है!

मगर इतनी सारी कुतूहली दृष्टि के सामने कैसे वह सीता के मस्तक को गोद में रहने दे! इसे निष्ठुर की तरह उठाकर बैठा न दे तो क्या करे?

स्टेशन मास्टर थोड़े बुज़ुर्ग थे। इसलिए सोमेन को बुलाकर पूछताछ करने लगे।

प्रश्न के उत्तर में सोमेन ने निराश होकर प्रश्न किया, "कारण सुने बिना नहीं मानेंगे?"

"देखिए मेरी एक ड्यूटी तो है। अगर बुरा न मानें...आपकी पत्नी शायद? मतलब दिमाग़ी तौर पर...है न...?"

सोमेन की इच्छा तो हुई हाँ कह दे।

मगर उससे मुश्किल और बढ़ सकती है। अतः खुलकर ही कारण बता दिया उसने। सुनते ही वे सहानुभूति से काँप गये।

"क्या कह रहे हैं? ओह हो! और बिटिया को इस तरह—उफ्!... यहाँ ठहरेंगे कहाँ?"

"कुछ सोचकर आये नहीं हम, यूँ ही ख़्याल आया..."

"हाँ, हाँ वह तो होगा ही! इकलौती सन्तान थी, आहा !"

"हाँ! इससे तो लोग पागल हो जाते हैं। ठीक है, चलिये इस ग़रीब की कुटिया में, फिर कोई इन्तज़ाम कर दूँगा मैं। चलिए, चलिए..."

सोमेन कुछ सकुचाकर बोला, "फिर आपके घर जाकर परेशान करना। कृपा करके कोई दूसरा इन्तज़ाम अगर..."

"मेरे कहने का मतलब, पैसे के मामले में कोई दिक़्क़त नहीं है।"

"वह मैं समझ गया जनाब, देखने से ही पता चल जाता है। मगर, इस तरह विदेशी धरती पर, ऐसे दुस्समय में बंगाली होकर आपको कैसे छोड़ दूँ। मैं भी बीवी बच्चोंवाला हूँ आख़िर। अच्छा, मैं ही जाकर बिटिया को मनाता हूँ।"

स्टेशन मास्टर सीता की ओर बढ़े जो उस समय रोना भूलकर हैरानी के साथ

एक हरिजन झाड़ूदारनी की अभूतपूर्व बांग्ला भाषा सुन रही थी।

"संसार में हरदम ओहि तो एक घटना होच्छे दीदी, आसछे–फिन् जाच्छे। भागमान को कुच्छू दोष ना आछे, ए तुमको करमफल। ओहि जनम में तुम...

स्टेशन मास्टर के आगमन से उसके वाक्य-स्रोत में बाधा पड़ गयी।

करुण स्वर में स्टेशन मास्टर बोले, "बुड्ढे की बात रखनी होगी बिटिया"–सीता और भी हैरान होकर बोली, "मुझसे कह रहे हैं?"

"हाँ बिटिया, तुमसे ही कह रहा हूँ। सब सुन चुका हूँ। क्या कर सकती हो बेटी, ये सब..."

"जानती हूँ, सब मेरा ही कर्मफल है।" शान्त स्वर में सीता बोली, "इससे बचने का कोई उपाय नहीं है, वह भी समझ रही हूँ अब। अब कृपा करके केवल इतना बताएँगे कि कोलकाता जाने की अगली गाड़ी कितने बजे हैं?"

# चरित्रहीन

अभी तक? इस उम्र में?

सुनकर हैरान रह गया।

क्या सचमुच मनुष्य की वासना का अन्त नहीं है? असंयम की सीमा नहीं? क्या चरित्रहीन व्यक्ति इतना निर्लज्ज हो जाता है? मन-ही-मन उम्र का एक मोटा हिसाब लगाकर मैंने पाया कि वीरू मामा की उम्र लगभग सत्तर के क़रीब है। वही वीरू मामा अभी तक! आश्चर्य की बात है!

विदेश में रहता हूँ, कभी-कभार कोलकाता आता हूँ, वह भी छोटी-मोटी छुट्टियों में। नज़दीकी रिश्तेदारों के कुशल समाचार लेने का ही समय नहीं बच पाता, तो ममेरे, चचेरे का क्या कहना! वीरू मामा अब तक ज़िन्दा हैं और इस धरती का अन्न फाँके जा रहे हैं इतना भी तो मालूम नहीं था, और समाचार तो दूर की बात। वीरू मामा के बेटे नीतू भैया आज मेरी माँ के पास अपना दुखड़ा रोने आये, तभी पता चला और जानकर हैरान रह गया। सोचा, चरित्रहीन हो जाने से क्या इतना निर्लज्ज हो जाता है आदमी?

बचपन से सुनता आया हूँ ज़रूर कि वीरू मामा का चरित्र ठीक नहीं, बीवी-बच्चों के होते हुए भी एक और उपसर्ग है, इत्यादि।

और वह उपसर्ग भी और कहीं की नहीं, अपने गाँव की ही है। आँधी-पानी, वज्रपात हो, दुनिया ही उलट जाए, तो भी प्रति रविवार को वीरू मामा गाँव जाते ही हैं, वह आकर्षण जन्मभूमि का नहीं, बुआ-चाचा का भी नहीं, उसी 'बेशर्म औरत' का है।

तब हम बच्चे थे इस कारण हमारे कान बचाकर बातें की जाती थीं, ऐसा याद नहीं आता। इसलिए तभी हमें पता चल गया था वीरू मामा बुरे आदमी हैं।

मगर वह आज की बात थोड़े ही है?

इतने बरसों बाद फिर वही बात कानों में आयी कि वीरू मामा उस बेशर्म औरत से... नहीं, अब इस बुढ़ापे में हफ़्ते-हफ़्ते गाँव जाने का कष्ट सहन नहीं होता, इसलिए गाँव के मकान में ही बस गये हैं वीरू मामा। बेटे उन्हें कोलकाता लाने के लिए मिन्नतें किये जा रहे हैं, मगर टस से मस नहीं हो रहे हैं वे।

उनके बहानों की भी कोई कमी नहीं है।

दिमाग़ बिलकुल साफ़ है।

बहाना यही लगाते हैं कि इस बुढ़ापे में कोलकाता के किराये के घर में भेड़िया-धसान होकर रहने को तैयार नहीं हैं वे। उद्दण्ड, शरारती पोते-पोतियों का शोर-शराबा, रात-दिन भाभी के झगड़े, किचकिच से भी नफ़रत है उन्हें।

इसके अतिरिक्त उन्होंने बेटों से पूछा भी है, ला सकोगे वह सब कुछ जो मेरी सेहत ठीक रखने के लिए ज़रूरी है?

क्या जवाब देंगे उनके बेटे?

हामी भरें तो किस भरोसे पर? उम्र बढ़ गयी है, इस कारण स्वास्थ्य की रक्षा के लिए उन्हें बहुत चीज़ों की ज़रूरत होती है। उन्हें चाहिए प्रतिदिन एक सेर शुद्ध दूध, भात के साथ प्रतिदिन छटाँक-भर गाय के दूध की मलाई से निकाला हुआ शुद्ध घी, दोनों समय खेत से ताज़ा निकाली गयी शाक-सब्ज़ी, ताज़ा चारा मछली की रसेदार तरकारी और चटनी। इसके ऊपर से और जितना भी हो, यह तो आवश्यक ही है। इसी तरह नियम से रहेंगे तो और पन्द्रह-बीस साल हँस-खेलकर जी लेंगे, ऐसा ही सोचते हैं वीरू मामा।

और, जीना भी चाहते हैं वे।

पैसे फेंकने से भी कोलकाता में ये सब मिल सकता है क्या। हालाँकि गाँव में भी अब पहले जैसा कुछ भी नहीं है, फिर भी कुछ तो है। बहुत न सही, थोड़ा बहुत मिल ही जाता है कोशिश करने से।

मगर वह कोशिश करे कौन?

"और कौन।" नीतू भैया नाराज़गी दिखाकर बोले, "बस वही। हम लोगों ने तो एक तरह से जाना ही छोड़ दिया है। बस, माहवार ख़र्चे का रुपया और जो उनकी फ़रमाइश रहती है, लेकर महीने में एक बार..."

"पैसे क्यों नहीं बन्द कर देता?" मेरी माँ वीरांगना जैसे विक्रम के साथ बोल पड़ीं, "फिर कैसे चुपचाप वापस नहीं लौटते, मैं भी देखती?"

निराश भाव से नीतू भैया बोले, "यह कैसे हो सकता है?

"हो क्यों नहीं सकता है?" माँ फिर से प्रोत्साहित होकर बोलीं, "कहेगा, हम साधारण लोग हैं, हर महीने नक़द रुपये निकालकर कहाँ से देंगे। साथ मिलकर रहो, खाओ-पिओ, बस।"

"फिर तो तुम ही लोग कहोगे कैसे कुलांगार बेटे हैं। बूढ़े बाप को खाना तक नहीं देते।"

"कोई नहीं कहेगा।" फिर अपने आप बोल पड़ीं माँ, "बाप जब बाप जैसा हो तो बेटे सर पर बिठाकर रखेंगे। बाप बेइज़्ज़ती के काम करे तो कोई क्या इज़्ज़त

करेगा?''

नीतू भैया उदास होकर बोले, ''यह कौन समझेगा? बल्कि सभी समझेंगे, बहुएँ अपने बूढ़े ससुर के झमेले उठाना नहीं चाहती हैं, तभी बेटों ने बाप को वनवास दे दिया। उस पर से पैसे बन्द करना।''

''मगर इतना बढ़ गया कब?'' माँ बोलीं, ''यह बीमारी थी, बराबर ही मालूम था। सुशीला दीदी तो गाँव के रिश्ते में हमारी बहन लगती हैं, देखती रहीं बराबर। लोग हँसी-तमाशा भी करते थे, मगर इतनी बेशर्मी तो नहीं थी। वीरू भैया हर रविवार गाँव जाते, भेंट मुलाक़ात, बातचीत करते थे, इतना ही। हाँ, मगर हर महीने सुशीला दीदी को ख़र्चा दिया करते थे।''

थोड़े कौतूहल के साथ मैंने पूछा,''अच्छा, उन दिनों तुम्हारे गाँव का समाज यह सब चलने देता था? सुशीलादी के माता-पिता नाराज़ नहीं होते थे?

''माँ-बाप गये भाड़ में। होश सँभालने के पहले ही सब खोकर चाचा-चाची के परिवार में भर्ती हो गयी। बचपन में तो चाची रोज़ ताने देकर कहा करती थी, ''काम की न काज की, सौ मन अनाज की। नहीं मिलेगा खाना!' छोटा-सा मुँह लेकर लोगों के दरवाज़े पर खड़ी होती थी। तरस खाकर लोग मुट्ठी भर खाने को दे देते थे। सभी तो कहीं-न-कहीं से रिश्ते के ही लगते थे।''

''और ससुराल?''

''वहाँ भी यही हाल। जैसा फूटा नसीब। एक लड़का देखकर चाचा-चाची ने ब्याह कर विदा तो कर दिया था। छः महीने में ही उसे ख़त्म कर फिर चाचा के सर पर सवार हो गयी। उन्हें भी क्यों पसन्द हो? रोज़ खिट-पिट चलती। उसी सिलसिले में वीरू मामा का दिल पिघल गया। बोले, ''केवल एक मुट्ठी भात के लिए इतना लांछन। मैं दूँगा सुशीला के खाने का ख़र्चा।'' तब अच्छा कमा लेता था। मर्चेंट ऑफ़िस में बड़ा बाबू था, दया दिखाने की क्षमता भी रखता था। बस वही दया दिखाना ही आफ़त बन गया। सुशीलादी एकदम पिघल गयी, मेल-जोल बढ़ गया। चाचा ने विधवा लड़की के रीत-चरित्र देखकर धक्के देकर घर से निकाल दिया एक दिन। सुनी हुई बात है यह सब, ठीक से याद नहीं। मगर हम लोगों ने सुशीलादी को अपने बाप की टूटी झोंपड़ी में रहते, वीरू मामा के पैसे से अपना पेट पालते और गाँव-भर के लिए काम करते देखा है। तगड़ी जान है, जिसे ज़रूरत पड़ी वही पुकारता—सुशीला। मगर इस बात में इतनी लापरवाह...'' नीतू भैया बीच में टोक कर बोले, ''इतना बढ़ गया माँ की मौत के बाद। माँ चल बसी, बाबूजी की भी नौकरी चली गयी।''

''नौकरी चली गयी?''

''हाँ, ऑफ़िस में नया फ़ैशन हुआ, बूढ़ों को निकालो। जबकि उस साठ वर्ष

की उम्र में भी दो जवान आदमी के बराबर मेहनत कर सकते थे वह। ख़ैर, नौकरी तो गयी। और जाते ही उन्होंने कहना शुरू किर दिया, 'दफ़्तर जाता था दिन-भर, एक तरह से दिन कट जाता था, अब इतनी कशमकश भीड़ में नहीं रह पाऊँगा।''

हम लोगों ने सोचा, बुरा ही क्या है। बहुएँ तो दिन-रात 'बाबूजी ने यह कहा, बाबूजी ने वह कहा' कहकर बखेड़ा खड़ा करती रहती हैं। गाँव में रह जाएँगे तो दोनों के लिए अच्छा रहेगा। चारों भाई पन्द्रह रुपये के हिसाब से देंगे, अपना खाना वह ख़ुद पका लेंगे, पुराने नौकर का बेटा काम-काज कर देगा, यही व्यवस्था की गयी। बाबूजी को भी बड़ा उत्साह, बड़ा जोश आया। तब हमें क्या पता ये सब बेशर्मी होगी। अगले महीने ही जाकर देखा, चौके में सुशीला बुआ। ज़रा सोचिए, देखकर मन की क्या दशा हुई होगी। यह सब बराबर से मालूम तो था, पर एकदम इस तरह खुलकर। सफ़ाई दी गयी—'इन्हें भी स्वयं पकाकर खाने में तकलीफ़ हो रही थी, उनका भी घर टूटकर गिर गया था, रहने की तकलीफ़ हो रही थी, इसीलिए।'' माँ उग्र स्वर में बोल उठीं, ''तुम लोगों ने कहा नहीं कुछ भी?''

''क्या कहें, बताइए? उन्हें शर्म न हो, हमें तो है। जैसे कुछ पता नहीं चला, ऐसा बहाना कर लौट आये। अब भी जाते हैं, एक शाम रहकर, खाना खाकर लौट आते हैं। मगर देखिए, इस महँगाई के ज़माने में घर से साठ रुपये निकल जाना। कोलकाता आकर रहते तो...''

मैं समझ गया नीतू भैया के कष्ट का मूल क्या है।

इसके बाद नीतू भैया और माँ के बीच ज़ोरदार आलोचना शुरू हुई, किस तरह इस अवैध काण्ड को जड़ से निर्मूल किया जाय। ऐसा तय हुआ कि माँ एक बार स्वयं मुआयना करने जाएँगी और सारी मुसीबत की जड़ को खरी-खोटी सुनाकर, वीरू मामा को धिक्कार देकर यह बात समझाकर छोड़ेंगी कि समाज में रहकर यह सब असामाजिक बात नहीं चलेगी। कहेंगी कि इस पाप को विदा न कर दे तो बेटे माहवार का ख़र्चा देना बन्दकर देंगे। क्यों नहीं करेंगे भला? तुम बाप होकर अगर समाज में उन्हें मुँह दिखाने का रास्ता बन्द कर दो, तो अगर वे पैसे बन्द कर दें तो इसमें अपराध कैसा?

मैंने कहा, ''तुम क्यों दूसरों के मामले में टाँग अड़ाती हो माँ? जिसकी जो मर्ज़ी कर रहा है, तुम्हें क्या पड़ी है?''

माँ ने धिक्कार देकर मुझे चुपकर दिया। बोली, ''तू कहता क्या है? मुझे क्या पड़ी है? वह घर मेरे बाप-दादा का नहीं है? वहाँ बैठकर जिसकी जो मर्ज़ी, कर ले? मर्द है, बाहर जो करना हो कर ले, मगर घर में दुष्कर्म करेगा?''

शर्म-लिहाज़ छोड़कर मैं बोला, ''दुष्कर्म और क्या। उम्र का तो कोई हिसाब ही नहीं लगता।''

माँ झुकीं नहीं। बोलीं, "तू चुपकर बोलू, उन्हें उम्र का ख़्याल है क्या? अभी तक जितना लट-पट है... ख़ैर, तेरे सामने अब क्या मुँह खोलूँ। सीधी बात यह है कि मैं वीरू भैया को जाकर समझा दूँगी कि बाप-दादा के घर बैठकर यह सब अनाचार नहीं चलेगा। शर्म-हया नहीं है क्या? अपने बच्चों के आगे सर उठाकर देखने का डर नहीं है क्या? झाड़ू मारती हूँ ऐसी प्रवृत्ति को।"

अन्त में मेरे ही ऊपर सवार होकर माँ ने बारूईपुर की यात्रा की। नीतू भैया नहीं जाएँगे, ऐसे में बच्चों का सामना नहीं होना ही अच्छा रहेगा।

किया ही क्या जाय?

मगर सच कहूँ तो जाने को इतना विमुख तो नहीं था, मुझे भी कौतूहल हो रहा था सत्तर वर्ष के उस प्रेमिक पुरुष को देखने का।

देखा भी।

और देखकर पहले ऐसा ही लगा, क्या सचमुच चरित्रहीन हो जाने से आदमी इतना बेशर्म हो जाता है?

सुदीर्घ तेजदीप्त चेहरा, आँखों में प्रसन्नता की झलक।

लज्जा, संकोच, दुविधा, इन चीज़ों का लेशमात्र नहीं। एकदम मुक्त पुरुष जैसे लगे। माँ को देखकर 'यंगमैन' की तरह चहचहा उठे, "अरे कौन है रे! बुलबुलि है न? बात क्या है? तू कहाँ से? कितने दिनों बाद देख रहा हूँ। बाप-दादा का घर याद है अभी तक? कोई नहीं आता है। जानती है बुलबुलि, कोई अब गाँव नहीं आता है। गाँव में अँधेरा छाया है।"

माँ तो इसी मौक़े पर कह सकती थीं, "क्यों। तुम जो छाये हो गाँव-परिवार-वंश सब पर उजाला बनकर।" नहीं तो यह भी कह सकती थीं, "कोई आये भी तो किस ख़ुशी में?"

"तुम्हारे जैसे कुल-तिलक जहाँ बस रहे हों, वहाँ कौन आये?"

कह पातीं तो बात आगे बढ़ जाती। मगर कहा नहीं। पता नहीं कहा नहीं या कह नहीं पायीं। बड़े दिनों का भूला हुआ 'बुलबुलि' नाम कानों के भीतर जाकर शायद स्वर में आवेग भर गया। बस देखने को इतना मिला कि माँ ने झुककर पूरे क़ायदे से ही प्रणाम किया वीरू मामा को।

तब तक एक बार फिर वीरू मामा शोर मचा उठे, "अरे सुशीला, क्या फालतू के काम लेकर चौके में बैठी है? आकर देख तो सही, कौन आया है! बुलबुलि! हमारे मँझले चाचा की बेटी बुलबुलि। कैसी अच्छी-भली गृहिणी बन गयी है। यही तेरा बड़ा बेटा है न? कितना छोटा-सा देखा था इसे। करता क्या है रे?"

जवाब की अपेक्षा किये बिना ही प्रश्न पूछते गये वीरू मामा, और एकदम भाग-दौड़ करने लगे।

यह ख़ुशी आन्तरिक है, यह समझ में आया उनकी चंचलता से ही।

फिर पुकार उठे, "ओ सुशीला, कान बन्द कर रखे हैं क्या?" तब तक सुशीला आकर खड़ी हो गयी।

यही है सुशीला!

हैरान होकर देखता रहा।'

इन्हीं के लिए एक आदमी युगों से परिवार में अशान्ति झेल रहा है, समाज से बदनामी ले रहा है, अर्थ-सामर्थ्य जुटा रहा है। और अब जीवन के किनारे आकर भी सगे-सम्बन्धी, बच्चे, पड़ोसी सबके आगे सर झुका रहा है।

साँवली, पतली, लम्बी-सी एक बूढ़ी औरत, बाल छँटे हुए, सामने के दो दाँत ग़ायब।

उसी पोपले चेहरे से हँसकर माँ से कहा उन्होंने, "तू तो बेटे के पास विदेश में रहती है, नहीं? कब आयी? ओ मा! यही बेटा है क्या? बिलू या कुछ नाम था बचपन में?"

"बिलू नहीं, बोलू। अरे! इतना सब याद है तुम्हें, सुशीला दी?" कह कर आराम से जिस पाप को झाड़ मारकर विदा करने का दृढ़ संकल्प लेकर आ धमकी थीं, उसी पाप के चरणों में माथा टेक दिया माँ ने।

"रहने दे, आ बैठ। रहेगी न थोड़े दिन?"

"नहीं, रहूँ तो कैसे?" माँ ने अफ़सोस किया, "बेटे की छुट्टियाँ तो गिनी-चुनी हैं।"

शायद और भी कुछ कहती मगर तब तक वीरू मामा ने हंगामा कर दिया, "अच्छा, अच्छा, ये सब बातें बाद में करेंगे, पहले इनके हाथ-मुँह धोने का इन्तज़ाम कर दे। एक बार बोलना शुरू करती है तो रुकने का नाम नहीं।"

"जानती है बुलबुलि। तेरी यह सुशीलादी आज तुझे रात को सोने नहीं देगी। देखना, तुझे गाँव के इन तीस वर्षों की सारी बात बताकर छोड़ेगी। ख़बर भी तो रखती है सबकी।"

आतिथ्य-सत्कार के लिए तत्पर हो उठे वीरू मामा। किसी का कहना नहीं माने, चिलचिलाती धूप में ख़ुद गये मिठाई ख़रीदने। कहीं किसी मछुआरिन को बोल आये, जैसे भी हो कुछ मछली का इन्तज़ाम करके लाये। और लौटते ही सुशीला के पीछे पड़ गये, "तुझे हो क्या गया रे? दो आदमी का भोजन पकाने में बुड्ढी हो गयी तू?"

हम जितना भी परेशान होने को मना करते रहे, उतना ही परेशान होते गये वह।

यह घूस थी, या फिर अभिनय?

मगर माँ को क्या हो गया था? क्या वह भी अभिनय कर रही थीं?

मैं देख रहा था और हैरान हो रहा था।

मज़ेदार बात यह कि एक बार भी माँ मेरी तरफ़ नज़र नहीं कर रही थीं। सुनाई दे रहा था, चौके में जमकर बातें हो रही थीं, शायद उन्हीं तीस वर्षों का इतिहास वर्णित हो रहा था। कितने अनजाने नाम आकर कानों में गूँज रहे थे। सोच रहा था, कितने आश्चर्य की बात है। इतने लम्बे अरसे तक भारत के दूसरे छोर पर बिताकर भी माँ ने मन के भीतर बारूईपुर के प्रत्येक व्यक्ति को संरक्षित रखा था।

इन तीस वर्षों में मैं न सही, माँ एक आध बार आ चुकी हैं। उसी का उल्लेख है माँ की बातों में, उस बार जब आई थी सुशीलादी, बाप रे! घर देखकर तो रोना ही आ गया था। आँगन में जंगल, दीवारें पलस्तर झरे हुए और चूहों के उपद्रव से घर-दालान सब तहस-नहस, चौके में दोनों चूल्हे जैसे मुँह के बल गिरे पड़े हों, तुलसी मंच का पौधा सूखकर काठ, क्या भयंकर दृश्य था।

इस बार आकर दिल को चैन मिला। वही पुराना घर मगर इतना साफ़ कि सिन्दूर भी गिरे तो उठा लो। शुरू से ही से मेहनती हो तुम।

क्या सुशीलादी को कोई मन्त्र आता है? वशीकरण मन्त्र? क्या उसी मंत्र के सहारे ही वीरू मामा को....?

मगर वीरू मामा ने मंत्र के गुणों की बात नहीं की, बात की—हाथ के गुणों की।

मुझे साथ लेकर खाने बैठे, वही उनका मलाई से निकाला हुआ घी, घर की गाय के दूध की खीर, तालाब से पकड़ी मछली की तरकारी, बाग से तोड़कर लायी हुई सब्ज़ियाँ, चटनी, सारे व्यंजनों के साथ। और मुझसे तीन गुना अधिक चट कर गये। फिर उँगली चाटते-चाटते प्रसन्नचित्त होकर अपनी छोटी बहन की ओर देखकर बोले, "हाथ के जादू से, समझी बुलबुलि? सुशीला के हाथ के जादू से साग भी अमृत लगता है। जो कुछ पकाती, वही अमृत हो जाता है। उसके हाथ का पकाया भोजन खाने से बीमारी छूट जाती है, आयु बढ़ जाती है। मुझे ही देख ले, मैं अड़सठ वर्ष पार करने चला, देखकर लगता है क्या?"

माँ हँस पड़ीं, "सो तो नहीं लगता।"

वीरू मामा प्रोत्साहित होकर बोलने लगे, "तभी तो घर-बार ठीक से बनवा लिया है मैंने। बिना परेशानी के और बीस साल ज़िन्दा रहूँगा मैं, देख लेना।"

वीरू मामा को जीने की इतनी चाहत क्यों है? लगता है, इसी चाहत के बल पर अभी काफ़ी दिन ज़िन्दा रहेंगे वह।

मगर किसी तरह भी यह आदमी पापी, शैतान, दुश्चरित्र या अपवित्र क्यों नहीं लग रहा है?

ऐसा सोचने को जी भी नहीं करता है।

क्या माँ की भी यही मनःस्थिति है?

तभी तो वीरू मामा की बात सुनकर हँसकर बोलीं, "मुझे देखने को मत ही कहो वीरू भैया, देखना हो तो ऊपर से देख लूँगी।

"तुम औरतों का तो बस एक ही राग है। अब क्या जीना । जीकर क्या करना, क्यों भई? मगर बातों ही बातों में दिन ढलने चला। अच्छा सुशीला, तेरी अक़्ल को क्या हो गया? तुझे तो सारे-सारे दिन भूख नहीं लगती है, ये शहरी लोग हैं, समय पर खाने की आदत है। लो, साथ में खुद भी थोड़ा-बहुत निगल जाओ, और देर करने की ज़रूरत नहीं है। चलो बोलू, हम लोग बैठक में जाकर बैठते हैं।" ...दो क़दम जाकर फिर ठिठककर रुक गये वीरू मामा। बोले, "अपने लिए कुछ रखा है बचाकर या निरामिष भोजन भी सब हमें ही दे दिया तूने?"

जब से आया था, वीरू मामा की चीख़-पुकार ही सुनी थी। सुशीलादी के साथ उन्हें बात करते पहली बार सुना। शान्त गम्भीर स्वर में सुशीलादी बोली, "तुम जाते हो बैठक में? —"हाँ, हाँ, जाता ही हूँ।" कहकर जल्दी से मुझे भगाकर ले आये वीरू मामा। लौटते समय ट्रेन में चढ़कर मैंने कहा, "यह क्या हुआ माँ?" मैके से निकलकर माँ का मन उदास था। उसी स्वर में बोलीं, "हुआ ही क्या?"

"नीतू भैया को जाकर क्या कहोगी?

"कहूँगी क्या?" अपनी आदत के अनुसार अचानक उत्तेजित होकर बोली, "कहूँगी, क्यों वीरू भैया गाँव से हिलेंगे? इतना आदर, उनकी इतनी सेवा और कौन करेगा इस दुनिया में?

"माँ, कुछ अलग राग अलापने लगीं?"

माँ और भी उदास होकर बोलीं, "तो क्या करूँ? हमेशा एक ही रागिनी बजती है क्या?"

"नीतू भैया कहेंगे तुमने घूस ली है।"

"ओह, कहेगा तो मैं डर से मर जाऊँगी। नीतू जज है क्या? और मैं चोर? मैं कहती हूँ, वह औरत जो अपार बुद्धि, शक्ति, और सेहत लेकर जीवन-भर यहाँ से वहाँ भटकती रही और दूसरों के घर में बेगारी करती रही, आज जीवन के अन्तिम काल में एक घर पाकर निहाल हो गयी है वह। बेचारी को उस आश्रय से उखाड़ कर फिर से निराश्रय कर दूँ? क्या सोचकर दया नहीं आती? किस तरह से इस घर को सजाया है, सँवारा है उसने। देखकर दिल भर जाता है। किस तरह मुँह पर कह दूँ, "इस घर पर तुम्हारा अधिकार नहीं है, तुम निकल जाओ।"

"मगर तुम्हारा समाज?"

"भाड़ में जाए समाज। आज समाज को मानता ही कौन है?"

—''और पाप-पुण्य, धर्म-अधर्म?''

माँ ने एक लम्बी साँस छोड़कर कहा, ''देख बिलू, गयी तो थी दौड़कर, मगर उन्हें देखकर लगा, पाप-पुण्य, धर्म-अधर्म का विचार करनेवाले हम कौन हैं? जो मालिक है, जो विचारकर्ता है, वही सत्य विचार करेंगे। और तेरे वह वीरू मामा? उनका जो स्वभाव है, केवल सेवा-जतन के लिए ही नहीं, दिन-भर उनके फटकार सुनने के लिए भी किसी का होना ज़रूरी है। बेटों से होगा यह काम? बहुओं से? किसी से नहीं होगा। केवल वही कर पाएगा यह सब जिसने उसी पर अपनी जान न्योछावर की है।''

अपने आवेग को संयमित कर अचानक चुप हो गयीं माँ।

मैंने कहा, ''मगर मैंने तो कह दिया उनसे।''

''क्या कहा? किससे क्या कहा तूने?''

''वही, तुम्हारे वीरू भैया को। मैंने कहा, इस तरह यहाँ अकेले रहने के कारण उनके बेटे बहुत दुःखी हैं। दस लोग उन्हीं की निन्दा करते हैं। कहते हैं बूढ़े बाप को छोड़ दिया..।''

''तो क्या? क्या जवाब दिया उन्होंने? लज्जित हुए या कि डाँटने लगे?''

''लज्जित नहीं हुए, डाँटा भी नहीं उन्होंने।'' ठण्डी आवाज़ में बोले, ''ये मैं नहीं समझता हूँ, ऐसी बात नहीं है बेटा। मगर सोचकर देखो, मैं यहाँ रहता हूँ तभी तो सुशीला को दो वक़्त का खाना मिल रहा है। मेरे बेटे उसे माहवार ख़र्चा देंगे क्या? मेरी नौकरी नहीं रही, नक़द रुपये देने की क्षमता नहीं, इसीलिए यह चक्कर चला कर बैठा हूँ। जीवन-भर जो मेरे आसरे पर ही जीती रही, उसे अब 'मेरे पास रुपये नहीं' कहकर भगा दूँ? और उसे भी 'जीवन-भर अपना एक घर नहीं बना' यही आक्षेप रह गया। तभी कहता हूँ, कुछ भी तो नहीं मिला उसे। कम-से-कम मरने से पहले कड़ाही-करछी हिलाकर अगर जीवन सार्थक लगे, दिल को चैन मिले तो वही सही। बेटों से तो कह दिया मैंने, तुम लोग जी खोलकर मेरी निन्दा कर लो। कहना बाबूजी बदमिज़ाजी हैं, सनकी हैं, बाबूजी ज़िद्दी हैं, चिड़चिड़े हैं, किसी के साथ मिल-जुलकर नहीं रह पाते हैं। नहीं तो और भी जो जी चाहे कह देना लोगों से, मुझे किसी बात से फ़र्क़ नहीं पड़ेगा।''

क्या माँ को ठीक से सब सुनाई पड़ा? देख रहा हूँ खिड़की से बाहर की ओर मुँह करके बैठी हैं।

# ऋण-परिशोध

"ये रही लिस्ट..."

डॉली के जन्मदिन पर रूमा जिन्हें बुलाना चाहती है, उनके नामों की लिस्ट पार्थ की ओर बढ़ा दी उसने।

पार्थ उछल पड़ा, "इतनी लम्बी-चौड़ी लिस्ट?"

"नहीं तो क्या?" रूमा ने पूरा ज़ोर देकर कहा, "उसमें से एक भी नाम काटा नहीं जा सकता है। शादी हुई, किसी को पता नहीं चला, चाँद जैसी एक बेटी हुई, वह भी किसी को पता नहीं चला, मज़ाक़ है क्या? बेटी का 'अन्नप्राशन' हुआ तब भी टाल गये, अब जन्मदिन की पार्टी दिये बिना नहीं छोड़ूँगी।"

हाँ, अब रूमा ऐसी ज़िद कर सकती है, क्योंकि पार्थ का सप्लाई बिजनेस दिन दूनी रात चौगुनी उन्नति करके आसमान छूने लगा है। और इसकी शुरुआत हुई है उनकी शादी के बाद ही। शादी के पहले तक तो पार्थ एक खटारे जैसी बाइक पर आवारा की तरह घूमता रहता था। रूमा ने पार्थ के साथ प्रेम-विवाह किया था, इस बात पर रूमा के परिवार में बड़ा असन्तोष था। ख़ैर, उसके बाद वह असन्तोष ठण्डा पड़ चुका है क्योंकि आनेवाले दिनों में पार्थ ने कठिन परिश्रम किया। मोटरबाइक से नयी बाइक और नयी बाइक से नयी कार में घूमने लगा।

रूमा कहती है, "सब मेरे नसीब से, समझे?"

पार्थ कहता, 'नहीं समझा।' खटता-मरता मैं रहा और उसका 'क्रेडिट' तुम लोगी। मगर मन-ही-मन वह इसी बात को मानता है। पार्थ की आय-वृद्धि का मतलब ही है रूमा के ऐशो-आराम, सुख-वैभव की पूर्ति। शुरू में आकर रूमा काठ की चौकी पर सोयी थी और अब अचानक उसने कहना शुरू कर दिया, "इतने सुन्दर पलँग पर डनलप के गद्दे के बिना अच्छा नहीं लगता है।"

फिर भी एक दुःख है रूमा के मन में अभी भी, उसकी शादी में धूमधाम नहीं हुई, खाना-पीना नहीं हुआ। बेटी के 'अन्नप्राशन' के समय भी उसकी बात पर ध्यान नहीं दिया था पार्थ ने। उस समय एक भारी ऑर्डर हथियाने की फ़िराक़ में कोलकाता

बम्बई घूमता रहा था वह। अब आया है बेटी का जन्मदिन।

मगर लिस्ट देखते-देखते पार्थ हँस पड़ा। बोला, ''हमारी शादी का किसी को पता नहीं चला, कहने का मतलब ? देश-भर के लोगों के मुँह में तब एक ही तो चर्चा थी।''

''उससे क्या लाभ हुआ था।''

रूमा ने चेहरे पर एक विशेष भंगिमा दिखाई, जैसा वह अकसर ही दिखाती है, और जिसे देखकर ही पार्थ बोला, ''और कुछ न सही, लोग जान तो गये थे।''

''जान नहीं गये थे, कहो कानाफूसी की थी। ...भाड़ में जाए वे सब बातें। अभी तुम इस लिस्ट को पढ़कर यह तय कर लो कि किस-किस दिन कौन-सा का काम निपटाओगे। अधिक दिन बाक़ी नहीं हैं।''

काग़ज़ को पलटकर पकड़ा पार्थ ने, फिर रुक गया, आँखों को सिकोड़कर कहा, ''माया देवी कौन हैं?''

रूमा कुछ सकपका गयी। बोली, ''क्यों तुम्हारी एक बुआ थी न? उन्हीं की बेटी जिनके पास रहकर तुम कॉलेज की पढ़ाई करते थे? मायादी ही कहा था न।'

''मायादी । ओह!''

पार्थ ने चैन की एक लम्बी साँस ली और बोला, ''माया देवी सुनकर घबरा गया था। मगर तुम तो उन्हें पहचानती नहीं? देखा ही नहीं कभी।''

''कैसे देखूँगी? दिखाया है कभी ? प्रेम-विवाह करके अपने रिश्तेदारों के बीच जैसे एक पतित की भूमिका निभा रहे हो। अब मैं सबको देखना चाहती हूँ।''

पार्थ को थोड़ी हँसी आयी। उसने सोचा, देखना तो एक बहाना है, रूमा अपना घर-द्वार, पति, सन्तान, सुनहरा सौभाग्य सबकुछ दिखाना चाहती है।

मगर यह सब बात समझने से भी कही नहीं जाती। पार्थ ने रूमा के सुखी, चमकते चेहरे को देखकर वही कहा जो कहना चाहिए था। उसने कहा, ''तो देख लो।... मगर मायादी की बात सोच रहा हूँ। उसे शायद...।''

रूमा आधी बात सुनकर ही समझ गयी कि बात क्या है। ज़िद में आकर वह बोली, ''क्यों? शायद क्यों? इसलिए कि बुरे समय में उन्होंने साथ दिया,'' अपने ही ढंग से सोचा उसने।

छुट्टी के दिनों में रूमा को लेकर पार्थ, या पार्थ को लेकर रूमा रिश्तेदारों के घर-घर गये और निमन्त्रण देते समय वह सब रूमा ने ही व्यावहारिक ढंग से कहा जो कि कहना चाहिए क्योंकि रूमा को बात करने का सलीका आता है। लौटकर लाल पैंसिल से लिस्ट के नामों पर 'टिक' देते हुए रूमा बोली, ''अब जो दो-चार बाक़ी रह गये, इन सबके यहाँ तुम्हें ही जाना है। इन सबको ऑफ़िस जाकर बोल देने से ही काम चलेगा, अकेले ही बुलाना है न? मगर तुम्हारी उस मायादी की बात

और है। उन्हें भी तो ऑफ़िस जाकर ही बोलना पड़ेगा, चन्दन नगर के घर पर जाकर कहना तो सम्भव नहीं। मगर उन्हें विशेष रूप से कह देना कि घर के सब लोग आएँ।"

रूमा ने सोच लिया चन्दन नगर जाकर न्यौता देना असम्भव है। मगर यह मान लिया है कि चन्दन नगर से वे सपरिवार आ सकते हैं। पार्थ ऐसी धारणाओं और भाषाओं को लेकर किसी भी बात पर तर्क-वितर्क नहीं करता है। उसे पता है, जो होता है वह होता है, जो नहीं होता, वह नहीं होता है। रूमा की धारणा से कुछ अन्तर नहीं पड़नेवाला है। अगर वे नहीं आते हैं, रूमा पार्थ को ताने देगी। कहेगी, तुमने ठीक से कहा नहीं क्या? पता नहीं, बातचीत करने में कितने अनाड़ी हो? शायद उस समय रूमा थोड़ा मुस्कुराएगी भी। कहेगी, "नहीं तो कोई शादी का प्रस्ताव देते समय भला ऐसे कहता है—अच्छा, हमारी जितनी जान-पहचान हो गयी है, उससे शादी नहीं की जा सकती क्या?"

यह बात रह-रहकर सोचती है रूमा।

सच ही है, बाद में सोचा है पार्थ ने, बात बड़ी बेवक़ूफ़ी जैसी ही हो गयी थी। मगर रूमा से हार क्यों माने? इसलिए बोला, "जैसे भी कहा हो, बात बन गयी थी कि नहीं?"

अगर अभी रूमा देख पाती पार्थ किस तरह बातें करता है। बातों में पटा कर ही तो ऑर्डर हासिल कर लेता है पार्थ।

जेब से लिस्ट निकालकर एक-एक कर दफ़्तरों में गया वह। दो-चार पार्थ के दोस्त थे, बाक़ी सभी रूमा के फुफेरे, मौसेरे, चचेरे भाई। सोच-सोचकर इतने सारे नाम और पते ढूँढ़ निकाले हैं रूमा ने। मायादी को आज रहने देते हैं, सोचा पार्थ ने, अच्छा चन्दन नगर जाने से कैसा रहेगा?

फूलू बुआ के चन्दन नगर के घर में 'कोजागरी लक्ष्मी पूजा' होती थी, सब जाते थे देखने, यहाँ तक कि नौकर-चाकर भी। पार्थ भी जाता था। फूलू बुआ की ससुराल के कुछ लोग भी वहाँ रहते थे। मगर उससे कोई फ़र्क़ नहीं पड़ता था। घर इतना खुला-खुला था, चारों ओर इतने पेड़-पौधे, किसी से बिना मिले भी काम चल जाता था। पार्थ अपनी खुशी से ये दो दिन इधर-उधर घूमता रहता था।

मायादी खोजकर लाती और पकड़कर खिलाती थी उसे।

पार्थ कहता, "मायादी, इतना सुन्दर घर है तुम्हारा और तुम श्यामबाज़ार के घुटनवाले मकान में पड़ी रहती हो?"

मायादी कहती, "कोलकाता में ही दाना-पानी है भैया। बाबूजी, चाचा, तू और मैं अगर डेली पैसेंजरी कर ऑफ़िस, कॉलेज जाते तो यह सुन्दरता हवा हो जाती, समझा?"

मायादी पार्थ के साथ कॉलेज में पढ़ती थी, हालाँकि वह पार्थ से कम-से-कम दस साल बड़ी थी। मायादी का जीवन बड़ा दुःखद था। शादी के बाद ही किसी झमेले के कारण ससुराल से लौट आना पड़ा था मायादी को। तब से लेकर काफ़ी दिनों तक मायादी केवल चौके में माँ का हाथ बँटाती रही, बाबूजी की कमीज़ के बटन ठीक करती रही, घर सँवारती, सिलाई करती और कहानी की किताबें पढ़ती रहती।

बड़े दिनों बाद जब पार्थ फूलू बुआ के घर पढ़ाई करने के लिए आया, मायादी बोली, "मैं भी पढ़ूँगी।"

इस बात को तुरन्त मंजूरी नहीं मिली, मगर अन्त में मिल ही गयी। पार्थ और मायादी ने एक साथ पढ़ाई की, दोनों एक साथ खाकर कॉलेज जाते। इसका अर्थ यह नहीं है कि मायादी ने उसे डाँटना-धमकाना छोड़ दिया हो। उठते-बैठते बोलती रहती, "धूप में क्यों जल रहा है? ठण्ड में क्यों घूम रहा है? पढ़ाई छोड़कर मटरगश्ती क्यों हो रही है?"... ऐसी ही कितनी बातें कहती रहती।

मायादी ने ही सबसे अधिक ममता दिखाई थी पार्थ के प्रति। बरसात के दिनों में न जाने किस तरह पार्थ के कुर्ते-पाज़ामे, गंजी, रूमाल सुखा कर रखती, पता नहीं कब आकर उसका बिस्तर झाड़कर साफ़ कर जाती, उसकी किताब-कॉपी सजाकर रख देती थी।

पार्थ इस घर में आश्रित था, इस बात को जहाँ तक हो सके मायादी खुलने नहीं देती थी।

उस मायादी के साथ न जाने कितने दिन से पार्थ मिला ही नहीं, जबकि दिन-रात पार्थ डलहौज़ी के चक्कर काटता रहता है। यहीं मायादी का ऑफ़िस है।

फूफाजी की मृत्यु के बाद उनके दफ़्तर में मायादी को नौकरी मिल गयी थी। उनका कोई बेटा नहीं था, इसीलिए बेटी को मिल गयी थी और इसलिए भी कि वह बी.ए. पास थी।

फूफाजी के श्राद्ध के समय ही नौकरी की ख़बर मिल गयी थी। मायादी ने कहा था, "देखा पार्थ, तेरे साथ पढ़ना शुरू कर दिया था, तभी तो..."

श्राद्ध चन्दन नगर जाकर हुआ था, मगर वहाँ से फूलू बुआ लौटीं नहीं। मायादी के बैचलर निधू चाचा ने कोलकाता से डेरा-डण्डा उठाकर वहीं प्रतिष्ठित कर दिया इन्हें। स्वयं डेली पैसेंजर बन गये, भतीजी को भी साथ ले लिया।

यह सब मालूम था पार्थ को।

—और ज़िन्दगी की भागमभाग में वह इस बात को अधिक दिनों तक याद नहीं रख सका।

आश्चर्य की बात है रूमा ने याद दिला दी, जबकि उसने मायादी को देखा तक

नहीं है।

छायादी के ब्याह के समय मायादी ने कहा था, "बीवी को क्यों नहीं लाया रे? मैं कब से आस लगाकर बैठी थी कि इस मौक़े पर तेरी बीवी को देख सकूँगी।"

"ऐसी कोई देखने लायक़ नहीं है," पार्थ ने कहा था।

मायादी ने उसे एक थप्पड़ लगाकर कहा था, "फिर भी तो तू उसी पर लट्टू हो गया।" फिर कहा था, "एक दिन ले आना, कहे देती हूँ।"

फूलू बुआ के यहाँ मायादी ही घर की देखभाल करती थी। बुआ तो बारहों महीने दमे से परेशान रहती और जब फूफाजी जीवित थे तब भी निधू चाचा ही घर के मालिक थे। पार्थ से स्नेह करते थे। कहते थे, "समय किसी का इन्तज़ार नहीं करता पार्थ, उसे जल्दी से ख़रीद लो।" ...और कहते थे, "मैं कहता हूँ पार्थ, तुम बहुत ऊपर उठोगे, मतलब ख़ूब पैसे कमाओगे तुम। तुम्हारी हथेली में स्टार है।"

निधू चाचा ज्योतिष की चर्चा करते थे।

उनके कमरे में हस्तरेखा की कई किताबें थीं। और पार्थ इन बातों में विश्वास नहीं रखता था। हँसकर कहता था, "ठीक है निधू चाचा, आपकी भविष्यवाणी सच होने पर आप क्या दक्षिणा लेंगे, बता दीजिए अभी।"

निधू चाचा कहते थे, अभी नहीं बताऊँगा, देखूँ तुम बनते क्या हो, उसी हिसाब से। क्या अभी उनके पास जाकर पार्थ कह नहीं सकता, "निधू चाचा लगता है आपकी वे किताबें एकदम बेकार नहीं थीं। अब कहिए, दक्षिणा क्या लेंगे?"

मगर इतने दिनों में एक दिन भी पार्थ को ऐसा नहीं लगा कि निधू चाचा की किताबें बकवास नहीं थीं। ... मायादी के ऑफ़िस से निधू चाचा के ऑफ़िस चला जाए तो कैसा रहेगा। हाँ वह जाएगा।

पार्थ के पास छपा हुआ विज़िटिंग कार्ड है, फिर भी उसने एक काग़ज़ पर नाम लिखकर भेज दिया। मायादी शीघ्र ही बाहर आ गयी।

मायादी का चेहरा कितना बदल गया है, ठीक उसी पल समझ में नहीं आया। केवल ढेर सारी हँसी बिखरी थी उस चेहरे पर, पार्थ इतना ही देख पाया।

उस हँसमुख चेहरे पर हँसी बिखेरते हुए मायादी बोली, "अरे पार्थ। क्या हाल है? आ जा अन्दर।"

इस तरह से कहा उसने जैसे पार्थ ने कभी कोई अकृतज्ञता नहीं दिखाई हो, और वह अकसर ही आता-जाता हो, ख़बर लेता रहा हो।

पार्थ बैठ गया और बोल पड़ा, "मायादी तुम्हारे बाल इतने पक गये क्यों?"

मानो यही सवाल करने के लिए आया हो पार्थ।

मायादी मुस्कुरायी, बोली, "उम्र बढ़ रही है कि नहीं?"

मायादी ने तो उम्र की दुहाई दी मगर उनका चेहरा देखकर लगा, केवल उम्र

ही नहीं, मानों बरसों से जमी थकान मायादी के बालों को सफ़ेद कर गयी है।

शायद मायादी पूछने जा रही थी, "चाय पीएगा या कुछ ठण्डा?"

पार्थ बोला, "मायादी एक बड़ा गिलास भरकर ठण्डा पानी पीऊँगा।"

मायादी हँस पड़ी। बोली, "ओ माँ! अभी भी बिलकुल वैसा ही है। कॉलेज से लौटते ही कहता था, ढेर सारा ठण्डा पानी पीऊँगा, एक बड़े से गिलास में। माँ कहती थीं, तेरी प्यास के लायक़ बड़ा गिलास नहीं है बेटा। उससे अच्छा है तू लोटे से पी ले। याद है?"

याद नहीं था, अभी याद आ गया। और याद आ गया तभी तो वही बात कह दी उसने।

मायादी ने बेयरा को बुलाया, पानी मँगवाया, चाय के बारे में भी कह दिया। बोली, "बोल क्या खाएगा?"

पार्थ कहने जा रहा था, कुछ नहीं। मगर कहा नहीं ऐसा। बोला, "जो खिलाओगी।"

बेयरा से मद्धिम आवाज़ में मायादी ने कुछ कहा। फिर बोली, "अब बता क्या हालचाल है तेरा ?"

बेटी के जन्मदिन पर न्यौता देने आया हूँ, पता नहीं क्यों यह बात नहीं कह सका पार्थ। क्या समय से पहले मायादी के सर पर इतने पके बाल देखकर? या गालों की सारी कोमलता खोकर हड्डी उभरे हुए चेहरे को देखकर?

मायादी का जीवन बड़ा दुःखद है।

फिर भी अभी उनका चेहरा और भी दुःखी लगने लगा। बेयरा चाय और आमलेट रख गया। मायादी बोली, "खा।"

फिर बोली, "तू पहले से अब और सुन्दर हो गया है।"

"मगर लोग तो कहते हैं, मैं काला हो गया हूँ।"

मायादी बोली, "कौन कहता है? बीवी कहती है? काला होने से क्या? मेहनत-भागदौड़ करने से मर्दों का रंग काला पड़ जाता है। मगर ऐसे सुन्दर हो गया है।"

"धत्, इसका मतलब मोटा हो गया हूँ।"

मायादी की हँसी कुछ फीकी-सी लगी। जैसे उन्हें बहुत तकलीफ़ हो। क्या उन्हें भी फूलू बुआ की तरह दमे की बीमारी है?

"बुआ कैसी है मायादी?"

"माँ? उनका क्या? बस, वैसे ही हैं। और बूढ़ी होती जा रही हैं।" पहले फूलू बुआ के स्वास्थ्य को लेकर मायादी के मन में कितनी चिन्ता रहती थी। अब दो लाइन ही काफ़ी लगीं।

"क्या कर रहा है आजकल?"

"वही, जो कर रहा था," पार्थ बोला।

मगर उस करने के 'काया-पलट' के बारे में नहीं कहा।

"एक दिन अगर चन्दन नगर आ सकता," मायादी थोड़ा मुस्कुराकर बोलीं, "माँ बहुत खुश होतीं।"

अब ऐसे बात कर रही है मायादी। मगर किसी ज़माने में पार्थ कहता था, "मेरी कंघी कहाँ गयी मायादी?"

"मायादी, तुम्हें रफ़ू करना आता है? कमीज़ फट गयी है।"

और जब कभी फूलू बुआ पुकारतीं, "ओ माया, ओ पार्थ, छुट्टी के दिन तुम लोगों को भूख भी नहीं लगती है क्या?" पार्थ कहता, "बुआ को लेकर क्या किया जाए, मायादी?" अब पार्थ अगर मिलने चला जाए तो फूलू बुआ को खुशी होगी। संकोचवश यह समाचार मायादी पेश कर रही है।

"मायादी, निधू चाचा के ऑफ़िस का पता याद नहीं आ रहा है। ज़रा बताओगी।" मायादी अचानक वाक्हीन होकर पार्थ की ओर देखने लगी, फिर धीरे से बोली, "क्यों? पता लेकर क्या करेगा?"

"ऐसे ही, एक बार मिलने के लिए। बहुत दिन हो गये उन्हें देखे हुए।"

मायादी दीवार की ओर देखकर धीरे से बोली, "ऑफ़िस जाने से मुलाक़ात नहीं हो पाएगी।"

पार्थ को याद आ गया, निधू चाचा की उम्र हो गयी है, रिटायर होना ही स्वाभाविक है।

वही बात पूछी उसने।

मायादी कुछ अजीब-सी हँसी हँसकर बोली, "हाँ, रिटायर हो गये हैं।"

फिर थोड़ा-सा रुककर बोली, "तूने कुछ सुना नहीं...?" पार्थ का कलेजा धड़क उठा। तीखे स्वर में वह बोल उठा, "मायादी।"

मायादी बोली, "डेढ़ साल हो गया।"

"क्या हुआ था मायादी?"

"कुछ ख़ास नहीं, ऐसे ही दो दिन बुख़ार आया था। बोले, 'आज ठीक हूँ, ऑफ़िस जाऊँगा" बस, उसके बाद।'

पार्थ को लगा, वह चीख़-चीख़कर कह रहा है, निधू चाचा आपको दक्षिणा तो नहीं दे सका। आपकी भविष्यवाणी की दक्षिणा...

मगर चीख़ा नहीं था वह, इसलिए किसी को सुनाई नहीं पड़ा।

पार्थ के झुके हुए माथे को देखकर कोमल स्वर में मायादी बोली, "चाचा तुझसे बहुत प्यार करते थे।" जबकि डेढ़ साल से पार्थ को पता नहीं था कि ऑफ़िस जाने

पर निधू चाचा से भेंट नहीं होगी।

"पार्थ, तुझे कोजागरी पूजा की बात याद है? चाचा कहते थे नारियल-चूड़ा खा। आज की रात को नारियल-चूड़ा खाने से बुद्धि बढ़ती है।"

पार्थ को याद आ रहा था, नारियल-चूड़ा के साथ ताड़ के बीज का फल खाते थे वे लोग। सावन-भादों में जो ताड़ खाये जाते थे, उनके बीज छत के कोने में ढेर बनाकर रख दिये जाते थे। जब उनमें अंकुर आते थे, भुवन कटारी से चीरकर देता था।

"अब भी ताड़ खाते हैं सब लोग, मायादी?"

अचानक ऐसे प्रश्न से मायादी हैरान हुई। बोली, "क्यों नहीं? घर में ही तो कितने पेड़ हैं। मगर, तू क्यों आया था पार्थ?"

अभी भी पार्थ से नहीं कहा गया, "परसों मेरी बिटिया का जन्मदिन है, तुम सब लोग आना। यही कहने आया हूँ।"

कह सकेगा क्या? ये सब लोग कौन-कौन हैं, पहले इसका पता तो लगाना पड़ेगा।

"छायादी कहाँ हैं, मायादी?" पूछते ही डरते-डरते देखा पार्थ ने। क्या कहेगी मायादी छायादी के बारे में? नहीं, और कुछ नहीं।

केवल साँस छोड़कर मायादी बोली, "और कहाँ जाएगी। ससुराल में ही है।"

मायादी की बात सुनकर ऐसा लगा कि जाने को और कोई जगह होती तो छायादी ससुराल में न होती।

क्यों? क्या छायादी विधवा हो गयी हैं? सुन्दर, घुँघराले बालोंवाला उसका पति मर गया क्या? क्या हुआ था उसे?

मगर मायादी तब भी बोले चली जा रही थी।

"फिर भी दीपा, नीपा की शादी तो करनी ही है। दीपा की शादी एक तरह से तय कर चुकी हूँ।"

"ये सब तुम्हें ही करना होगा, मायादी?"

"और कौन करेगा, बताओ?"

सच ही तो है। मायादी के पिता नहीं, भाई नहीं, चाचा भी नहीं रहे। रहने के लिए बीमार माँ, बड़ी-बड़ी दो अनब्याही बहनें और यह नौकरी। मायादी नहीं करेगी तो कौन करेगा? मगर इतने से क्या होता है? कितना होता है?

—और इधर पार्थ ने नयी गाड़ी खरीदी है, पार्थ की बीवी कहती है, "नये पलँग पर डनलप के गद्दे के बिना ठीक नहीं लगता है।"

पार्थ ने मन-ही-मन कहा, मायादी, मैं तुम्हें अपनी बिटिया के जन्मदिन पर बुलाने आया था, तुमने वह करने नहीं दिया। अब अगर तुम फिर पूछ बैठो, पार्थ तूने बताया

तो नहीं, क्यों आया था? क्या जवाब दूँगा?

"चलता हूँ, मायादी।"

मगर मायादी ने ऐसा कुछ पूछा नहीं। फिर चन्दन नगर चलने के भी नहीं कहा। केवल बहुत प्यार भरे स्वर में बोली, "अच्छा, कभी-कभी आ जाया करो, बहुत अच्छा लगा देखकर। माँ के पास जाकर सबसे पहले तेरी बात ही कहूँगी।"

मगर मायादी ने फिर चन्दन नगर जाने की बात क्यों नहीं कही? क्या उन्हें पता चल गया पार्थ के सूट का कपड़ा कितना क़ीमती है? क्या समझ गयी कितने क़ीमती हैं उसके जूते और कितना क़ीमती है उसके चश्मे का फ्रेम भी?

कुर्सी से उठते समय धीरे से अपने जूतों को रगड़ा पार्थ ने। बड़ी इच्छा हुई उसे कि कहे, "मायादी, दीपा के ब्याह का कुछ भार मुझ पर दो।"

मगर उठकर खड़े होते ही सब कुछ ऐसे उलट-पलट कैसे हो गया? अपनी बात सुनकर स्वयं ही हैरान हो गया पार्थ। उसने देखा, मेज़ पर झुककर, देखने में पार्थ जैसा वह लड़का बोला, "मायादी, तुमसे माँगने में शर्म आ रही है, मगर एक तुम्हीं से माँगने में शर्म नहीं है। बीस-एक रुपये दे सकती हो? जितनी जल्दी हो सके..."

पार्थ नाम का एक और लड़का ठीक इसी तरह मेज़ पर झुककर कहता था न, "आठ आने होंगे मायादी? देखना, नौकरी लगते ही मैं तुम्हारा सारा उधार चुका दूँगा।"

# शनि की दशा

"नहीं दिये?"

आदित्य अपने पिचके हुए सूखे चेहरे को झुलसी हुई ईंटों की तरह बनाकर बोला, "क्या कहा?"

आठ वर्ष का हिटू अठारह वर्ष के अन्दाज़ में हाथ उलटकर बोला, "और नया क्या कहेगा? जो कहना था, वही कहा। मैं फिर कभी उस गन्दे बुड्ढे के पास पैसे उधार लेने नहीं जाऊँगा बापू। कहता है, तू क्यों आता है? अपनी दीदी को भेज देना।"

हिटू की बात पूरी होने से पहले ही आदित्य ज़ोर-ज़ोर से खाँसने लगा, कुछ देर तक खाँसता ही रह गया। शायद उसी खाँसी के दौरान थोड़ी शक्ति संचित कर लेगा। निराधार तर्क खड़ा करने की शक्ति।

वह शक्ति संचित कर नाक-भौंह चढ़ाकर बोला, "नहीं जाएगा? नहीं जाएगा तो खाएगा क्या?"

हिटू ने भड़ककर जवाब दिया, "वाह रे! क्या सभी उधार लेकर ही खाते हैं? मेरे सिवा और कौन उधार माँगकर अपने बाप को पैसे ला देता है, ज़रा बताओ तो? बूबू, श्यामला, रंजित, साधन कोई भी?"

आदित्य ने फिर खाँसना शुरू कर दिया।

क्योंकि खाँसी उसके पूर्ण वश में है।

विभा जो कहती है, ग़लत नहीं कहती।

केवल पीछे से ही नहीं, कभी-कभी सामने भी बोल पड़ती है, "यह खाँसी बापू का घूँघट है। शर्मनाक कुछ कर बैठने से ही बापू वह घूँघट डालकर अपनी लज्जा ढँकते हैं। मगर आँधी के आगे वह घूँघट टिकेगा क्या, बापू?"

इस तरह बेपर्दा होकर बात करने से लाचार होकर ही आदित्य को खाँसी रोकनी पड़ती है। और तब वह बुड़बुड़ाकर कहता है, "हरामज़ादी की ज़ुबान जैसे खस्सी काटने की छुरी है। ठीक है, काट अपने बाप को ही, काट खस्सी की तरह।"

अभी विभा आस-पास नहीं है, अतः खाँसना ज़ारी रखता है। आदित्य फिर अपने बेटे को झिड़ककर कहता है, "उन सब के बाप तेरे बाप जैसे बीमार, अपंग हैं?"

यह बात सुनते-सुनते हिटू के कान पक गये हैं। क्यों न पकें? उठते-बैठते यही सुनता रहता है। तभी तो इस आक्षेप से वह विचलित नहीं होता। पूरी तल्ख़ी के साथ जवाब देता है, "तो अगर तुम जान-बूझकर बीमार रहो तो कोई क्या करेगा?"

सुनकर आदित्य की सूजी हुई लाल आँखें और भी बाहर निकल आईं। खड़ा होकर बोला, "क्या कहा? जान-बूझकर बीमार, अपंग हो गया हूँ मैं?"

बाप की पहुँच से दूर रहकर उसी ताव के साथ हिटू बोला, "और नहीं तो क्या? इतना नशा क्यों करते हो?"

आदित्य के गले की और माथे की नसें फूलने लगीं। उसका चेहरा कठोर झामा जैसा हो गया। चिल्लाकर बोलने लगा वह, "मैं नशा करता हूँ? नशा करके जान-बूझकर बीमार पड़ता हूँ? इतनी हिम्मत हो गयी है? जितना बड़ा मुँह नहीं उतनी बड़ी बात! बदतमीज़, दीदी से यह सब सीख मिल रही है, क्यों?"

हिटू ने तिरछी निगाह से आड़ में देखा पर वहाँ दीदी के अस्तित्व का पता नहीं चला। अतः फिर ताव में आकर बोला, "दीदी क्यों सिखाने लगी? वही बुड्ढा कह रहा था।"

"बुड्ढा कह रहा था? कह रहा था मैं नशा करता हूँ? दो रुपये उधार ले लिये तो क्या शूद्र होकर ब्राह्मण का इतना अपमान करेगा?

"अपमान क्या? सच ही तो कहा है। रोज़ ही तो कहता है, अपने बाप को बोल नशा कम करे। फिर तो तुझे इस तरह पैसे नहीं माँगने पड़ेंगे बार-बार।"

"अच्छा। अच्छा। ऐसा कहा उसने?"

ऐसा लगा कि आदित्य अपनी सूखी चमड़ी के घेरे में रोक नहीं पाएगा अपने-आप को। फ़ाड़कर निकल पड़ेगा बाहर। "रुपये माँगने के लिए भेजता हूँ तुझे? हरामज़ादा बुड्ढा उधार देने का धन्धा नहीं करता है क्या? सारी बस्ती के लोग उससे उधार लेने जाते हैं कि नहीं?" हिटू अपने बाप की इस अग्निमूर्ति से और कुछ दूर हटकर चिल्ला-चिल्लाकर बोलने लगा, "सो मैं कहता नहीं क्या? बुड्ढा दाँत निकाल कर हँसता है। कहता है जो उधार चुका नहीं सकेगा वह उधार कैसा? वह तो भीख़ है। भीख़ माँगकर नशा करने से तो रेल की पटरी पर कटकर मर जाना अच्छा है।"

"ऐसा कहता है !"

आदित्य ने आव देखा न ताव, हाथ के पास पड़ी ऐल्युमिनियम की घिसी हुई एक थाली उठाकर बेटे की ओर दे मारी और कहा, "निकल जा मेरे सामने से !

बदतमीज़ बन्दर, बिच्छू लड़का ! लोग तेरे बाप को गाली गलौज़ करते हैं और तू उस बात को रंग चढ़ाकर मेरे सामने पेश करने आया है? पैसे के घमण्ड में साले बुड्ढे बदमाश के पैर ज़मीन पर नहीं पड़ते आजकल। अच्छा, मैं भी मुखर्जी ब्राह्मण का लड़का...।"

अचानक बीच में ही खाँसना शुरू कर दिया आदित्य ने। भयंकर ज़ोरदार खाँसी। ऐसा लगा कि अभी शायद दम घुटकर मर ही जाएगा।

दोनों हाथों को सीने पर दबाकर अन्तिम घड़ी का अभिनय करने लगा वह।

हिटू को समझते देर नहीं लगी कि उसके बाप ने कहीं से दीदी को आते देख लिया है।

यह खाँसी वही घूँघटवाली खाँसी है।

हिटू का अन्दाज़ा ग़लत नहीं निकला। विभा ही आयी थी। इतनी देर तक बड़ी मुश्किल से चुप्पी साधे चौके में बैठी थी विभा। सोचा था, किसी तरह भी इस नाटक में भाग नहीं लेगी। मगर संकल्प दृढ़ नहीं रह सका।

उठकर आयी।

दरवाज़े के सामने आकर बोली, "मुखर्जी ब्राहमण का नाम नहीं लेते तो अच्छा होता। तुम्हारे स्वर्गवासी पिता मुश्किल में पड़ जाएँगे।

आदित्य सीने को दबाकर सिकुड़कर बैठ गया। इस तरह गला दबाकर खाँसने लगा जैसे अभी साँस रुक जाएँगी।

अब विभा कमरे में आई। बोली, "अब रुकोगे भी?"

आदित्य सर उठाकर टूटी आवाज़ में बोला, "खाँसी से मेरा कलेजा निकला जा रहा है और तू कहती है रुक जाऊँ?" कहता है, मगर रुक भी जाता है।

विभा भाई की ओर देखकर तीखे कड़क स्वर में बोली, "फिर माँगने गया था?"

"वाह, बापू बोले तो..."

"बापू की बात रहने दे। मैंने तुझे मना किया था कि नहीं? बोल? जल्दी बोल, मना किया था कि नहीं? कहा था कि नहीं बापू के सौ बार कहने से भी नहीं सुनेगा।"

अब हिटू बच्चों की तरह अचानक रो पड़ा, बापू बोले, "तेरे पाँव पड़ता हूँ हिटू..."

शान्त होकर विभा बोली, ""ठीक है, जा उधर।"

हिटू दनदनाकर भागा।

विभा ने क्रुद्ध होकर कहा, "छिः छिः छिः बापू, उस बुड्ढे बनिए की तरह मैं भी कहती हूँ, इससे तो रेल से कट जाने से अधिक चैन मिलता तुम्हें। इतना नीचे गिर गये तुम? इतने हीन हो गये?"

आदित्य एक बार फिर खाँसने की फ़िराक़ में था मगर बेटी की अग्निमूर्ति देखकर हिम्मत नहीं पड़ी। कराहते हुए बोला, "तू उस नालायक़ पाजी की बात पर विश्वास करेगी विभू? झूठ-मूठ बनाकर कहता है वह।"

"हाँ, कह तो सकता है। बाप का बेटा ही है। मगर यह बात उसने झूठमूठ नहीं कही, इतना कह देती हूँ। बापू, अगर फिर हिटू को बुड्ढे के पास तुमने भेजा, तो मैं ही रेल से कट जाऊँगी।"

आदित्य अचानक ठण्डा पड़ गया। धीरे से बोला, "अच्छा बाबा, और नहीं भेजूँगा।"

"याद रहेगा?"

"क्यों नहीं रहेगा?"

"क्यों, यह तुम्हें अच्छी तरह पता है। मगर याद रखना यह मेरी अन्तिम चेतावनी है।" विभा के सारे शरीर में जैसे घृणा फैल गयी।

विभा जा ही रही थी, आदित्य जल्दी से रोनी-सी आवाज़ में बोला, "सुबह से जो पेट में चूहा कूद रहा है उसके बारे में सोचा है एक बार भी?"

विभा के चेहरे पर एक व्यंग्य भरी मुस्कान छा गयी।

बोली, "ये सब बातें पुरानी पड़ गयी हैं। जो हो रहा है अकेले तुम्हारे साथ नहीं। हिटू के बारे में सोचा है तुमने?"

"अरे सोचा नहीं?" आदित्य अचानक उत्तेजित हो गया। "तुझे लगता है यह मैं सोचता नहीं? सोचा, तभी तो इज़्ज़त भुलाकर बुड्ढे के पास भेजा था। उसके चेहरे की ओर देखा नहीं जा रहा था, तभी तो..."

अपने हाथों को उलटकर आँखें रगड़कर वह बोलने लगा, "दो साल का छोड़ कर उसकी माँ चल बसी।"

"हाँ, वह भी तो ठीक है।"

विभा अपनी, उस तीखी छुरी जैसी भाषा में बोली, "तब से तुम एक ही साथ बाप-माँ दोनों बनकर बेटे को पाल रहे हो, याद नहीं था। मगर बापू, नहीं, रहने दो, तुमसे कहना या दीवार से कहना, बात एक ही है। आदमी कहलाने के लायक़ नहीं रहे तुम..."

आदित्य चीख़कर बोला, "हाँ, कह ले जितना कह सकती है। मगर अधिक दिन कहना नहीं पड़ेगा। यह पिंजड़ा अब खाली होनेवाला है..."

विभा तो आदित्य की बेटी है। कोई सौतेला नहीं, सगा बाप है। फिर भी विभा के मन में इतनी घृणा, इतना आक्रोश है।

विभा अपने बाप को कुत्ते-बिल्ली से भी गिरा हुआ समझती है। उसकी देखा-देखी हिटू भी बाप की अवहेलना करना, उससे घृणा करना सीख गया है। दो

नहीं, कमरा एक ही है पर पार्टीशन देकर दो बना लिये गये हैं। विभा ने उस दूसरे कमरे में जाकर देखा हिटू मुँह फुलाकर बैठा है। बड़ी दया आयी। बेचारे ने सुबह से कुछ नहीं खाया।

फिर भी दया-माया को लोहे की अलमारी में बन्द कर कठोर स्वर में बोली, "बुड्ढा क्या बोल रहा था रे?"

हिटू सर उठाकर रोनी-सी आवाज़ में बोला, '"कहा न बापू को नशा करने से मना कर रहा था।"

"वह सुन चुकी हूँ। और क्या कहा?"

दीदी के जिरह के सामने खड़ा होने का अनुभव है उसे। इसीलिए बिना समय नष्ट किये बोला, '"रोज़ तो कहता है कि तू बच्चा है, रोज़ पैसे लेने क्यों आता है, दीदी को भेज देना, हाल पता करूँगा।"

"तुम जाओगी तो ज़रूर देगा दीदी।"'

हिटू के स्वर में आवेदन था। पेट में चूहे जो कूद रहे थे। दीदी के जाते ही वह विनोद घोषाल दस क्या, बीस दे देगा। वह आठ साल का लड़का पता नहीं कैसे यह बात समझ गया है।

मगर विभा के मन में कोमलता की छाया भी नहीं है। दहकते स्वर में बोली, "मैं जाऊँगी तो एक भारी ईंट लेकर, समझा हिटू? उसका गंजा सर फोड़कर फाँसी पर चढ़ जाऊँगी।"

हिटू सिहरकर चुप हो गया।

विभा फिर बोली, "आज तुझे साफ़-साफ़ बता देती हूँ हिटू, हम तीन लोग अगर बिना खाये मर भी जाए तो भी किसी से पैसे उधार लेने नहीं जाएगा।"

उस सूख-सूख कर मर जाने की छवि की कल्पना से ही हिटू को ज़ोर से रोना आ गया।

बोला, "चाहूँ तो मैं ही कुछ कमा सकता हूँ।"

"अच्छा, तो वह कमाने की जगह कौन-सी है? राइटर्स बिल्डिंग में कोई ऑफ़िसर की पोस्ट खाली हुई है क्या?"

अब हिटू भी नर्मी छोड़कर गम्भीरता से बोला,'"मज़ाक़ करने से क्या मिलेगा? मोड़ पर चाय की दुकानवाला तो अकसर मुझे कहता है।"

"चाय की दुकानवाला?"

विभा बैठकर बुरे हुए स्वर में बोली,"चाय की दुकान का नौकर बनेगा तू?"

इस धिक्कार के आगे हिटू ठण्डा पड़ गया। फिर भी बोला, "ग़रीब के लिए इज़्ज़त क्या चीज़ है?"

"ग़रीब की भी इज़्ज़त होती है हिटू। ग़रीब और कुछ न कर सके, मर तो

सकता है। ख़बरदार, उस चाय की दुकान की ओर नहीं जाना।''

हिटू अब बौखला उठा। नहीं जाएगा? ''रोज़ शाम को बापू के लिए चाय लाना पड़ेगा कि नहीं? तू देती है बापू को शाम की चाय?''

विभा कुछ कहे, इसके पहले ही अचानक आदित्य मुखर्जी का नाटकीय आविर्भाव हुआ। व्यंग्य भरे स्वर में वह भी बोला, ''हाँ, वह चाय देगी। इतनी दयावती बेटी है न मेरी। बाप के मुँह पर बासी चूल्हे की राख मल देती, अगर उसका बस चलता।''

इस बात पर विभा अचानक शान्त हो गयी। शान्त भाव से बोली, ''वही देती बापू, अगर देने लायक़ राख चूल्हे में पड़ी होती। बढ़ई की दुकान से चुने हुए काठ के टूटे-फूटे टुकड़े जला-जलाकर चावल उबालती हूँ, उससे राख तो नहीं निकलती है।

अब आदित्य के खाँसने की नहीं, रोने की बारी आयी। वह फूट-फूटकर रो पड़ा। बोला, ''फिर तो महारानी, तू थोड़ी तकलीफ़ और करके दो क़दम जाकर दो रुपये उधर माँग कर नहीं ला सकती। बढ़ई की दुकान से लकड़ी चुनकर लाने में तेरा ऊँचा सर नीचा नहीं होता, बस इसी से होता है। तू जाएगी तो ज़रूर देगा।''

विभा अपने बाप के रोते हुए कुरूप चेहरे की ओर देखती रही, फिर बोली, ''अच्छा जाती हूँ, ज़िन्दगी भर के लिए उसका उधार देना छुड़वाती हूँ।''

रंग लगे आँचल, सिली हुई साड़ी को ही झाड़कर सीधा कर लिया उसने और पीठ पर आँचल खींचकर कठोर भाव से बाहर निकल गयी।

मगर घोषाल के घर की गली के सामने ही रुकना पड़ा विभा को। सामने ही खड़ा था शरत्। उसे देखकर रुक गया और बोला, ''विभू, तुम यहाँ!''

विभा ने उसकी ओर देखा।

चमकदार, शानदार, दिव्यकान्ति सुदीर्घ शरत् की ओर देखकर उसके जैसी दीन-हीन का संकुचित होना ही स्वाभाविक था, मगर उसका सारा हिसाब ही उल्टा चलता है। अतः संकोच की जगह स्पष्ट और व्यंग्य भरी आवाज़ में उसने जवाब दिया, ''ग़रीब के लिए यहाँ-वहाँ क्या? बल्कि सोच रही हूँ, आप अचानक गाड़ी से उतरकर धरती पर कैसे?'' शरत् व्यस्त होकर बोला, ''मैं तुम्हारे ही घर जा रहा था।''

''हमारे घर? आप? आश्चर्य की बात है।''

शरत् ने व्यंग्य पर ध्यान नहीं दिया। जल्दी से बोला, ''इसमें आश्चर्य कैसा? तुम्हारे बापू से कुछ काम था।''

बापू से काम था? विभा के बर्ताव में प्रखरता आ गयी, ''बोली, ढेर सारा उधार लेकर भागते फिर रहे होंगे?''

शरत् अपने चेहरे के अनुकूल ही सभ्य, संयमी ढंग से बोला, ''नहीं नहीं, छिः!

ऐसा क्यों सोचती हो?"

"एक ट्रांज़िस्टर ठीक करवाना है, इसीलिए।"

प्रस्ताव कुछ अनोखा नहीं था। आदित्य मुखर्जी नामक व्यक्ति किसी ज़माने में यही धन्धा करके कमाता था। रेडियो मरम्मत करने की एक दुकान भी थी उसकी। छोटी-सी दुकान, फिर भी कमाई अच्छी हो जाती थी। क्योंकि उसके हाथ में सफ़ाई थी। केवल रेडियो ही नहीं, घड़ी-वड़ी भी मरम्मत कर लेता था।

हमेशा भीड़ लगी रहती थी दुकान पर। नहाने-खाने का समय नहीं मिलता था।

मगर नशा ही खा गया उसे।

यह बीमारी शुरू से ही थी।

बीवी के मरने पर एकदम लुटा दिया अपने-आप को।

प्रतिदिन तबीयत ठीक न होने का बहानाकर दुकान से नागा करता रहा। दुकान बन्द हो गयी। जो लोग घर ढूँढ़कर रिपेयर के लिए सामान घर पहुँचा जाते उनसे भी नाराज़गी मोल ले ली, महीनों तक काम पूरा नहीं कर सका। इस तरह, आदित्य मुखर्जी नामक कारीगर का नाम काम-काज की दुनिया से धीरे-धीरे मिट गया।

अब ज़िन्दगी कट रही है तो बस उधार माँग-माँगकर। पहले घर की सभी चीज़ें बेच डालीं, फिर पक्के मकान से निकलकर बस्ती में आकर बस गया। पर वहाँ भी किराया नहीं दे पाता, ऊपर से बस्ती के मालिक से ही उधार पर उधार लिये जा रहा है। इतने दिनों बाद बड़े घर का लड़का काम लेकर आदित्य से अनुरोध करने लगा तो इसे ईश्वर की कृपा ही समझनी चाहिए। बावजूद इसके विभा नाम की आत्म-सचेतन लड़की विगलित नहीं हुई। बड़े निर्विकार भाव से बोली, "बापू तो बरसों से यह काम छोड़ चुके हैं, पता नहीं है आपको?"

शरत् अधीर होकर बोला, "जानता हूँ। जानता हूँ, तभी तो फिर से कुछ काम-धाम करने से..."

"ओह, यह बात है।"

विभा के होठों पर हल्की-सी हँसी आ गयी। बोली, "दया करने आये हैं। काम के बहाने कुछ भीख़ दे जाएँगे।"

शरत् यह सबकुछ सुनकर हैरान दुःखी हो गया। बोला, "इस तरह क्यों बात करती हो विभु, हम कोई अजनबी तो नहीं हैं? बचपन में अपनी माँ के साथ कितनी बार हमारे यहाँ आयीं, कितना खेला।"

विभा ने एक बार फिर शरत् की ओर देखा। शरत् के स्वर में अपनेपन की कोई कमी नहीं, फिर भी पता नहीं क्यों उसका चमकदार चेहरा और संयमित बातचीत भी विभा को क्रोध में भरने और तिलमिलाने से नहीं रोक पाती।

क्रोध की जलन को तीखे डंक में परिवर्तित कर विभा बोली, "वह भी भीख़

लेने के लिए ही जाती थी। जब यह समझ में नहीं आता था तभी..."

"भीख़ लेने जाती थी?"

"और क्या? आपकी माँ व्रत उद्यापन के लिए ब्राह्मण कन्या मानकर मेरी माँ को और कुमारी व्रत के लिए मुझे बुलातीं; खिलातीं, कपड़ा-भोजन और दक्षिणा देती थीं। मगर हमसे अच्छा ब्राहमण क्या उन्हें और नहीं मिलता? नहीं, वह बात नहीं। सोचती थी, अहा दुःखी ग़रीब है, दो अच्छी चीज़ खा सकेगी, एक कपड़ा मिल जाएगा तो सहूलियत होगी, थोड़े चावल-दाल मिल जायेंगे तो दो दिन खाना पक जाएगा।"

विभा निस्संकोच बिना रुके अपनी बात कहती रही।

निराश स्वर में शरत् बोला, "तुमने उन सब चीजों को इस तरह से देखा यह मैंने सोचा नहीं था, विभू। माँ तो हमेशा से ऐसा करती आयी है। और फिर उन दिनों तुम लोगों की हालत ऐसी नहीं थीं।"

"बहुत अच्छी भी नहीं थी। बापू जो कमाते थे उसका आधा नशे में ही उड़ा देते थे।"

"वही तो, उसी लिए तो..."

शरत् उत्साहित होकर बोल उठा, "तब तो फिर भी कुछ कमा लेते थे। अब हिटू से जो सुनता हूँ..."

विभा अचानक निर्लिप्त भाव छोड़कर कठोर होकर बोली,"क्या सुनते हैं हिटू से? शरत् गम्भीर हो गया। बोला, "जो सुनता हूँ वह तुम भी जानती हो और मैं भी। वह घोषाल बुड्ढा धीरे-धीरे तुम लोगों की ज़िन्दगी को निगलता जा रहा है, यह बात मुझसे छिपी नहीं है विभू।"

"ओ!" विभा ने आँखें सिकोड़कर कहा, "यह ख़बर जानकर मगरमच्छ के मुँह से हमें बचाने आये हैं। तो आप उस जुआरी नशेखोर आदमी को एक दिन दो-चार रुपये दान करके हमें बचाने आये हैं। क्यों शरत् बाबू !"

शरत् दुःखी होकर बोला, "दान नहीं, काम का दाम। मगर पहले तुम मुझे शरत् कहती थीं विभू।"

"कहती थी क्या ? हो सकता है।"

"मेरी समझ में नहीं आ रहा है तुम इस तरह क्यों बात कर रही हो? मैं तो भला सोच कर ही तुम लोगों के पास आ रहा था। मुझे विश्वास है तुम्हारे बापू के आज भी कामकाज शुरू करने से घर की हालत सँभल सकती।"

विभा धीरे से मुस्कुराकर बोली, "कामकाज शुरू करने से..."

"मैं समझाऊँगा।"

"बेकार अपना क़ीमती समय बर्बाद मत कीजिए शरत् बाबू, लाभ नहीं होगा। बुझी हुई आग हवा देने से फिर जलती है क्या?"

विभा की दार्शनिक बातें सुनकर थोड़ी देर तक शरत् चुपचाप उसकी ओर देखकर बोला, ''देख रहा हूँ तुम बहुत बातें सीख गयी हो। पहले कितनी शर्मीली थीं। ठीक है, तुम्हारे बापू से काम नहीं होता, तुम ही क्यों नहीं कर लेतीं कुछ? असल में माँ ने मुझसे तुम्हारे बारे में भी कहलवाया है।''

अर्थात् पता चलता है कि वह ममतामयी महिला आज भी इन लोगों के लिए सोचती है।

मगर जिस पर शनि की दशा है, उसके लिए कोई सोचकर क्या करेगा?

नहीं तो माँ का नाम सुनकर भी विभा की आवाज़ में थोड़ी नरमी नहीं आती? अपने से बहुत ऊँचे स्तर के व्यक्ति को नीचा दिखाने में ही उसे आनन्द आने लगा। तभी तो विभा ने अपना हित देखा न अपना भविष्य, शनिग्रस्त की तरह ही बोली, ''मेरे लिए भी काम हाज़िर? वाह! लगता है कोई दैवी वरदान मिल गया है। अच्छा, तो काम क्या है? अमीर के घर जाकर उनकी फ़रमाइश पूरी करना?''

विभा के चेहरे की धँसी हुई आँखों और गालों की उभरी हुई हड्डियों की ओर देखकर शरत् स्तब्ध होकर बोला, ''सोचा था केवल तुम्हारे बापू की ही मति मारी गयी है, देख रहा हूँ ऐसा नहीं है। हालाँकि माँ ने कहा था, उनकी उम्र बढ़ रही है, अकेली पड़ गयी है, कोई हमेशा साथ रहने से, मतलब माँ के जैसे ही... मगर इसे यदि तुम फ़रमाइशवाली नौकरी समझ लो तो कहता हूँ, हाँ वही। कुछ करना तो होगा न?''

''हाँ लगता है, ज़रूरत आपको भी कम नहीं।''

''ठीक ही कहती हो विभू, ज़रूरत मेरी भी कम नहीं। तुम लोग इस तरह डूब जाओ, यह सहन नहीं कर पा रहा हूँ।''

''ओ हो! तभी सोच-विचारकर एक रास्ता ढूँढ़ निकाला है आपने। अच्छा, तो अमीरों के घर की आया की पगार क्या है? पार्ट-टाइम या दिन-भर के लिए?''

अब शरत् नाराज़ हो गया।

और वह नाराज़गी छिपायी भी नहीं उसने।

क्रोधित स्वर में बोला, ''जब जान-बूझकर अपने आपको नीचा दिखा रही हो तो सुन लो, खाना-पीना, रहना, पहनना और जेब ख़र्च सौ रुपये—नहीं, पगार सौ रुपये। सोचकर देख लो।''

अच्छा, क्या शनि नामक कोई सचमुच है जो आदमी की अक़्ल के घर में घुसकर उसका भविष्य बर्बाद कर जाता है? होगा अवश्य ही।

नहीं तो किस तरह विभा उस बड़े घर के बड़े बेटे के मुँह पर हँसकर कह सकती, ''सोच कर देखने को कुछ नहीं है। मुझसे नहीं होगा। उससे काफ़ी अच्छा प्रस्ताव आया है मेरे पास। आपसे भी अधिक पैसेवाले मालिक होंगे। खाना-पीना,

रहना और आँचल में सन्दूक़ की चाभी..."

शरत् उसके विकृत चेहरे की ओर थोड़ी देर देखकर बोला, "तो बर्बादी का रास्ता ही चुन लिया है तुमने? विनोद घोषाल के साथ शादी के लिए तैयार हो गयी ?"

विभा फिर हँस पड़ी। हँसकर बोली, "पहले नहीं हुई थी, अभी-अभी हो गयी। सोचकर मैंने देखा कि जितना भी अमीर हो, विनोद घोषाल की पत्नी को बुलाकर आया का काम ऑफ़र करने की हिम्मत कोई नहीं करेगा।"

शनि की दशा नहीं तो और क्या? नहीं तो माया, ममता, स्नेह, सहानुभूति—ऐसी अच्छी-अच्छी बातों को इस तरह झाड़कर कोई फेंक देता है भला?

और क्या प्रत्याशा थी उसे?

क्या प्रत्याशा हो ही सकती थी उस जुआरी, नशाख़ोर आदित्य की पतली-दुबली लड़की को?

# पत्रावरण

शनिवार उत्सव का दिन होता है। उस दिन शाम को भी रसोई की खिड़की से धुआँ दिखाई देता है। पुराने गोसाईंबाड़ी के बाग़ में खेलते-खेलते पीतू की दृष्टि उस धूम्रकुण्डली पर पड़ी तो वह चौंक उठी।

अरे! आज शनिवार है न। सुबह ही दादी ने कहा था पर याद ही नहीं रहा। कपड़े से धूल झाड़कर पीतू बोल उठी, ''और नहीं खेलूँगी रे, अब घर जाना है।''

सहेली लावण्य ने विनती की, ''अरे ! इतनी जल्दी, थोड़ी देर और खेलना...पीतू!''

सहेली की विनती से द्रवित होकर पीतू ने आकाश की बढ़ती हुई लाली की ओर देखा, सोचने लगी सखी की बात मान ले या नहीं। मगर नहीं, दिन ढलने को है, पता नहीं कब आकाश ने सोने की चादर ओढ़ ली। इसलिए बोली, ''नहीं रे। आज पिताजी आएँगे, जाने दे।''

लावी मुँह बनाकर बोली, ''पिताजी आएँगे तो ऐसा क्यों करती है ? क्या सिर्फ़ तेरे ही पिताजी आएँगे, मेरे नहीं? मैं भाग रही हूँ तेरे जैसे?''

पीतू को शायद इसका सही जवाब नहीं मिला तो घबराकर बोली, ''तेरे पिताजी तो बुड्ढे हैं।''

''अरे पाजी कहीं की।'' लावी क्रोधित होकर बोली, ''मेरे पिताजी बुड्ढे हैं? ऐसे बात करती है आजकल? मेरे पिताजी तेरे ताऊजी लगते हैं कि नहीं? ठहर जा, आज तेरी माँ को बताती हूँ।''

यद्यपि पीतू और लावण्य दोनों सखियाँ अभिन्नहृदय थीं फिर भी कोई किसी का दोष माफ़ करने को तैयार नहीं होती। हालाँकि पीतू यह तर्क नहीं उठाती कि ताऊजी जैसे व्यक्ति को बुड्ढा कहना अपराध है भी कि नहीं। घबराकर कहती, ''नहीं बताना बहन, तेरे पाँव पड़ती हूँ। मुझे क्या पता कि ऐसा नहीं कहना चाहिये। पके बाल दिखते हैं इसीलिए। नहीं कहेगी न?''

क्षमा की मूर्ति लावी ने आश्वासन देते हुए कहा, "ठीक है नहीं कहूँगी। मगर उसके बदले और एक दाँव खेलना पड़ेगा।"

"बड़ी देर हो गयी रे लावी। पिताजी के आने से पहले मुँह-हाथ धोकर साफ़ कपड़े पहनने पड़ेंगे कि नहीं?"

लावी हँसकर बोली, "बाप रे! पिताजी तो जैसे सिर्फ़ तेरे ही आते हैं, और किसी के नहीं। पिताजी आएँगे, नहीं खेलूँगी, पिताजी आएँगे, कपड़े बदलने पड़ेंगे... पिताजी कोई कुटुम्ब है क्या?"

कहने की आवश्यकता नहीं, पीतू और लावी की उम्र में समानता होते हुए भी बुद्धि में अन्तर था। सखी के व्यंग्य से घबराकर पीतू बोल उठी, "वाह, कुटुम्ब क्यों होंगे? फटे कपड़े पहनने से पिताजी को पता नहीं चल जाएगा कि हम ग़रीब हैं?

इतना सुनकर भी लावी की हँसी का फ़व्वारा बन्द रहे, ऐसा कैसे हो सकता था? अपनी हँसी के छूटते फ़व्वारे में पीतू को डूबा छोड़ा उसने और हाँफते हुए कहा, "अरे बाबा, कितनी बेवक़ूफ़ है तू? तू और तेरे घरवाले ग़रीब और तेरे पिताजी अमीर हैं क्या? तेरे पिताजी ग़रीब हैं तभी तो तू ग़रीब है।"

पीतू का चेहरा तमतमा गया, "नहीं, कभी नहीं। मेरे पिताजी ग़रीब नहीं हैं। कभी आकर देखना कितने साफ़-सुथरे कपड़े पहनते हैं। कितना कुछ लाते हैं सबके लिए।"

लावी उसी स्वर में बोल उठी, "हाँ, कितने गहने हैं तेरी माँ के पास।" लावी की उम्र आठ ही है, मगर उससे क्या? जबसे बोलना सीखा है, ऐसी बुजुर्गों वाली बातें ही करती है वह। माँ-चाची की असावधानी के कारण अकसर लड़कियाँ ऐसा करना सीख जाती हैं।

गहने की बात उठी तो पीतू ने पराजय स्वीकार कर ली। रूठकर बोली, "अच्छा बाबा, हम ग़रीब ही सही, ठीक है न?"

"ओ हो, नाराज़ हो गयी? चलो नहीं कहती ग़रीब। कल खेलने आएगी न?"

'नहीं, माँ डाँटेगी। " रविवार को पीतू इधर-उधर घूमती फिरे यह उसकी माँ को पसन्द नहीं। यह लावी को भी मालूम था, तब भी पूछ बैठी।

जवाब भी मालूम ही था इसीलिए नाराज़ होकर लावी बोली, "यही तो मुश्किल है। रविवार आते ही मेरे बदन में आग लग जाती है।"

पीतू हैरान होकर बोली, "क्या? रविवार आने से तन-बदन में आग लग जाती है?... पिताजी के आने पर ख़ुशी नहीं होती?"

"नहीं बिलकुल नहीं। आकर कौन-सा हमें राजा बना देते हैं। केवल माँ के साथ गप्पें लड़ाते या ताश के अड्डे पर जाते हैं। मेरे हिस्से में तो सिर्फ़ डाँट खाना लिखा होता है। देखते ही डाँटना शुरू कर देते हैं। देखा कि डाँटना शुरू। अच्छा है,

कोलकाता में रहते हैं।''

''मेरे पिताजी बिलकुल नहीं डाँटते हैं।'' अपना खोया हुआ गौरव वापस मिला पीतू को। लावी ने भी उसके पितृ-गौरव को ठेस नहीं पहुँचायी। गम्भीर भाव से बोली, हाँ, पंकज चाचा आदमी अच्छे हैं। जा, तू घर ही जा नहीं तो माँ से फिर डाँट जाएगी।'' कहकर आठ वर्ष की लावी ने भी बुज़ुर्गों की चाल में अपने घर की ओर क़दम बढ़ाया।

उसका ऐसा आचरण अविश्वसनीय नहीं था। प्रायः बच्चा समझकर जिन्हें हम अनदेखी कर देते हैं, कभी उन्हीं की बातचीत पर कान देने पर पता चलता है कि वे उतनी अनदेखी करने के योग्य नहीं हैं।

पीतू जैसी लड़कियाँ ही इसका व्यतिक्रम थीं। धीरे से अन्दर झाँका और चैन की साँस ली पीतू ने। नहीं, अभी तक पिताजी के आविर्भाव की घोषणा उच्चारित नहीं हुई। इसलिए निश्चिन्त होकर प्रवेश कर सकती है। जग से पानी निकालकर हाथ-पाँव धो डालने, कपड़े बदलने और कंघी लेकर बाल सँवारने भर की देर थी। फिर पीतू को किसका डर।

लोटे-बाल्टी का काम लाख धीरे करने पर भी लाभ नहीं हुआ। माँ बोली, ''अब तक खेल चल रहा था? जा झटपट मुँह-हाथ धो ले। चौकी पर कपड़े रखे हैं।''

''चलो, थोड़े में ही छुटकारा मिल गया,'' पीतू ने सोचा। खुश होकर जल्दी से तैयार हो गयी और चौके के सामने आकर हँसकर दादी से पूछा, ''आज क्या पकाओगी दादी?''

दादी उसे देखकर बोलीं, ''तू ही बता, तेरा ही तो बेटा आ रहा है न।''

'धत्' कहकर अन्दर जाकर पीतू चौकड़ी मारकर बैठ गयी। आँखें ख़ुशी से बड़ी-बड़ी हो गयी। बोली, ''कचौड़ी बना रही हो माँ?''

कचौड़ी बनाने की तैयारी में एक मधुर संकोच छिपा था। मनोरमा के चेहरे पर एक दबी मुस्कान बिखर गयी। जवाब दादी ने ही दिया, ''हाँ पीतू, तेरे पिता को कचौड़ी बहुत पसन्द हैं। हालाँकि वहाँ कोलकाता में कितना कुछ मिलता है पर घर के पकवान की बात ही कुछ और है। रोज़ थोड़ा-थोड़ा तेल बचाकर...''

''रहने दीजिए माँ, बच्ची है, कब बोल बैठेगी।'' मनोरमा ने बीच में ही रोक दिया उन्हें।

दादी बात को सँभालने के लिए बोलीं, ''हमारी पीतू ऐसी नहीं है। बड़ी होशियार है। है न पीतू?''

पीतू लजाकर हँस पड़ी।

मनोरमा बोली, ''गरम-गरम बना रही हूँ, अपने हिस्से की दो कचौड़ी खा ले।''

सुनकर मुँह में पानी भर आया, फिर भी अपनी तीव्र भूख का दमनकर उदासीन

स्वर में पीतू बोली, "अभी भूख नहीं है। पिताजी के साथ खाऊँगी।"

"साथ तो खाएगी मगर सामने बैठकर अपनी उँगलियाँ तो नहीं चाटेगी न?" हँसकर मनोरमा बोली।

नहीं, उस एक दिन की असावधानी की बात को कोई भूलता ही नहीं। शर्म से लाल होकर वह बोली, "रोज़ ऐसा थोड़े ही करती हूँ मैं? वह तो सिर्फ़ एक दिन।"

हँसकर मनोरमा बोली, "और आज क्या करेगी? कहेगी, कचौड़ी क्या चीज़ है दादी? खाने में कैसी होती है? यही न?"

पीतू को मुसीबत से बचाने के लिए दादी मैदान में उतर पड़ीं। कृत्रिम क्रोध के स्वर में बहू से बोलीं, "तुम्हें तो बस एक ही काम आता है। मौक़ा मिलते ही पीतू को चिढ़ाना। वह इतनी बुद्धू है क्या, हाँ? क्या कहेगी रे पीतू?"

दादी का आसरा पाकर बड़े उत्साह से पीतू बोल उठी, "क्या कहूँगी? कहूँगी, कचौड़ी तो हम लोग हरदम ही खाते हैं। दादी अकसर बनाती हैं। खा-खाकर हमारा तो जी ऊब गया है। आप जी भरकर खाइये पिताजी।"

हँस पड़ी मनोरमा। बोली, "बस, बस। इतना सब कहने की कोई ज़रूरत नहीं है। सिर्फ़ सामने बैठकर पत्तल नहीं चाटना। इतना ही काफ़ी है।"

पीतू ने अब उत्सुक दृष्टि चारों तरफ दौड़ायी, अगर इस शुभ दिन पर और कोई विशेष पकवान दिख जाएँ। ऐसा होता है कभी-कभी। जैसे पिछली बार दादी ने नारियल काटकर रखे थे। पीतू ने माँगा नहीं था। सिर्फ़ पूछा था, "वह क्या है दादी?" तभी दादी ने थोड़ा-सा निकालकर उसे हाथ में दे दिया था।

आज नारियल तो नहीं दीखा मगर कुछ भीगे चने एक कटोरे में रखे थे जो कच्चे भी खाये जा सकते थे। पीतू बोली, "भीगे चने का क्या बनाओगी दादी?"

मनोरमा ने अब डाँट लगायी, "बनेगा क्या, सब्ज़ी में डाले जाएँगे। भूख लगी है तो जो खाने की चीज़ है खा ले न।"

दादी समझती थीं अपनी पोती को। बहू को डाँटकर बोलीं, "उसने तुमसे कहा तो नहीं कि भूख लगी है। हर बात के लिए उसे डपटती क्यों हो बहू? चने डालकर लौकी की सब्ज़ी बनेगी रे पीतू। लावी की बुआ आयी थी, अपने बगीचे की लौकी दे गयी। इतनी नरम है। तेरे पिता को बहुत पसन्द है रोटी के साथ यह सब्ज़ी। ले, तब तक थोड़ा-सा चना खा ले।" दादी ने थोड़े से चने उसकी तरफ़ बढ़ा दिये।

मगर पीतू इतनी जल्दी हाथ कैसे बढ़ाती? आख़िर उसका भी कुछ आत्मसम्मान है कि नहीं? तिरछी दृष्टि से माँ की तरफ देखने लगी।

"रहने दे, अब शर्माने की ज़रूरत नहीं है।" मनोरमा हँसकर एक चुटकी नमक बढ़ाकर बोली, "ले, नमक के साथ खा, अच्छा लगेगा। चौके में क्यों, बाहर जाकर बैठ न।"

यह एक संकेत था। 'बैठ न।' का अर्थ था 'देख न'। पिता को आते हुए देखना ही तो एक बड़े आनन्द की बात थी।

एक बार दादी नहीं थीं, गंगास्नान करने त्रिवेणी गयी हुई थीं, उस बार माँ-बेटी दोनों मिलकर घण्टे-भर पहले से तैयार होकर दरवाज़े पर खड़ी हो गयी थीं।

"आ गये। आ गये। पिताजी आ गये।" पीतू बोल उठी।

चौके में बैठी मनोरमा का दिल ज़ोर से धड़क उठा। 'शादी के ग्यारह वर्ष बीत गये, फिर भी।

हँसते-हँसते पंकज बेटी की आवाज़ नकल कर बोलने लगा—

"देखो देखो, मैजिक देखो
पीतू रानी का बापू देखो
चार पैसे का टिकट फेंको,
पीतूरानी का बापू देखो।"

ऐसा ही फुर्तीला स्वभाव था पंकज का । हर बात में हँसना। इसके बाद भी पीतू अपने पिता की पीठ से लिपट न जाती इतना धीरज पीतू को कहाँ।

मनोरमा ने दबी आवाज़ में डाँट लगायी, "हो गयी शुरू। थक-हारकर कोई घर आया, उसे आराम तो करने दो।"

मगर पीतू को अब माँ से डर नहीं लगा। नहीं लगने के दो कारण थे। पहला तो यह कि पिता उसके परम सहायक थे, दूसरी बात यह कि माँ के चेहरे पर जो ख़ुशी की छटा बिखर रही थी वह पीतू से छिपी न थी। इसलिए माँ से डरना अनावश्यक लगा उसे।

महामाया का शुद्धाचार गाँव भर में प्रसिद्ध था।

उनके घर में यात्रा के कपड़े में पानी तक छूना मना था। मनोरमा जाकर हाथ-मुँह धोने के लिए पानी देने लगी तो दबी आवाज़ में हँसकर पंकज बोला, "प्यासे को पानी न देकर पैर धुलाने में कोई पुण्य नहीं है।"

मनोरमा मुस्कुराकर बोली, "अच्छा, रहने दो। अब बेटी बड़ी हो रही है। बातचीत सँभलकर करना सीखो।"

"बेटी! अभी बहुत देर है उसके बड़े होने में।" कहकर सस्नेह दृष्टि से पास खड़ी कन्या को निहारने लगा पंकज।

"वही तो मुश्किल है। अभी माँ को पूछने दौड़ेगी, दादी, प्यासे का पानी क्या होता है?"

दोनों ही हँस पड़े। 'हाथ-पैर धोने में इतनी देर...' पीतू ने सोचा।

मनोरमा बोली, "फिर इतना ढेर सारा सामान ख़रीद लाये? फ़िज़ूलख़र्ची तुम्हारी आदत बन गयी है। इतना छोटा परिवार हमारा, कौन इतना खाएगा बताओ तो?

पिछली बार जो पापड़ लाये थे, अभी तक रखा है। फिर ले आये?"

मुँह बनाकर पंकज बोला, "ठीक है, अगर तुम लोग नहीं खाओ तो मैं नहीं लाऊँगा।"

"ऐसी बात नहीं है। कितना खाएँगे हम लोग? ढेर सारी सब्ज़ियों से छुट्टी मिले तब तो?"

"इतना कौन दे रहा है? किसी और के साथ बन्दोबस्त तो नहीं कर लिया है?" पंकज हँसने लगा।

"अब ऐसा ही कुछ करना होगा। जिस तरह बेशर्म होते जा रहे हो, साथ निभाना मुश्किल है।"

उधर से महामाया ने आवाज़ लगायी, "ओ पंकज बेटा, मुँह धोया कि नहीं? कचौड़ी ठण्डी हो रही हैं। खाकर आराम से बातें करना बेटा।"

"हो गया न?" तीक्ष्ण कटाक्ष से पति को बेधकर तेज़ी से हट गयी मनोरमा।

पंकज जलपान करने बैठा।

खिलाने का काम महामाया ने अपने हाथों में रखा था। बहू खिलाती तो दिल नहीं भरता था। उनके तौर-तरीक़े जानती नहीं क्या वह? खिलाते समय ही ऐसा हँसी-मज़ाक़ छेड़ देगी कि खानेवाले को पता भी नहीं चलेगा कि क्या खाया और खिलानेवाली भी यह पूछना भूल जाएगी कि ठीक से खाया या नहीं।

बड़े जतन से, बड़ी निष्ठा से, जी-जान से बनाये गये पकवानों की ऐसी अवहेलना उन्हें सहन नहीं होती। पास बैठकर खिलाएँगी, थोड़ा-सा और लेने की ज़िद करेंगी, कैसे बने हैं यह सब पूछेंगी, तब तो दिल को ठण्डक पहुँचेगी।

महामाया मछली को हाथ नहीं लगातीं।

रविवार को मछली मँगाकर मनोरमा ही बनाया करती थी। मगर परोसने के समय महामाया जाकर खड़ी रहती थीं। एक दिन कोई विशेष व्यंजन देना भूल गयी थी इसके लिए सास ने मनोरमा को ख़ूब खरी-खोटी सुनाई थी। वैसे बहू के प्रति वह स्नेहशील ही हैं। मगर बेटे के मामले में रियायत नही करतीं।

पंकज आराम से खाने बैठा और बोला, "कचौड़ी और आलू की भाजी? इससे अच्छा और हो ही क्या सकता था? बिलकुल रईसों का नाश्ता है आज।"

महामाया गद्‌गद स्वर में बोलीं, "कचौड़ी तो नाम के लिये है बेटा। आज ही घी ख़त्म हो गया, तेल में ही छानना पड़ा। खा ले गरम-गरम, बुरा नहीं लगेगा।"

"बुरा?" एक कौर मुँह में डालकर परितृप्त होकर बोला पंकज, "तेल में तला ही तो इतना अच्छा होता है। और देखो, कोलकाता में नौकर कड़ाही भर-भरकर घी जलाता है। फिर भी मज़ाल है कि ऐसी कचौड़ी कोई बना सके! सच बता रहा हूँ माँ, पिछले कुछ दिनों से ऐसे ही तेल में तले चने दाल की कचौड़ी खाने का बड़ा

दिल कर रहा था।''

महामाया छलकते आँसू रोक न पायीं।

रुँधे हुए स्वर में बोलीं, ''माँ का दिल है बेटा। सच ही कहा है न 'मैं रोया परदेश में, भीगे माँ का प्यार।' उमड़ते प्यार के तरंग स्वरूप थाली में रखी बाक़ी कचौड़ियाँ भी बेटे की थाली में डाल दीं महामाया ने।

अब तो पंकज नाराज़ होने लगा।

''बस करो। सब मुझे दे दिया? उफ़, तुम लोगों के सामने तो पकवान की तारीफ़ करना भी मुश्किल है। इतनी सारी कचौड़ियाँ मैं अकेले कैसे खाऊँ?''

''खाएगा कैसे नहीं? रात को रोटी कम खा लेना।''

''और तुम लोग नहीं खाओगी? कम-से-कम दो तो रख लेतीं?''

''बहू के लिए रखा है अन्दर, पीतू को भी खिला दिया, अब किसके लिए रखना? मैं रात को दाल की बनी चीज़ खाती हूँ क्या?''

पंकज बड़े अफ़सोस के साथ बोल उठा, ''छिः छिः, फिर आज क्यों बनायीं? कल सुबह बना लेतीं?''

स्नेह से सरस-कोमल हो गया महामाया का चेहरा, बोलीं, ''सुन लो बात, कौन सी बड़ी चीज़ है दो कचौड़ी कि माँ ने नहीं खायीं तो तूफ़ान खड़ा कर रहा है। खाती नहीं क्या? बहू तो अकसर बनाती रहती है। आज ही तो कह रही थी, ''माँ, दशमी के दिन आपको भरपेट दालपूरी खिलाऊँगी।''

''खाना पकाने का नशा है उसे।''

''हाँ, है तो तुम्हारी ही बहू, तभी तो इतने गुण हैं। क्यों पीतू, रोज़ कचौड़ी-दालपूरी खाती है?''

''रोज़।'' पीतू जैसे एक मरूस्थल में खड़ी दिशा खोजने लगी। कहाँ है वह दुर्लभ वस्तु? प्रतिदिन के भोजन में भात या रोटी को छोड़कर जो कुछ जुट जाता था वह आस-पड़ोस से कुछ साग, झोल या फिर पड़ोसियों से भेंट में मिला बैंगन, लौकी या करेला। पिताजी आलू लाते थे मगर उसमें से अधिकतर अगले शनिवार के लिये बचाकर रख दिया जाता था। पीतू को इस बात का कोई दुःख नहीं था। शनि-रविवार उत्सव का दिन था, पीतू जानती थी।

लेकिन यह सब तो उसने पलभर में सोच लिया और हड़बड़ाकर बोली, ''रोज़ तो नहीं मगर अकसर खाते हैं।''

अबोध लड़की झूठ नहीं बोलेगी यह सोचकर निश्चिन्त हो गया पंकज। बड़े आश्चर्य से बोला, ''इतने कम ख़र्च में कितनी अच्छी तरह निभा लेती हो तुम लोग, वहाँ कोलकाता में! हूँ।''

महामाया सन्दिग्ध स्वर में बोलीं, ''फिर क्यों कहता है, वहाँ खाना अच्छा मिलता

है?''

''अरे हाँ, अच्छा पैसा भी तो लेते हैं। तुम तीन लोगों पर जितना ख़र्चा होता है उतना अकेले मुझे देना पड़ता है।''

''तो इसमें अफ़सोस किस बात का? मेहनत करके कमाना पड़ता है, खाएगा क्यों नहीं ठीक से?''

बड़े उत्साह से पीतू बोल उठी ''यहाँ सब कुछ सस्ता जो है पिताजी। आपके कोलकाता जैसा नहीं है। हमलोग कितना कुछ खाते हैं। दादी तो रोज़ खीर पकाती है, तब आपकी याद बहुत आती है। कल फिर बनाओगी दादी?''

महामाया को ख़ाली चीनी का डिब्बा याद आ गया। इसलिए झिझककर बोलीं, देखती हूँ, दूधवाला अच्छा दूध दे तभी तो बनाऊँगी। पानी अधिक मिलाया तो नहीं बनाऊँगी।''

पंकज गिलास का पानी पूरा पी गया और चाय का प्याला हाथ में लेकर बोला, ''बहुत पानी मिलाता है क्या?''

दूधवाले की शिकायत करने में थोड़ी झिझक महसूस होती महामाया को। क्योंकि दोष दूधवाले का नहीं था। उसके पास तरह-तरह का दूध रहता है। महामाया अगर रुपये में ढाई सेर दूध लें तो दूध का रंग पानी से ही मिलता-जुलता होगा न?

इसलिए महामाया पंकज की बात को टालकर बोलीं, ''ज़्यादा दूध माँगो तो पानी ज़रूर मिलाएगा। ग्राहक बँधे हुए हैं। एक छटाँक भी दूध बचने पाए तब न! इस देश का क्या हाल हो गया है!''

इस प्रकार प्रसंग बदल गया। पुराने दिनों की बात छिड़ी। निराशा-भरे भविष्यहीन, वर्तमानहीन जीवन का एकमात्र आश्रयस्थल उसका अतीत ही होता है। वही पुराने दिनों में खो जाना। सब कुछ लुटाकर आदमी अपने अतीत की गौरव गाथा का बखान करता है। अभाव-पीड़ित दरिद्र अपने अतीत ऐश्वर्य की रंगीन छवि में डूब जाता है।

''पीतू, पान ले जा।'' अन्दर से मनोरमा ने आवाज़ दी। दो पान उसके हाथ में थमाकर दबी आवाज़ में उसने डाँटा, ''खीर के बारे में क्यों बक रही थी इतना?'' पीतू अपराधी-सी सर झुकाकर खड़ी रही।

माँ और दादी दोनों को पिताजी के सामने हवाई महल बनाते देखकर उसे लगता था कि यह एक बड़ा मज़ेदार खेल है।

मनोरमा में भी इस ग़लती के लिए अधिक डाँटने की हिम्मत नहीं थी। इसलिए नर्म होकर बोली, ''अच्छा जा, पान दे दे। उल्टी-सीधी बात मत करना। थोड़ा पढ़ क्यों नहीं लेती उनके पास? ये भी तो वैसे ही हैं, बेटी को थोड़ा पढ़ाना चाहिए, याद ही नहीं रहता।''

पढ़ाई ठेंगे से! अभी पढ़ने बैठेगी? पागल तो नहीं हो गयी पीतू? कितनी अच्छी-अच्छी बातें करेगी वह, अभी ऐसे में पढ़ने की बात। छिः।

पंकज भी पिता के कर्तव्य भूलकर बेटी से तरह-तरह की मज़ेदार बातें करने लगा। बातें भी क्या थीं—शून्य में स्वर्ग-रचना। ऐसा कहा जा सकता है कि इस कहानी का शीर्षक होगा, 'जब ढेर पैसे होंगे।'

लॉटरी में जीतना तो सुनिश्चित था, केवल तारीख़ का पता लगाना बाक़ी था। ख़ैर, उससे क्या! पैसे कैसे ख़र्च किये जाएँगे यही मुख्य चिन्ता का विषय था। बाप-बेटी इसी चिन्ता में निमग्न थे।

अच्छे कपड़े, अच्छा खाना, ढेर सारे खिलौने, दादी के पूजा-घर के लिये चाँदी का सिंहासन, सोने की झालर, माँ के लिए भारी-भारी गहने, पिता के लिए अच्छी-सी घड़ी और एक चश्मा—इन सब बातों में बाप-बेटी एकमत थे, मतभेद होने लगा केवल एक विषय पर।

पंकज चाहता था सब कोलकाता चलें पर पीतू जाने को एकदम तैयार नहीं थी। यह घर, यह गाँव, लावी और सारी सखियाँ, गोसाईंबाड़ी के पुराने खँडहर में ईंटों के ढेर के बीच छोटा-सा उनका खेलने का घर, आँगन में अमरूद के पेड़ पर लगा झूला... यह सब छोड़कर जाने की बात पीतू सोच भी नहीं सकती थी।"

पंकज ने दफ़्तर का नाम लेकर कोलकाता की तरफ़दारी की तो पीतू ने गाँव के एक डॉक्टर की मिसाल दे दी जो अपनी गाड़ी में रोज़ कोलकाता आया-जाया करता था। जब ढेर सारे पैसे होंगे तो गाड़ी ख़रीदना मुश्किल होगा क्या!

बातों ही बातों में अचानक पीतू पूछ बैठी, "पिताजी आप ग़रीब हैं क्या?"

पलभर के लिए पंकज सकपका गया। फिर ठहाका लगाकर हँस पड़ा, "हा-हा-हा, किसने कही यह बात?"

पिता को हँसते देखकर पीतू की हिम्मत बढ़ी। तभी उपेक्षा भाव से बोली, "कहेगा और कौन?"

"वही लावी।"

"अरे लावी क्या कहेगी?" अपनी छाती पर हाथ ठोंककर पंकज बोल उठा, "मेरे जैसा अमीर इस पूरे गाँव में कोई नहीं है, समझी? कोई नहीं।"

ऐसी घोषणा सुनकर पीतू ने कुछ हैरान दृष्टि से पिता की ओर देखा। इससे वह सम्पूर्ण निश्चिन्त तो न हो सकी मगर पिता का उज्ज्वल मुखमण्डल उसी बात की साक्षी दे रहा था।

अपने संशय को मिटाने के लिए पीतू बोली, "फिर आपके जूते फटे हुए क्यों हैं?"

"जूते !"

जूते देख लिए क्या उसने? पंकज ने सोचा। कपड़ों की तरह जूतों को चमकाना आसान नहीं होता। तभी तो अँधेरे कमरे में छिपाकर रखा था उन्हें।

मगर बेटी से हार माने तो कैसे? सहज होते हुए बोला, "ओह, जूते क्यों फटे हैं, यही न? अरे! खरीदूँगा कब? दुकान जाने की फुर्सत मिले तब न? देख न, शनिवार होते ही तो घर आ जाता हूँ। रविवार बिताकर जो गया तो ऑफ़िस के काम में फँस जाता हूँ। बाक़ी दिन भी ऑफ़िस। कब ख़रीदूँ। जेब में पैसे लेकर घूम रहा हूँ।"

सुनकर बड़ा आश्चर्य होता पीतू को।

समय नहीं मिलता?

उसे तो समय एक अनन्त स्रोत की तरह लगता था। उषा के आगमन से निशा के अवतरण तक अन्तहीन समय की एक धारा बहती रहती थी। कितने ही दिन और रात उस अनन्त कालव्यापी तरंग में बह जाते। गोपाल चाचा दिन-भर तम्बाकू पीते और खाँसते रहते थे। चौधरी नाना तो चण्डीमण्डप पर बैठे सुबह से शाम तक गप्पें लड़ाते रहते थे। लावी की बुआ लौकी की एक टुकड़ी लेकर पड़ोस में बाँटने के बहाने सुबह से घर-घर टहलती फिरती थी। कहीं दौड़धूप नहीं, कहीं परेशानी नहीं। सब जगह शान्ति लगती थी। और बेचारे पिताजी।

समय की कमी के कारण फटे जूते पहनकर घूमना पड़ता है उन्हें।

एक प्रकार का खेल चल रहा था पंकज के घर। सभी विभोर थे उसे खेलने में। किसने प्रथम आविष्कार किया था इस खेल का, अब कहा नहीं जा सकता। पंकज?... महामाया?... मनोरमा?... नहीं, किसी को याद नहीं। मगर कोई इसका मज़ा किरकिरा नहीं करता। क्योंकि खेल के रुकते ही एकाएक ग़रीब हो जाएँगे ये लोग। उस ग़रीबी पर फिर कोई पर्दा भी तो नहीं रह जाएगा।

अचानक महामाया की रसोई में घी ख़त्म होने का राज खुल जाएगा। पंकज के समय की कमी की कहानी भी टिक न पाएगी।

उससे तो यही अच्छा है, इस प्रकार मधुर मिथ्या का जाल बुनना।

इस तरह पंकज ने बड़े उत्साह के साथ बोलना शुरू किया, "सिर्फ़ जूता ही क्यों? कितना कुछ नहीं कर पाता हूँ समय की कमी के कारण, पता है? बाल झरते जा रहे हैं, एक अच्छा तेल नहीं ख़रीद पाता, तेरी माँ इतना अच्छा स्वेटर बुनती है, मगर ऊन ख़रीद कर ला दूँ इतना समय ही नहीं मिलता और तुझे भी तो कितना कुछ चाहिए... कुछ भी नहीं कर पाता हूँ समयाभाव के कारण।"

बालिका के सामने झूठ बोलने में पंकज का विवेक कुण्ठित नहीं होता। समय की कमी—यह बात झूठ है क्या? समय की कमी के कारण ही तो कुछ भी नहीं हो रहा है। यह समय एक दिन अवश्य आएगा, ऐसा पंकज का विश्वास था। वर्तमान

आर्थिक संकट को निहायत ही एक सामयिक अवस्था मानता था वह। वह सुधर ही जाएगी। जब समय आएगा तभी शुरू होगा यथार्थ जीवन। उस जीवन के प्रत्येक पल की छवि पंकज के मानस पट पर अंकित है। जेब में पैसे लेकर घूमना?

वह भी झूठ नहीं है। वह जेब उसकी कमीज़ में लगी नहीं है अभी, मन में है, बस इतना ही अन्तर है।

पिता की बात से सम्पूर्ण सन्तुष्ट होकर पीतू मन ही मन लावी को स्मरणकर चिढ़ाकर बोल उठी, "लावी न गोभी!"

पंकज ठहाका मारकर हँस पड़ा। उसकी आवाज़ से आकृष्ट होकर मनोरमा आ खड़ी हुई। रसोई का काम पूरा हो गया था। महामाया सन्तुष्ट होकर पूजा के लिए बैठ गयी थीं।

तभी मनोरमा निश्चिन्त होकर पति के पास आ बैठी।

"इतना हँस क्यों रहे हो?"

पंकज मुँह बनाकर बोला, "जो पास नहीं बैठते उन्हें पता भी नहीं लगना चाहिए। मत बताना पीतू, हमलोग क्यों हँस रहे हैं।"

"लो बैठ गयी, अब तो ठीक है?" हँसकर बोली मनोरमा।

पंकज ने और भी मुँह बना लिया और कहा, "उससे पहले यह तो कहो कि तुम क्यों हँस रही हो? तुमसे तो किसी ने हँसी की बात नहीं की? आकर बैठी और हँसने लगी? इसका मतलब?"

"कहाँ हँस रही हूँ मैं? अरी पीतू, मैं हँस रही हूँ क्या?" मनोरमा ने चेहरे पर गम्भीरता लाने की पूरी कोशिश की।

पीतू ने माँ की तरफ़ देखा। लालटेन की उज्ज्वल किरण के ठीक सामने मनोरमा बैठी थी। उसके झुके हुए चेहरे की हर रेखा से किरण की आभा फूट रही थी। मगर ऐसी आभा क्या सिर्फ़ लालटेन की रोशनी दे सकती थी? प्रतिदिन शाम को माँ लालटेन की रोशनी के आगे बैठती हैं। जब पिताजी नहीं होते तो किताब पढ़ती हैं या पीतू को पढ़ाती हैं। तब उनके चेहरे पर वह किरण बाहर से आकर बिखरती है, इस प्रकार भीतर से स्फुरित तो नहीं होती? यह आलोकित मुखमण्डल उसे अनजाना, अलौकिक-सा लगने लगा।

अपनी बेटी के अवाक् चेहरे की ओर देखकर पंकज मुस्कुराया और बोला, "सुन लो, पीतू की लावी गोभी ने क्या कहा! कि पीतू के पिताजी ग़रीब हैं। हँसनेवाली बात है कि नहीं?"

"क्यों नहीं?" मनोरमा का किरण-सा चेहरा झलक उठा। एक अजीब चमक आयी उसके चेहरे पर। बोली, "ग़रीब क्या? ये तो सम्राट हैं।"

"सुन लिया न पीतू," कहा था न मैंने कि मुझसे धनी इस गाँव में कोई नहीं है?

पिता की तरफ़ मुड़कर देखा पीतू ने। आश्चर्य चकित रह गयी। पिता के मुख पर भी वही अलौकिक आभा बिखर रही थी। पीतू को ऐसा लगा जैसे इनकी ये साधारण बातें निहायत साधारण नहीं हैं। इनकी यह हँसी भी कुछ और कह रही है। इनके मुस्कुराते हुए चेहरों की हर रेखा में अंकित है कुछ और भी, जिसे समझ पाना पीतू के बस की बात नहीं।

फिर भी कितनी अनोखी! कितनी सुन्दर! खुशी के आवेग से पीतू की आँखें छलछला उठीं।

अगर इसी समय लावी को बुलाकर दिखा सकती! अगर लावी माँ को अभी देखती तो क्या उनके गहने कम होने की हँसी उड़ा सकती?

गहने हैं कि नहीं, याद भी रहता क्या?

# अगर दीवार बोल सकती

शुरू में समाचार जो लाता है, वही लाया था, कहने का मतलब 'सर्वविद' रथीन सेन। रथीन सेन जैसा इतने उच्च स्तर का संवाददाता इस 'विरही' गाँव में दूसरा नहीं है।

नहीं तो प्रतिदिन कोलकाता जाने-आने वालों की संख्या स्त्री-पुरुष मिलाकर तो यहाँ कम नहीं है। बहू-बेटियाँ भी तो आजकल डेली पैसेंजरी करती हैं किसी-न-किसी काम से। रमेश घोष की बेटी केतकी तो केवल संगीत सीखने के लिए ही प्रतिदिन कोलकाता जाती है। रवीन्द्र, नज़रूल, अतुलप्रसाद, इन तीनों सागर का मन्थन करके अमृत संचित करने के लिए अपने संगीत का पाठ्यक्रम इस प्रकार उसने सजाया है कि हफ़्ते में कोई भी दिन उसका रेलगाड़ी पर सफ़र किये बिना नहीं रहता।

अकसर केतकी से नयी-नयी ख़बर मिलती रहती है, मगर रथीन सेन के आगे वह कुछ भी नहीं।

मगर 'सब जानते' लोगों के साथ जो होता है, पहले सभी बोल पड़ते हैं—"ओह! रथीन की बात? रहने दो, वह तो हवा से भी तेज़ चलती है।" इस बार भी यही कहा था, पर बाद में सभी सँभल गये। क्योंकि कुछ दिनों के बाद से ही तो घड़ी-घण्ट बजने शुरू हो गये। शोर मच गया तैयारी का।

विरही की ऊँची-नीची सड़कों पर बालू, कंकड़ गिरने लगे। सड़क के सूखे नलों को फिर से सजल करने की कोशिश चलने लगी, विरही के बाज़ार सजने लगे। इसके बाद अविश्वास करने को रह ही क्या जाता है?

सभी को मालूम हो गया भारत-प्रसिद्ध साधू 'भक्त योगानन्द' को जन्मशताब्दी उत्सव का उद्यापन उनकी जन्मभूमि की पावन धरती पर ही यानी विरही में होगा।

बात कोई छोटी-मोटी नहीं होगी।

देश-विदेश से आनेवाले भक्तों के अतिरिक्त इसमें कुछ प्रसिद्ध विद्वान पण्डित भी योगदान करेंगे। और सभा की शोभा, मंच के मंगलघट—कवि, शिल्पी भी आएँगे। विद्वान ज्ञानगर्भ भाषण में भक्त योगानन्द के जीवनचरित की व्याख्या करेंगे।

तीन दिन चलनेवाले इस अधिवेशन को चार चाँद लगाएँगे दो मन्त्री, एक प्रख्यात बंगाली साहित्यिक तथा तीन भिन्न भाषाओं के कवि। भिन्न-भिन्न प्रदेशों से भक्तों का समागम तो होगा ही, भक्त योगानन्द ने अपने जीवन की परम साधना के दिन बंगाल से बाहर ही तो काटे हैं–शिष्य भी उन्हीं जगहों में अधिक हैं।

यद्यपि उनके गृहत्याग के बाद के प्रथम कुछ वर्षों का इतिहास किसी को मालूम नहीं है। वह एक रहस्य-घिरा काल है। कोई कहता है, दीर्घ बारह वर्ष उन्होंने हिमालय की गिरि-कन्दराओं में काटे हैं, कोई कहता है, भूमिगर्भ में आसन रचकर वे ध्यान-मग्न रहे पूरे एक युग तक, कोई और कहता है ये बारह वर्ष उन्होंने अफ्रीका के घने जंगलों में काटे हैं–कोई भी निश्चित रूप से कुछ नहीं कह सकता। उनके अतिप्रिय शिष्य भी कुछ लिखकर नहीं गये।

योगानन्द के जीवन का कुछ समय रहस्य से घिरा है।

पर उससे क्या? उनका बाद का जीवन तो उनके शिष्यों के जीवन से ही जुड़ा है। तेईस वर्ष की उम्र में गृहत्याग किया था योगानन्द ने और देहत्याग किया तिरासी वर्ष की उम्र में। कम दिन तो नहीं हुए।

इतने दिनों तक बंगाल के निवासी भक्त योगानन्द की महत्ता को इस प्रकार समझ नहीं पाये थे। इस शतवर्ष की चकाचौंध से उन्हें होश आया है।... अतः ध्यान आया है कितने अनमोल रतन को इतने दिनों तक भुलाकर बैठे थे ये लोग। गौरव करने योग्य, आनन्द मनाने योग्य, हलचल मचाकर समारोह करने का उपकरण उनके अपने घर में ही मौजूद था, और उस परम ऐश्वर्य को दूसरे प्रदेशवासी भोग रहे थे।...नहीं, नहीं, प्रादेशिक भावना से नहीं, स्वदेशी भावना से प्रेरित होकर ही 'भक्त योगानन्द' के बंगाली भक्तगणों ने इस उत्सव का आयोजन किया है।...

उसके बाद तो पानी से ही पानी बढ़ता गया, भक्त आते गये दिशा-दिशा से। यद्यपि प्रादेशिक दीवार से महापुरुषों को नहीं बाँधा जाता, फिर भी उनकी जन्मभूमि की खोज करने से किसी एक अनजाने गाँव में जाकर रुकना पड़ता है। भक्त योगानन्द के बारे में भी यह बात सही है और उसी प्रकार बंगाल के इस छोटे से गाँव 'विरही' की जीत हो गयी है।

इस विशाल समारोह के उद्योक्ता भक्त साधुगण ही हैं, पर पृष्ठपोषक है स्वयं राज्य सरकार क्योंकि इस उत्सव के बहाने 'विरही' अपने नाम का अर्थ बदलकर 'सर्वभारतीय मिलन-क्षेत्र' हो जाएगा।

इसी को लेकर गाँव के घर-घर में चर्चा, सरगर्मी है, हर पल एक नयी ख़बर आकर उस पर नयी तरंग बनकर फैल जाती है। गाँव भर के लोग बेहद ख़ुश हैं, क्योंकि विरही के इतिहास में ऐसी कोई घटना नहीं घटी।

मगर गाँव के उस विशेष घर में दुश्चिन्ता के बादल छाये हैं। रथीन्द्र कह रहा

है—मुख्य समारोह गाँव के बीचोंबीच पण्डाल लगाकर हो रहा है, वे लोग मुख्य अनुष्ठान, अर्थात् योगानन्द की प्रतिकृति के सामने एक सौ दीपक जलाना, प्रतिकृति को माल्यदान तथा विशेष अतिथियों के द्वारा श्रद्धा अर्पण, ये सब उनके पैतृक भवन में करना चाहते हैं। वे उनसे भी मिलना चाहते हैं जिन्होंने भक्त योगानन्द को शैशव और बाल्यकाल में देखा है। उनकी संस्मृति के माध्यम से भक्त योगानन्द की सूचना का इतिहास जानने के लिए आग्रहशील हैं वे लोग।

बात तो यह है, कि क्या ऐसा कोई उनके वंश में है?

है क्यों नहीं?

स्वयं योगानन्द के भतीजे ही हैं। योगानन्द के अन्नप्राशन के समय नामकरण हुआ था—योगेन। बाद वाले दोनों भाई नगेन और खगेन। वर्तमान वाशिन्दे उन्हीं के वंशज हैं।

इन्हीं के ऊपर अभी गाँव की इज़्ज़त टिकी हुई है। बाहर से जो लोग योगानन्द के जन्मस्थल पर माथा टेकने आ रहे हैं, क्या वे जान जाएँगे कि उदासीन विरही गाँव अपने खोये हुए बेटे को एकदम भूलकर निश्चन्त होकर बैठा है? आँख उठाकर देखा नहीं वह लड़का निकलकर किस शिखर तक पहुँच गया और कितना गौरव बढ़ाया विरही का!

नहीं। विरही गाँव ने उसके लिए कुछ भी नहीं किया। नाम तक नहीं लिया।

मगर अभी भी इज़्ज़त बाक़ी है।

इस जयन्ती उत्सव की नाव पर चढ़कर अगर बीच दरिया तक पहुँचा जा सके। उसके बाद तो नाव अपने आप चलकर किनारे लग जाएगी। नहीं तो क्या बंगाल के इस अनमोल रतन को दूसरे प्रदेश ले लेंगे?

नहीं, इस पर रोक तो लगानी ही है।

इसलिए दिन-रात रथीन सेन के साथ नगेन के छोटे बेटे 'हड्डी का ढाँचा' तपेन, और खगेन के दूसरे बेटे 'दमा के रोगी' देवेन का सलाह-मशविरा चलता रहता।

जबकि रथीन जब पहली बार यह समाचार लाया था तब खाँसते-खाँसते देवेन ने कहा था, ''क्या कहा रथीन? योगानन्द की जयन्ती होगी?''

''इस विरही में आकर उत्सव मनाएँगे?''

''कितने खेल दिखाए रे मनवा...!''

और तपेन अपने अस्थि-पंजर कँपाकर हँस पड़ा और बोला, ''अच्छा! तब तो अच्छा-ख़ासा तमाशा देखने को मिलेगा।''

तब धारणा नहीं थी कि तमाशा इतना विशाल होगा और वह तमाशा उनके घर पर आकर हमला करेगा।

मन्त्री का नाम सुनते ही कँपकँपी लग गयी है, कहीं जन्मस्थल के मूल तक

पहुँचना चाहें तो?

दोनों के ही बेटे कोलकाता के डेली पैसेंजर हैं, वे आकर सुनाते हैं, ''योगानन्द की शतवार्षिकी का शोर कोलकाता में भी भारी हलचल मचा रहा है। अब रास्ता क्या है?''

एक फ़ोटो तक नहीं है ताऊजी का—तपेन अपनी पतली बाँहों से पीठ खुजलाते हुए बोला, ''कौन जानता था उनको लेकर इतना नाटक होगा।''

हाँ, बात सही है, बचपन की ही एक तस्वीर अगर रह जाती।

उसी के गले में फूलों की माला पहनाकर कहा जाता—''इस परिवार में नित्य पूजा होती है उनकी। पूजा के घर में लक्ष्मीजी के आसन पर रखी थी यह तस्वीर।''

''अच्छा होता, बड़ा ही अच्छा होता।''

''मगर तस्वीर है कहाँ?''

समस्या का समाधान आख़िर तपेन ने ही कर दिया। बोला, ''ठीक है, बाबूजी के स्कूल जाने के समय की जो तस्वीर है, मामा के यहाँ खींची गयी तस्वीर, उसी से काम चलाना पड़ेगा।''

उसी से काम चलाना पड़ेगा? क्या कह रहा है?

तो क्या किया जाए! विपत्ति में सम्मान की रक्षा तो हो; भाई-भाई के चेहरे में मेल तो रहेगा ही, और फिर काल की चपेट में आकर उस तस्वीर का निन्यानवे भाग तो मिट ही चुका है, हल्का-सा एक पीला दाग़ है बस।

उसमें से कुछ ढूँढ़कर नाक-नक्शा कौन निकाल सकेगा?

चलो, एक बड़ी समस्या का समाधान हो गया। अब फ़ोटो के काँच पर ढेर-सारे चन्दन के छींटे देने से ही लगेगा कि इसकी नित्य पूजा होती है।

इसके बाद एक और प्रश्न—संस्मरण! वह करेगा कौन?

तपेन या देवेन के लिए सम्भव नहीं क्योंकि बनर्जी परिवार के योगेन ने जब गृहत्याग किया था, तब तो उनके बाप की भी शादी नहीं हुई थी।

सोच-विचारकर बुद्धिमान की तरह देवेन बोला, ''मँझली बुआ को रानाघाट से लाएँ तो कैसा रहेगा?''

''मँझली बुआ! बहुत ठीक! वही तो ठीक रहेंगी! अस्सी के लगभग उम्र है उनकी।''

''उम्र हो गयी है, अपंग हैं।'' इसी बहाने अपने बच्चों की शादी में तपेन ने इस बुआ को बुलाया नहीं था। मगर अब लाएगा। गर्ज बड़ी बला है।

तपेन का बड़ा लड़का सचिन रानाघाट दौड़ा बाप की बुआ को लाने। अर्थात् भक्त योगानन्द की सगी बहन को। सबसे छोटी बहन शशिमुखी को!

शशिमुखी उम्र में और स्वास्थ्य से अपंग हो सकती है, खरी-खोटी सुनाने में

नहीं। आते ही ख़ूब खरी-खोटी सुनाई उन्होंने अपने भतीजों को सात जन्म में कोई ख़बर न लेने के लिए। फिर सारी घटना सुनने के बाद हँस-हँसकर बोली, "चलो अच्छा है। इसी बहाने बाप के घर में क़दम तो रख सकी। हाँ तो करना क्या होगा, ज़रा सुनूँ तो?"

हाँ, शशिमुखी ही ऐसे नाटक की प्रमुख नायिका है।

करना यह होगा, इस ख़ानदान के आदिकाल में सौरीघर कहाँ थी इस जगह को दिखाना होगा, दिखानी होगी वह जगह जहाँ वह महापुरुष बाल्यकाल व यौवन में सोते थे, कहाँ जाते थे, कहाँ खेलते थे, कहाँ बैठकर पढ़ाई-लिखाई करते थे। और यह भी बताना होगा कि उनके आचरण से महापुरुष होने के कौन-कौन से लक्षण प्रतीत होते थे। और इसके अतिरिक्त उनके विरह में विरही गाँव कितना रोया था, यह भी थोड़ा बताना होगा ही।

शशिमुखी बोली, "पुरानी सौरी के ऊपर तो देवा ने रसोईघर बना ली, दिखाऊँगी कैसे?"

ओ हो-हो! ठीक कहा!

ख़ैर वह मैनेज कर लिया जाएगा। आँगन के एक किनारे टूटी-फूटी हालत में पड़े तुलसी-मंच को यह पुण्यभूमि बनाने में क्या दोष है?

बैरागी बेटे के गृहत्याग करने पर माँ-बाप ने उसके जन्मस्थल को तुलसी-मंच बनाकर चिन्हित कर दिया। टूटा है अभी हाल में ही, ठीक नहीं कराया गया क्योंकि उस जगह पर एक स्मृति-मन्दिर बनाने की इच्छा है। वंशजों का भी तो कोई उत्तरदायित्व बनता है—कि उनका ऋण कुछ चुका सके।

मगर ग़रीब के पास आस ही होती है, आसरा कहाँ?

शशिमुखी बोली, "उस समय मेरी उम्र तो डेढ़ साल ही थी।"

"तो क्या हुआ? सुना तो है सब!"

"हाँ, सुना है, माँ ने कहा था फिर कभी इस घर में वह अपने क़दम न रखे।"

और बाबूजी ने कहा था, "रहने दे वह बात।"

मगर संस्मरण के लिए और भी तो एक आदमी है गाँव में। बसाक परिवार के बड़े मालिक! बयानवे वर्ष की उम्र में भी वे अभी तक पीठ सीधी रखकर चलते-फिरते हैं...। देवेन जाकर ज़िद करने लगा, "बसाक ताऊजी, यह ज़िम्मेदारी आपको लेनी ही पड़ेगी।"

"मुझे ही लेनी होगी?"

बसाक ताऊ आँखों पर गिरी पकी भौंहों को हटाकर बोले, "यह कैसा मज़ाक़ कर रहा है देवू?"

कितने गुणों की खान था तेरा ताऊ और किस तरह उसके बाप-चाचा ने

कुत्ते-बिल्ली की तरह खदेड़कर भगाया था उसे, मैं जानता नहीं क्या? घर से निकलकर चोरी के इल्ज़ाम में जेल तक जाना पड़ा उसे, तब से फ़रार है।"

दोनों हाथ जोड़कर देवेन बोला, "बसाक ताऊ, भगवान का वास्ता आपको, वह सब बात छेड़ने की ज़रूरत नहीं है। बचपन में एक साथ खेले हैं, यह बात कहेंगे।"

"और..."

"खेलना क्या? वह तो मुझसे आठ-दस साल बड़ा था।"

"अहा-हा मन्त्री लोग क्या आपकी जन्मपत्री देखेंगे? उम्र को ज़रा इधर-उधर कर लीजिएगा। मैनेज करना पड़ेगा कि नहीं!"

अतः वही मैनेज करना ही तय हुआ। आख़िर आ गया वह दिन। घर के सबसे अच्छे कमरे की दीवार के पास एक पुरानी जर्जर चौकी बिछी थी जो भण्डार घर से लायी गयी थी। और अपने शतवर्ष होने का सबूत दे रही थी। उस पर नयी चादर बिछी थी जिसके ऊपर साफ़-सुथरा गिलाफ़ चढ़ाया हुआ तकिया। उस तकिये पर टिकाकर रखी थी तपेन के पिता नगेन के बचपन की वह धुँधली-सी तस्वीर।

तस्वीर पर लटक रही थी ताज़े फूलों की माला। दोनों ओर फूलों का गुलदस्ता और सामने जलती अगरबत्तियों का गुच्छा।

दूसरी ओर की दीवार के पास एक टूटी-फूटी चौकी, जिसके ऊपर इस घर के योगी बेटे की व्यवहृत वस्तुओं की प्रदर्शनी भी।... यह आसानी से ही हो गया।

घिसे-पिटे परिवार में पुराने चेहरे की चीज़ों की कमी होती है क्या? इधर-उधर कितने ही बिखरे पड़े हैं। अतः चौकी बिछायी जाती है जिस पर जंग लगी टूटी कलम, सूखी स्याहीवाले टूटे दवात, फटी-चिटी कुछ धार्मिक पुस्तकें, काले धब्बेवाले काँसे के कटोरे, गिलास, दादी की जीर्ण नामावली, तपेन-देवेन के जनेऊ के समय की गेरुआ चादर के फटे अंश—इसके अलावा रखी जाती है पुराने ज़माने के घर के किसी मालिक की फेंकी हुई पादुका और एक पूजा का आसन। मिट्टी के कुछ टूटे खिलौने भी रखे जाते हैं एक ओर।

दरवाज़े पर मंगलघट लगाया जाता है। टूटा-फूटा पुराना घर अगरबत्ती और फूलों की सुगन्ध से भर गया है। राजपुरुषों का आगमन होता है। मन्त्रीगण आते हैं। भक्तों का दल आता है, और विरही गाँव के सारे लोग आते हैं बनर्जी परिवार का तमाशा देखने।

तपेन का बेटा ही बातचीत में चुस्त है। वही घूम-घूमकर सबको दिखाता है कहाँ पैदा हुए थे उसके बड़े नानाजी साधक योगानन्द। वही दिखाता है उनके सोने का कमरा, बैठने का पीढ़ा, उनकी व्यवहृत चीज़ों की प्रदर्शनी, और उनके बचपन की तस्वीर। गले में कम्पन लाकर बोलता है, "मैं तो जन्म से ही यह तस्वीर पूजा के घर में देखता आ रहा हूँ। आज ही यहाँ लायी गयी है।"

शशिमुखी अपनी टूटी आवाज़ में बड़ी देर तक अपने बड़े भैया के प्यार ममता की कहानी का बखान करती रही और बचपन से ही उनमें महापुरुष के लक्षण दिखाई पड़ते थे यह बात भी अनेक कहानियों से उन्होंने विस्तार में बतायी। चारों ओर से कैमरा क्लिक्-क्लिक् करता ही रहता।

बड़े भैया के गृहत्याग के समय शशिमुखी की उम्र थी डेढ़ वर्ष, मगर उससे क्या? स्मृति-पट पर अमिट है वह छवि।

बसाक ताऊ की आवाज़ तीखी है, फिर भी रुँधे हुए कण्ठ से और आँखों में आँसू भरकर योगेन भैया के साथ खेलने, मछली पकड़ने, गाना सुनने और दूर-दूर गाँवों के काली-मन्दिर दर्शन करने की कहानी बताते गये।

रथीन सारे प्वाइण्ट लिखकर दे आया। उसी के साथ अपने बाल्य, किशोर और यौवन काल को मिलाकर विवरण ही तो देना था, बस। किसे पड़ी है कि साल, तारीख़ का हिसाब रखे।

टूटी-फूटी दीवारें, जिन पर से बालू झरने लगे हैं, वह साँस छोड़कर सोचतीं, हाय! अगर वे बोल सकतीं।

देश-विदेश से आये श्रद्धालु भक्तगण आपस में बोलते, "महापुरुष के लक्षण जन्मकाल से ही परिलक्षित होते हैं, यह बात ग़लत नहीं है।"

कुछ लोग उनके परिवार के लोगों की श्रद्धा, उनके विश्वास और चेतना की बड़ी प्रशंसा करते। प्रख्यात साहित्यिक इस पुण्यभूमि के प्रति अपनी कृतज्ञता प्रदर्शित करते जो साधक के जीवन और वाणी की व्याख्या में सहायक होंगे। वे उस परिवार में सभी को धन्यवाद देते जिस परिवार ने इस साधक को जन्म दिया है।

और मन्त्रीजी ओजस्वी भाषा में, 'धर्म' का गुण-कीर्तन करते, कहते धर्म ही देश-विदेश के मिलन की सेतु रचना कर सकता है। और अन्त में घोषणा करते, इस टूटे हुए घर की मरम्मत के लिए और भक्त योगानन्द की एक स्मारक-वेदी स्थापित करने के लिए राज्य सरकार से आवश्यक आर्थिक सहायता दी जाएगी।

कहीं-कहीं अचानक जैसे हथोड़े की चोट होती इस बात पर।

और तालियाँ भी गूँजतीं जमकर।

अतिथिगण आनन्दित चेहरा लेकर और बिरही ग्राम के निवासी मलिन चेहरा लेकर घर लौटते।

चालू देवेन बनर्जी ने बिलकुल ठगकर इतना कमा लिया यह देखकर किसका जी नहीं कचोटेगा? पलस्तर गिरी टूटी-फूटी दीवार बोल नहीं सकती हैं तभी असहाय दृष्टि लेकर व्यंग्य-भरी हँसी बिखराती। उसके अनुच्चारित शब्द हवा में तैरते, "कितनी स्मृति-पूजा देखी, देखे कितने ही स्मृति मन्दिर, सच्चे इतिहास के साक्षी केवल हम हैं।"

# सज़ा

उस भयंकर और गन्दे समाचार के फैलते ही आग-सी फैल गयी हरिजन बस्ती के इस छोर से उस छोर तक।

''रे-रे'' कर निकल आये बस्ती के सारे जवान भाई। सर से ऊपर तक लम्बी ये लाठियाँ पता नहीं कहाँ छिपा रखी थीं। जो पल-भर में उनके हाथों में आ गयीं।

काले पत्थर जैसे शरीर, हाथ में लाठी लिये ऐसे भागे आ रहे हैं जैसे एक भयंकर आँधी हो। दौड़े चले आ रहे हैं आदिम अरण्य के अन्धकार से।... अब वे विच्छिन्न नहीं हैं। ग़रीब बस्ती की छोटी-छोटी खोली के अलग-अलग वाशिन्दे नहीं हैं। इस समय वे केवल एक अखण्ड प्रतिज्ञा हैं। तीव्र कठोर भयंकर वह प्रतिज्ञा आकर टकरायी। टकरायी पंजेवाले शेर के मस्तक लगे महल के विशाल सिंह-दरवाज़े के द्वार से।

झनझनाकर काँप उठा वह सिंह-द्वार, काँप उठी महल की नींव से छत तक। आँधी की सूचना पाते ही सिंह-द्वार पर मौजूद दरबान रात में लगाने वाले बड़े-बड़े ताले लटकाकर भीतर आ गये हैं। बन्दकर दिये हैं उन लोगों ने सारे महल के अनगिनत खिड़की-दरवाज़े। उस विशाल महल में बिखरकर रहनेवाले सारे लोगों ने सबसे सुरक्षित एक मध्यवर्ती कमरे को चुन लिया है। वहीं सब मिलकर गुट बनाकर थर-थर काँप रहे हैं। झुण्ड बना रहे हैं पर शोर नहीं कर रहे हैं। किसी के मुँह में चूँ तक नहीं है। चेहरों पर डर और घबराहट लेकर अन्दाज़ लगाने की कोशिश कर रहे हैं—क्या कहना चाहते हैं वे अछूत हरिजन लोग।... थोड़ी देर कान लगाकर सुनते ही पता चल गया है सभी को।

कहना कुछ नहीं चाहते वे लोग, वे चाहते हैं एक बेहद ही क़ीमती चीज़! वह क़ीमती चीज़ है—हाल में ही स्वर्गवास हुए नरनारायण राय के युवा पुत्र इन्द्रनारायण का मस्तक।

उसी की माँग करते हुए वे लोग क़रीब डेढ़ आदमी के समान ऊँचे लोहे के गेट को झकझोरकर तोड़ डालने की चेष्टा में लगे हुए हैं। अब वह चेष्टा छोड़कर

गेट फाँदकर भीतर आ रहे हैं!

बागदी, कहारों के लड़के उनकी धमनियों में लठैतों का शोणित प्रवाहित हो रहा है।

परन्तु केवल घण्टे-दो घण्टे पहले भी ऐसे दुस्साहस पूर्ण कार्य करने की वे सोच भी नहीं सकते थे।... राजा-प्रजा की परिकल्पना समाप्त हो जाने पर भी वे आज भी इस शब्द को अपनी चमड़ी के भीतर परम श्रद्धा के साथ पालते आ रहे हैं।

तभी तो इस प्रासाद के साथ उनका बर्ताव विनीत, बाध्य प्रजा की तरह ही है। अभी हाल ही में तो नरनारायण के समारोह पूर्ण श्राद्धकर्म में बिना बुलाये ही जी-जान देकर काम कर गये हैं ये लोग, जितना अछूतों के करने योग्य था।

परन्तु अभी उनकी धमनियों में बरसों से सो रहा लठैत सरदारों का ख़ून खौल रहा है। इस खौलने का ईंधन जुटाया है इन्द्रनारायण नामक वंश के कुलांगार ने, शराबी, चरित्रहीन, निष्ठुर उच्छृंखल इन्द्रनारायण ने।

जब तक नरनारायण जीवित थे तब तक उसकी हिम्मत इतनी बढ़ी न थी, केवल दबे-छिपे सुरंग के भीतर से होकर अपनी गन्दी वासना पूरी कर लेता था वह। अपने असली रूप में आ गया है नरनारायण की मृत्यु के बाद।

ज़मींदारी उठ गयी और उस पर आधारित एक मोटी रक़म की आय भी रुक गयी, फिर भी पैसों की कमी नहीं हुई इन्द्रनारायण को। क्योंकि कई कोलियरी और चाय बागान के मालिक थे नरनारायण।

वे सभी बागान और कोलियरी अब भी अच्छी तरह से चालू हैं। हालाँकि इनमें से अधिकतर महालक्ष्मी देवी के नाम पर हैं। सारा उनके कुलकलंक के हाथ नहीं लगा। पर जितना भी लगा वह उसके स्वेच्छाचारी होने के लिए कम नहीं है।

इसके उपरान्त भविष्य का भरोसा तो है ही।

न कोई भाई है, न कोई बहन ही। महालक्ष्मी कोई अनन्तकाल तक जमकर बैठी तो नहीं रहेंगी। ऐसे ही तो हमेशा से व्रत-उपवास, पूजा-पाठ, जप-तप से क्षीण-मूर्ति हैं, उस पर विधवा हो जाने के उपरान्त इनकी मात्रा बढ़कर उन्हें और भी जर्जर कर गयी है।

हितैषियों की बात हँसकर टाल देती हैं, इसीलिए उनमें से एक ने महालक्ष्मी के गुरुदेव से कहलवाया था। गुरु ने पूछा था, "इस तरह अपने शरीर को कष्ट क्यों दे रही है? इतने उपवास क्यों माँ?"

गुरुदेव की बात हँसकर उड़ायी नहीं जा सकती। उनकी तरफ़ एक बार आँख उठाकर महालक्ष्मी ने कहा था, "प्रायश्चित्त कर रही हूँ बाबा। इन्द्र के जैसे बेटे को कोख में पालने का पाप किसी छोटे प्रायश्चित्त से कटेगा क्या? आशीर्वाद दीजिए कि अगले जन्म में भगवान मुझे बन्ध्या करके भेजें।"

ख़ैर, ये सब बातें इन्द्रनारायण के कानों तक नहीं पहुँचीं। पहुँचने की बात भी नहीं है। मगर मालती से कभी-कभी सुनने को मिलता है कि जिस तरह से माँ का व्रत-उपवास बढ़ता जा रहा है, पिता के पास पहुँचने में देर नहीं लगेगी।

उस समय कभी तो इन्द्र ज्ञानी बनकर उपदेश देता है, इतना सब करने का कोई अर्थ नहीं है। अब तक तो इतने व्रत-उपवास करती आयी, कर सकी अपने सुहाग की रक्षा?

आत्मा को इस तरह तड़पाना मूर्खता है।

महालक्ष्मी मुस्कुराकर बोलतीं, ''मूर्ख औरत मूर्खता ही करेगी, इसमें आश्चर्य क्या है बेटा?''

फिर भी पूजा के प्रसादी फूल, प्रसाद, चरणामृत सब कुछ का पहला भाग बेटे के नाम से ही तो उठाकर रखती हैं।

अधिकतर 'बाँसबेड़े' छोड़कर कोलकाता जाकर बैठा रहता है इन्द्रनारायण। शुरू-शुरू में ज़िद करके मालती साथ में जाती थी। कहती थी, ''हवागाड़ी में चढ़कर आना-जाना, कोलकाता में तुम लोगों का इतना सुन्दर विलास-भवन है, मैं ही क्यों अकेले पड़ी रहूँ यहाँ? मैं भी जाऊँगी।''

इन्द्रनाथ ने रोकने की कोशिश की, माता-पिता की दुहाई दी, माँ नाराज़ होंगी, पिताजी क्रोधित होंगे।

मगर मालती ने यह दलील टिकने नहीं दी। उनकी प्रसन्न अनुमति लेकर दिखा दी उसने। नरनारायण ने कहा, ''अच्छा ही तो है, बहुत अच्छा।''

''कोलकाता में देखने को कितना कुछ है। जाओ देखो, यह तो ख़ुशी की बात है। दो-एक दासी को साथ रख लेना।''

और महालक्ष्मी?

वह तो स्वयं ही शुरू से पीछे लगी हैं, ''तुम साथ रहोगी बहू तो उसके बिगड़े यार-दोस्त उसका आर्थिक नुकसान नहीं कर सकेंगे।''

मगर थोड़े दिन आने-जाने के बाद मालती स्वयं ही जाने से कतराने लगी। कोलकाता का नाम ही नहीं लेती। पूछने पर कहती, ''अब जाकर क्या करूँगी। सब तो देख ही चुकी हूँ।''

नरनारायण चुपके से महालक्ष्मी से पूछते, ''वहाँ अकेले पाकर मुन्ना बहू को डाँटता तो नहीं? तुम्हें क्या लगता है? तुमसे कुछ कहती है क्या?

महालक्ष्मी मृदु हँसी हँसकर कहतीं, ''औरतें अपने मन की बात औरतों से कब करती हैं भला?''

''उसे अपनी बेटी समान ही देखती हो तुम तो।''

''बेटी समान।''

महालक्ष्मी वैसे ही हँसकर बोलीं, "अपनी बेटी तक नहीं कहती है। हर बात कही नहीं जाती है।"

"मगर यह सब तो पुरानी बात है।"

अभी नरनारायण की मृत्यु के उपरान्त इन्द्रनारायण के कोलकाता भागने का शौक़ कुछ कम हुआ है। जैसे कि कर्ता का पद अधिकार में आ जाने पर उस अधिकार के स्वादग्रहण में बड़ा मज़ा आ रहा हो।

पहले लगता था, प्रति पल आँखों की एक जोड़ी इन्द्रनारायण के तन पर चुभ रही हैं। उस तीखे दृष्टि-बाण से बचने के लिये ही और भी भागने की इच्छा होती थी। अब वह चुभन नहीं, अब निरंकुश स्वाधीनता है।...

अतः मालती के भाग्य में पति का दर्शन अब पहले जैसा दुर्लभ नहीं है। मालती इतने में ही कृतज्ञ है। इस कारण महालक्ष्मी भी थोड़ी निश्चिन्त हैं।

महालक्ष्मी बेटे के लिए सजाकर रखा हुआ प्रसादी फूल, मिठाई, चरणामृत, होम का टीका सब मालती के पास रख छोड़ती हैं।...कब उनका बेटा आए-जाए, बहू याद करके दे देगी।

आज भी एक चमकीली चाँदी की थाली में प्रसादी फल मिठाई सजाकर पूजा के कमरे से बाहर आ रही थीं कि अचानक वह 'रे-रे-रे!' दिल पर एक धक्का-सा लगा।

ठिठककर खड़ी हो गयीं महालक्ष्मी।

अचानक इस समय यह कैसा शोर?

आदमी की आवाज़ है या बिजली गिरने की? बहुत ज़माने पहले एक साम्प्रदायिक दंगे के समय ऐसे ही दिल कँपा देनेवाली ध्वनि उठी थी अचानक ही। फिर वैसा ही कुछ? आगे बढ़ीं किसी को पूछकर पता करने के लिए, मगर कहाँ कोई है? कमरे, बरामदे, आँगन सब खाली कहीं कोई नहीं है। केवल दरवाज़े धड़ाधड़ बन्द करने की आवाज़ सुनाई दे रही है।

अवश्य ही फिर उसी तरह दंगा छिड़ गया।... मगर किसके साथ किसका? अब तो एक ही सम्प्रदाय का राज है। इसलिए दंगा कैसा?

चिन्तित महालक्ष्मी ठाकुर-बाड़ी के इलाके से भीतर के दालान पर आ गयीं तेज़ी से और हैरान हो गयीं—घर के लोग दालान के भीतरवाले कमरे में एकजुट होकर खड़े हैं।

परिवार के मूल वृक्ष में एक ही शाखा है, पर आस-पास शाखाएँ अनेक हैं। आश्रित नहीं, सम्बन्धी नहीं, कुछ भी नहीं, ऐसे अनेक लोग हैं इस घर में और हैं दासी, नौकर-चाकर भी।

महालक्ष्मी दरवाज़े पर आकर खड़ी हुईं। पल-भर में वहाँ पर श्मशान की

स्तब्धता छा गयी।

अब तक भी तो सब चुप ही थे मगर यह स्तब्धता कुछ और है। केवल श्मशान से ही उसकी तुलना हो सकती है।

महालक्ष्मी ने उस जन-समावेश की ओर देखकर कहा, "क्या हुआ है? इतना शोर कहाँ हो रहा है?... कहीं आग तो नहीं लगी?"

प्रश्न सबके लिए है, अतः जवाब देने का उत्तरदायित्व किसी का भी नहीं। सब चुपचाप एक-दूसरे का मुँह देखने लगे।

उधर गेट फाँदकर अन्दर आयी हुई उत्तेजित भीड़ तब तक बाहर के आँगन तक पहुँच चुकी थी। उनका शोर-शराबा स्वयं ही अपने आपको विशद रूप से प्रकाशित कर बैठा।

हरिजन बस्ती के हरिजन भड़क उठे हैं।

क्यों भड़क उठे हैं?

यह कोई नहीं बता सकता है।

महालक्ष्मी इस जटिल रहस्य का अर्थ नहीं समझ पायीं इसलिए एक दासी को बुलाकर उन्होंने पूछा, "मुन्ना कहाँ है?"

किसी ने दबी आवाज़ में कहा, "ऊपर अपने कमरे में।"

"बहूजी?"

"वहीं पर।"

महालक्ष्मी का दिल काँप उठा।

पता नहीं क्यों उन्हें लगा उस समुद्र गर्जन जैसे प्रबल गर्जन के साथ मुन्ना का कोई सम्पर्क है।

बोलीं, "बुलाओ तो उसे।"

किसी का नाम लेकर नहीं कहा उन्होंने फिर भी रिश्ते की एक भानजी धीरे-धीरे सीढ़ी की तरफ़ बढ़ी।

फिर थोड़ी ही देर में अकेले ही लौट आयी। बोली, "इन्द्र भैया के सर में दर्द हो रहा है, भाभी सर दबा रही हैं।"

महालक्ष्मी ने फिर एक बार नज़र दौड़ायी कमरे में खड़े सब की ओर, पूछने लायक़ है भी कौन?

फिर भी दृढ़ स्वर में बोलीं, "महल के खिड़की-दरवाज़े किसने बन्द किये?"

बूढ़ा दरबान रामलगन कहीं से निकल आया, बोला, "जी माई जी हम!"

"अचानक यह पागलपन क्यों? बाहर का गेट खुला छोड़ दो।" अन्दर आकर उसने कहा, "जी माई जी गेट पर तो डबल ताला लगा हुआ है।"

"फिर?" लगता है अहाते के भीतर से शोर उठ रहा है।

अब पुराना नौकर दीनदयाल बोल उठा, ''शैतान लोग उस ऊँचे गेट को फाँदकर भीतर आ गये हैं माँजी।''

''मगर वे हैं कौन?''

''जी, हरिजन बस्ती के हरिजन लोग।''

''हरिजन लोग?''

महालक्ष्मी चुप हो गयीं, फिर बोलीं, ''क्या चाहते हैं वे लोग?''

''क्या चाहते हैं !''

जो चाहते हैं वह एक ही साथ कई लोगों के मन में शायद उच्चारित हुआ। पर बाहर तक वह आवाज़ नहीं आयी।

कौन कहेगा महालक्ष्मी के सामने यह बात!

तुम लोगों को देखकर लगता है तुम सब गूँगे और बहरे हो। पूजा-घर से ही शोर सुनाई दे रहा था काफ़ी देर से, मगर तुम लोग तो इधर ही थे न?

''रामलगन, ये लोग ऐसे भड़क उठे क्यों, पता नहीं?''

रामलगन ने धीरे से सिर हिलाया।

''जानने की कोशिश नहीं की?''

रामलगन ने सिर नीचा कर लिया।

''बूढ़े होकर तुम्हारी हिम्मत एकदम चली गयी है रामलगन!''

दृढ़ स्वर में महालक्ष्मी बोलीं, ''चलो मेरे साथ, बैठक घर का दरवाज़ा खोल दो। मुझे खुद ही पता करना होगा।''

''अरे बाप रे।'' महालक्ष्मी के रिश्ते की एक विधवा ननद सिहर उठी, ''ऐसा भयंकर काम कभी मत करना बहू। वे सब एकदम पागल भेड़िए की तरह...''

बात समाप्त होने से पहले ही किसी एक दरवाज़े पर दमादम लाठी की चोट पड़ने लगी।

पड़ती ही गयी।

महालक्ष्मी के चेहरे पर अचानक जैसे हल्की हँसी बिखर गयी।

बोलीं, ''अब बाक़ी भी तो कुछ नहीं रहा ननद जी, नहीं खोलने से वे तो दरवाज़ा तोड़कर अन्दर आ जाएँगे। सुन रही हो न ऊपर के बरामदे पर ईंटें फेंकी जा रही हैं?...''

''रामलगन, बैठकख़ाने के दरवाज़े पर भीतर से ताला लगा है क्या?''

''जी हाँ।''

''चाभी मुझे दे दो।''

''माई जी!''

''आह रामलगन! बेवक़ूफ़ की तरह देर मत करो। ऐसे ही काफ़ी देर हो गयी

है। हमेशा से शान्तिप्रिय ये लोग अचानक ही इतना भड़क क्यों उठे, यह जानने की कोशिश किये बिना ही तुम लोगों ने उनके मुँह पर गेट बन्द कर दिया! दो चाभी..."

यह हुकुम टालने की हिम्मत रामलगन में नहीं थी। मगर यह कहने की भी हिम्मत नहीं थी कि कह दे, "वे लोग क्यों भड़क गये हैं यह ख़बर हम जान चुके हैं माँजी, केवल आपको कहने की हिम्मत नहीं होती।"

रामलगन कमर में बँधी चाभी के गुच्छे से एक मोटी से चाभी निकालकर भारी आवाज़ में बोला, "चलिए हम ही खोल देते हैं।"

"नहीं।"

महालक्ष्मी और भी गम्भीर हो गयीं। बोलीं, "तुम खोलोगे तो लाठी की पहली चोट तुम पर पड़ेगी।"

उपस्थित सारे लोग घबराकर चीख़ उठे।

"और आप? आपके ऊपर..."

महालक्ष्मी धीरे से हँसीं। बोलीं, "मेरे ऊपर नहीं पड़ेगी।"

बैठकख़ाने के दरवाज़े पर ही लाठी की चोट पड़ रही थी। महालक्ष्मी दरवाज़े के इस ओर से चिल्लाकर बोलीं, "अरे तुम लोग अपनी लाठी को एक बार रोको बेटा, दरवाज़ा खोलने दो।" भड़के हुए जंगली भेड़िये भी अचानक यह स्वर सुनकर चौंककर रुक गये।

विशाल दरवाज़े को सपाट खोलकर खड़ी रहीं महालक्ष्मी।... स्थिर, अचंचल।

दूध–सफ़ेद रेशम की थान से लिपटी दूध जैसी रंगत, लम्बी छरहरी यह मूर्ति जैसे मोमबत्ती की शिखा बनकर दमक रही थी, जैसे बन्द स्तब्ध कमरे में जल रही बाती की निष्कम्प शिखा।

पल-भर के लिए स्तब्ध हो गयीं वे पथरीली मूर्तियाँ भी।

महालक्ष्मी दरवाज़े की चौखट के बाहर क़दम रखकर आगे झुककर बोलीं, "क्या हुआ है?"

किसी के मुँह से कुछ नहीं निकला।

महालक्ष्मी थोड़ी देर रुककर फिर बोलीं, "क्या बात है? कुछ कहोगे तब तो..."

फिर भी सब चुप रहे।

महालक्ष्मी ने अनुमान किया कि अपराधी उनका बेटा ही है। महालक्ष्मी के मुँह पर ये लोग कह नहीं पा रहे हैं।... जैसा घमण्डी, उद्दण्ड लड़का है, ज़रूर किसी को चाबुक से मारा होगा या कोई अभद्र गाली दी होगी। बागदी के लड़के सब सह सकते हैं केवल अपमान नहीं सह सकते।

महालक्ष्मी को यह बात मालूम है। इसलिए उन्होंने सीधा प्रश्न किया, "क्या किया है दादाबाबू ने?"

"क्या किया है दादाबाबू ने?"

"क्या किया है दादाबाबू ने?"

कौन कह सकेगा यह बात? जो लोग भीम गर्जन से 'दादाबाबू' नामक व्यक्ति के मस्तक की माँग कर रहे थे, वे भी अचानक गूँगे हो गये।

कोई किसी की ओर नहीं देख रहा है। सबकी आँखें धरती पर टिकी हैं।

महालक्ष्मी ने अपना प्रश्न दोहराया। सबल तेजदीप्त कण्ठ से बोलीं, "डरने की कोई बात नहीं, बोलो क्या किया है उसने?"

मगर यह प्रश्न करने के क्षण-भर पहले भी क्या सोचा था उन्होंने कि ऐसा भयंकर, बीभत्स उत्तर उनके मुँह पर आकर चोट करेगा!

महालक्ष्मी को दरवाज़ा खोलकर बाहर आते देखकर जो भयंकर ताण्डव अचानक निश्चल हो गया था, अब वह पूरे वेग से फूट पड़ा।

इसी के भीतर से एक टूटी-फूटी भयंकर आवाज़ कठोर स्वर में बोल उठी, "निकाल दे उस कुत्ते को। उसकी मुण्डी को नाख़ून से चीरकर रख दूँ।... मेरी नन्ही-सी लाड़ली को उस कुत्ते ने..."

अचानक ज़ोर-ज़ोर से चीख़ मारकर रो उठा वह आदमी, "चम्पा मेरी अभी तक चौदह भी नहीं पार की थी, अभी तो शादी की बात शुरू की थी, मेरी उस सोने की गुड़िया को—आमबागान में अकेले पाकर वह राक्षस उसे एकदम—अरे बाप रे। मेरी लड़की मरकर काठ-सी पड़ी है, मुँह से झाग निकल रहा है।"

"अरे बाप रे!" अचानक अपनी छाती पर ज़ोर-ज़ोर से घूँसे मारने लगा वह और दालान पर चढ़ गया। बोला, "ग़रीब का थाना पुलिस नहीं होता माँजी। उस शैतान को मैं कुत्ते से खिलवाऊँगा, आग में झोंक दूँगा। उसे निकाल बाहर कीजिए। वह आपका बेटा नहीं, दुश्मन है।"

निष्कम्प मोमबत्ती की शिखा पल-भर के लिए काँप उठी। फिर उसने स्थिर कण्ठ से उच्चारण किया, "रामलगन, जाओ दादाबाबू को ला दो।"

"दादाबाबू को ला दो!"

यह कैसी भयंकर बात है।

"बुला दो नहीं, ला दो।"

अर्थात इन भूखे भेड़ियों के सामने फेंक दो उसे लाकर।

रामलगन हिला नहीं।

फिर वही कठोर आदेश उच्चारित हुआ, "रामलगन खड़े क्यों हो? जाओ ले आओ।"

लाचार होकर आदेश पालन करने के लिए जाना पड़ा उसे। मगर थोड़ी ही देर में आकर सर झुकाकर जो कहा उसने उसका अर्थ हुआ—कमरा भीतर से बन्द है। किसी ने खोला नहीं, आवाज़ तक नहीं दी।

''ओह!''

''भीतर से कमरा बन्द है।''

महालक्ष्मी एक अजीब यान्त्रिक स्वर में बोलीं, ''बन्द दरवाज़ा कैसे खोला जाता है, यह तुम जानते नहीं क्या? बाप-दादा से सीखा नहीं था कभी?''

''...ठीक है। ये लोग जानते होंगे।... आओ, तुम सब चलो मेरे साथ। दरवाज़ा तोड़कर अपने असामी को ले जाओ।''

''माई जी।'' रामलगन का आर्तस्वर वातावरण में गूँज उठा।... साथ ही और भी अनेक स्वर।

''माँ।''

''बड़ी माँ।''

''नानी माँ।''

''बहू। पागल हो गयी क्या?''

महालक्ष्मी उसी कठोर स्वर में बोली, ''पागल हो जाती तो दोष नहीं दे सकती, ननद जी?... मगर मैं पागल नहीं हुई, बिलकुल ठीक हूँ। अत्यधिक स्वस्थ हूँ। कहाँ गये? आओ तुम सब?''

इस पुकार को सुनकर आ गये क्या वे लोग? ऐसा नहीं हुआ।

उनमें से दो-चार ही दालान पर आ गये थे, मगर चौखट पार नहीं कर पाये थे, झिझककर वहीं खड़े हो गये।

महालक्ष्मी उधर देखकर दृढ़ स्वर में बोलीं, ''डरने की ज़रूरत नहीं, आ जाओ! मैं हुकुम दे रही हूँ।''

मगर फिर वे लोग चुप हो गये। और जो ऊपर नहीं आये थे, वे नीचे स्वर में कुछ बड़बड़ाने लगे और कन्धे से गमछा उतारकर चेहरा पोंछने लगे।

महालक्ष्मी ने किसी के चेहरे की ओर नहीं देखा। घर के लोगों की ओर नहीं, उधर के लोगों की ओर नहीं। जैसे अदृश्य किसी के सामने खड़ी होकर निर्देश दे रही हों।

''क्या हुआ?''

उनके स्वर में अधीरता थी।

''ले जाओ तुम लोगों के अपराधी को। कुत्तों को खिलाओ, आग में जलाओ, जो दिल में आये, करो। कोई नहीं रोकेगा।''

''माँ जी।''

वही निस्तब्धता फैली थी।

एक बूढ़ा-सा आदमी आगे आकर हाथ जोड़कर बोला, "बेटी के शोक में किस्टो का दिमाग़ ख़राब हो गया है, क्या बोल गया कसूर नहीं मानिए, माँजी।"

"कसूर?"

महालक्ष्मी का यान्त्रिक स्वर किसी तीखे यन्त्र की तरह हवा को चीरते हुए जैसे आसमान में पहुँच गया, "तुम्हारा क्या कसूर? ज़िन्दगी-भर दुनिया भर का सारा कसूर अपने सिर पर लेकर तुम लोग बदमाशों की हिम्मत बढ़ाते रहे। मगर सज़ा तो उसे लेनी ही पड़ेगी।... उसे तुम्हारे सुपुर्द किये बिना मुझे चैन नहीं है।... ठीक है, मैं ही जाती हूँ। देखूँ तो, दरवाज़ा खुलवा सकती हूँ या नहीं—।"

महालक्ष्मी मुड़कर खड़ी हुईं मगर वह बूढ़ा उनके और क़रीब आकर बोला, "सज़ा उन्हें मिल गयी है माँजी, हमलोग जाते हैं। किस्टो को समझा लेंगे। भगवान नहीं मारे तो आदमी की क्या मजाल कि उसे मार सके। भगवान ने ही उसे मार रखा था।"

धीरे-धीरे भीड़ हल्की हो रही थी—अब खाली हो गया।... दो-तीन लोग उस अभागे किस्टो को पकड़कर धीरे-धीरे कुछ समझाते-समझाते ले गये।

घर के लोग भी तितर-बितर हो गये। अब नीचे उतरी है मालती, पीछे है भरोसा देने वाली वही विधवा बुआसास। विपत्ति टल गयी देखकर वही शायद हिम्मत दिलाकर ले आयी है।

मालती के बाल बिखरे हुए, कपड़े अस्त-व्यस्त, चेहरा इतना लाल जैसे ख़ून फट पड़ेगा। तीखे स्वर में चिल्लाकर बोली, "माँ। माँ होकर आप उन्हें बुलाकर उन ख़ूँख़ार भेड़ियों के सुपुर्द करना चाह रही थीं?"...

महालक्ष्मी अब दीवार से पीठ लगाकर खड़ी हैं।

उस आग बरसाते चेहरे की ओर देखकर बोलीं, "ज़रूर चाह रही थी बहू। माँ हूँ, तभी तो चाह रही थी।"

तीव्र स्वर में मालती बोली, "कैसे चाह रही थीं माँ? आपने उन्हें कोख में नहीं धरा था?"

थके निराश स्वर में महालक्ष्मी बोलीं, "कोख में रखा था, तभी तो इतनी सज़ा पा रही हूँ, बहू।"

"क्या पता, आपके कहने का अर्थ क्या है। मैं तो बन्द दरवाज़े से बक्से लगा-लगाकर उस पर खुद बैठकर थर-थर काँप रही थी और सोच रही थी, मुझे मारे बिना उन्हें छू नहीं सकेंगे।...ये तो चले गये, अच्छा हुआ, नहीं तो? अगर पकड़ लेते?"

महालक्ष्मी और भी थके अन्दाज़ में बोलीं, "पकड़ लेते तो शायद अच्छा ही

होता, बहू।''

''अच्छा होता?''

अजीब निरासक्त भाव से महालक्ष्मी बोलीं, ''वे चले गये तो ख़ून का हिसाब भी चुकता हो गया क्या? देश में क़ानून-अदालत अभी है।''

क़ानून!

विधवा ननद बहू को पीछे करते हुए व्यंग्य से बोली, ''क़ानून की बात रहने दो बहू! क़ानून तो 'हाँ' को 'ना' और 'ना' को 'हाँ' करने के लिए ही होता है। अदालत में आसानी से प्रमाणित कर दिया जाएगा कि मुन्ना दो दिन यहाँ था ही नहीं, कोलकाता गया था।''

महालक्ष्मी भी हँसीं।

विषाद भरी, क्लान्त, निरासक्त अजीब-सी हँसी।

''कैसे प्रमाणित करोगी ननद जी? सबसे पहले तो मुझे ही गवाही के लिए बुलाएँगे।''

# घायल नागिन

यह धरती बंगाल से बहुत दूर है।

नयी सड़क बनाने के लिए, यहाँ पहाड़ काटा जा रहा है। अकसर ही गर्मी की दोपहर में दो-चार अभागों की 'लू' लगकर मौत हो जाती है। कोई नयी बात नहीं है। जैसे जाड़े के दिनों में दो-चार बच्चों का सर्दी से ठिठुरकर मर जाना, यह भी कोई नयी ख़बर नहीं है।

मोटे तौर पर यहाँ की आबोहवा ही भिन्न है, बंगाल से कुछ भी नहीं मिलता है। फिर भी 'सुजला, सुफला, शस्य श्यामला' कहलानेवाले बंगाल के लोग पेट भरने की आस में यहाँ तक आ पहुँचे हैं। एक-आध लोग नहीं, काफ़ी लोग अपनी-अपनी रुचि के अनुसार घुल-मिलकर रहते हैं। बंगाली ढूँढ़े नहीं मिलते हैं।

सिर्फ़ कुछ लोग, जिनकी कोई पदमर्यादा का झंझट नहीं है, ऐसे कुछ लोगों ने खोजकर कुछ बंगाली मिलाकर एक छोटी-मोटी गोष्ठी बना ली है।

'सर्वे' ऑफ़िस के पीछेवाले बरामदे में रोज़ शाम को एक साथ बैठकर अड्डा जमाते हैं ये लोग।

यद्यपि इस गोष्ठी में दो हिन्दी-भाषी भी शामिल हैं, सुखलाल और गिरिधारी, मगर बांग्ला भाषा पर उनकी दख़ल जतीन, रासबिहारी, नन्द, अमूल्य, प्रभापद और जीवन से रत्ती-भर भी कम नहीं है।

बोली में थोड़ी-सी जो देहाती शैली उनके बंगाली न होने का सबूत देती थी वह भी अब नहीं रही, क्योंकि बरसों बंगाल से दूर रह-रहकर वह देहाती शैली औरों की बोली में भी आ गयी है।

सुखलाल और गिरिधारी तेरह-चौदह साल वर्धमान में बिताकर क़रीब-क़रीब बंगाली बन गये हैं। इसलिए इतनी दूर आकर भी बंगालियों का अड्डा ही चुन लिया है उन दोनों ने। कभी-कभी अपने ज़ात भाइयों के बारे में व्यंग्यपूर्ण टिप्पणी करते, कहते, "साले सत्तूख़ोर भूत!"

"तुम लोग तो एकदम बंगाली बन गये," नन्द बोला।

ये दोनों हँसकर कहते, "जिसने झींगा मछली खा ली वह बंगाली बन गया। नहीं तो रोज़ तुम लोगों के पास हाज़िरी देने आऊँ भला?"

वे लोग, अर्थात् जतीन, रासबिहारी, अमूल्य आदि कुछ और ही कहते हैं। कहते हैं दिल का लगाव बंगाली से नहीं, कबूतरी से है।...अकेले कबूतरी के आकर्षण से ही इतने विभिन्न उम्र के मर्द एक जगह आकर जमा होते हैं।

कबूतरी की उम्र का सही पता नहीं चलता है। उसका स्वास्थ्य पत्थर से गढ़ा हुआ है, उम्र को पता नहीं कहाँ बाँधकर रखा है। उस तीखे चटकदार शरीर को लेकर कबूतरी हँसकर लोट-पोट होती है उनकी बात सुनकर। कहती है, "मर जाऊँ मैं! तुम लोगों के इस गाँव में और लड़की नहीं है क्या?"

वे भी हँसते हैं, कहते हैं, "नहीं है। मालूम नहीं उस दिन अमूल्य का क्या हाल हुआ? ठक्कन माली की बीवी कुएँ से पानी भर रही थी, अमूल्य शायद देखकर हँसा था। बस, पानी से भरा मिट्टी का घड़ा अमूल्य की पीठ पर चकनाचूर हो गया। अमूल्य के बदन का दर्द मिटते...।"

कबूतरी फिर लोट-पोट हुई। अमूल्य उस्ताद के शौक़ की भी बलिहारी। ठक्कन की बीवी औरत है क्या? वह तो एक सिपाही है। उसके एक हाथ का वज़न तुझसे अधिक है, अमूल्य!

"मगर आँखों से ही वार किया न?"

तो एकदम मर क्यों नहीं गया आँखों के तीर खाकर? वाचाल की तरह हँसकर बोली कबूतरी, "हम सभी रामनाम कहकर तुझे स्वर्ग भेज देते!"

ऐसा ही अड्डा है इनका, ऐसी ही बातें। मगर ऐसा अधिक देर तक नहीं चलता है। दो-चार बातों के बाद ही असली अड्डा शुरू हो जाता है। कबूतरी अपने छींट के मैले बटुए में से ताश निकालती है।

बड़ी देर तक ताश की बाज़ी चलती रहती है। सुखलाल ने इन्हें तीन पत्ती की बाजी सिखा दी है। उसका नशा शराब से कुछ कम नहीं है।

रासबिहारी 'सर्वे' ऑफ़िस का एक मुख्य कर्मचारी है। इन लोगों की तरह सड़क मापने और खूँटे गाड़नेवाला कुली नहीं है। ऑफ़िस के फ़ाइल, दस्तावेज़ सब उसी की निगरानी में रखे जाते हैं।

इस ऑफ़िस के अहाते में अड्डा जमाने का श्रेय रासबिहारी को ही जाता है। क्योंकि रात को वह यहीं रहता है, ऑफ़िस की चाभी उसी के पास होती है।

तो सच्चे अर्थ में इस ऑफ़िस का ऑफ़िसर रासबिहारी ही है, क्योंकि असली साहब तो दिन में एक-आध घण्टे के लिए अपनी सूरत दिखा जाते हैं। बाक़ी समय रासबिहारी का ही राज होता है। कबूतरी रासबिहारी का खाना पका देती है। कहने की आवश्यकता नहीं, कबूतरी का खाना-पीना भी यहीं से हो जाता है। रात का

खाना अकसर ही आठ-दस लोगों का हो जाता है।... यार-दोस्त सब चन्दा उठाकर 'फ़ीस्ट' करते हैं। एक-दो जंगली मुर्ग़ी का इन्तज़ाम होते ही बस भोज।

यहाँ किसी की भी स्त्री कन्या, माँ, बहन नहीं है, इसलिए एक औरत के हाथ का परोसा हुआ भोजन, हँसी-मस्करा उन्हें गद्‌गद कर देता है।

वह औरत चाहे बुरी हो, वाचाल, बेशर्म हो जुए के नशे में, और भी नशा करती हो, है तो औरत ही! सूखी मरुभूमि में एक 'ओएसिस'।

कबूतरी कितनी भी वाचाल, बेहया हो, खाना अच्छा पकाती है, और प्रेम से खिलाती है। अपने-पराये का भेद नहीं करती है। जितना ध्यान रासबिहारी का रखती है, नन्द और जतीन का उससे कम नहीं रखती, चाहे वे रासबिहारी के ख़िदमतगार ही क्यों न हों।

स्तरभेद है इनमें पर ताश की डोर से बँधकर एक हो गये हैं। तीन पत्ती! और इन्हें एक तार में बाँधकर रखती है कबूतरी।

केवल घमण्डी ढक्कन को इनका खाना-पीना, हँसी-ठहाका फूटी आँखों नहीं भाता।

ऊपरवाले के पास शिकायत लगाने की भी कोशिश की थी उसने, कबूतरी का नाम लेकर दुर्नीति का प्रश्न भी उठाया था। ठेकेदार हँसकर बोले, "तुझे हिस्सा नहीं देते क्या? या फिर जुए में हार जाता है?"

इस तरह ठक्कन और उसकी बीवी ही अकेले पड़ गये हैं।

आज ही ठक्कन ने प्रभापद को धमकाया है कि साहब से कह देगा, इसी बात को लेकर हँसी-मज़ाक़ करते-करते कबूतरी अचानक बोल उठी, "नये साहब तो आ गये।" ऐसा नहीं कि 'इन्जीनियर' शब्द का उच्चारण वह नहीं कर पाती है, यह सब उसका तमाशा है।

रासबिहारी बोला, "हाँ, दास साहब, अनंग बाबू भाग-भागकर स्टेशन जो जा रहे थे सवेरे!"

"बहुत बड़े साहब हैं, सुना है?"

"हाँ, विलायत होकर आये हैं। दो-तीन हज़ार पगार है। सामने के उस 'धौला पहाड़' को तोड़कर सीधा नया रास्ता निकल सकता है कि नहीं, उसी का नक्शा बनाने आये हैं।"

"देखो, फिर क्या झमेला खड़ा होता है। ये बड़े साहब लोग जितना कम आएँ उतना ही मंगल," जतीन बोला।

कबूतरी हँसकर बोली, "तेरा ही मंगल करने के लिए भगवान चक्कर काट रहे हैं।"

"चल बैठ जा, व्यर्थ में बकता है।"

मगर पत्ते बाँटते-बाँटते ख़ुद ही कबूतरी ने बात को छेड़ा। बोली, "साहब की मेम भी तो आयी है।"

"आएगी क्यों नहीं।" साँस छोड़कर प्रभापद बोला, "तीन हज़ारी साहब मेम नहीं लाएगा?... ये लोग तो तम्बू में भी मेम लाकर रखते हैं।"

ये 'हम' थोड़े ही हैं?

उसकी बात पर सब हँस पड़े।

मगर उस हँसी में कौतुक से विक्षोभ ही अधिक था। बराबर से ये देखते आये हैं, दुनिया के सारे सुख-सौभाग्य, दुनिया की सारी खुशियाँ ईश्वर ने एक ही ओर उँड़ेल दी हैं। जो अभागे हैं, वे हर तरह से ही अभागे हैं।

"भगवान के गोद लिये बेटे हैं", नन्द बोला, "दूध की सारी मलाई उन्हीं के हिस्से में।"

कबूतरी सीधी साफ़ बात करती है। सही-ग़लत की पहचान है उसे। इसीलिए तीखे स्वर में बोली, "बस कर नन्द, मूरख जैसी बातें न कर। दूध की मलाई उनकी थाली में नहीं तो क्या तेरी थाली में पड़ेगी?... तूने उनकी तरह इतनी पढ़ाई-लिखाई की है? विलायत जर्मनी हो आया है? उनके जैसे मक्खन-मिश्री वाले घर में पैदा हुआ है तू?... पिछले जन्म का पुण्य चाहिए, समझा? उसके साथ इस जन्म की कोशिश चाहिए! केवल उनसे जलने से ही नहीं होगा। जो जैसा बीज बोएगा, वह वैसा ही फल खाएगा।"

"कबूतरी हमेशा साहब लोगों की तरफ़दारी करती है," नाराज़ होकर नन्द बोला, "दे पत्ती बाँट।"

मगर नन्द को जितना भी पाठ पढ़ा दे, कबूतरी के दिल में ईर्ष्या बिलकुल नहीं है क्या? नहीं होती तो घुमा-फिराकर साहब की मेम का ही प्रसंग क्यों छेड़ती है बार-बार? 'साहब की मेम' जानता है रे अमूल्य, "एकदम हड्डी की ढेर है, और कुछ नहीं।" अमूल्य एक अश्लील इशारा करके बोला, "फिर क्या, तेरे तो पौ बारह हैं!"

"बस कर अमूल्य, छिछोरापन मत कर!... खेलना है तो खेल।"

"मैं करूँ तो छिछोरापन है। अरे, सरकार साहब का क़िस्सा अभी भूल तो नहीं गया मैं।"

"उसकी बात रहने दे! वह भी एक नम्बर का छिछोरा है। जाने के समय पैसा बाक़ी रखकर चला गया।"

"तूने भी तो कम बेइज़्ज़त नहीं किया उसे? स्टेशन जाकर सबके आगे भण्डाफोड़ कर दिया था। ये तो गाड़ी छूट गयी, तभी बेटा मुँह छिपाकर भाग सका।"

"ये साहब दूसरे तरह के हैं।" कबूतरी बोली।

"इतना सब कब देख लिया तूने?"

रासबिहारी ने पूछा, "एक बार तो गयी थी, सिर्फ़ साहब का क्वार्टर झाड़पोंछ करने के लिये।"

"एक ही बार काफ़ी है," मुस्कुराकर कबूतरी बोली, "हाँडी के भात का एक दाना दबाओ तो पता लग जाता है, पक गया है कि नहीं!"

रासबिहारी मुस्कुराकर बोला, "तेरी आग में तो सभी पक जाते हैं आख़िर तक।"

एक गर्व भरी मुस्कान कबूतरी के चेहरे पर बिखर गयी।...

इसी तरह बोलचाल होती उन लोगों में,

जिन्हें 'ऊँचा' मानना ही पड़ता है, जिन्हें 'बड़ा' स्वीकार किये बिना चारा नहीं है, उनके प्रति ये अपनी भड़ास इसी तरह निकालते हैं। अपने इलाके में बैठकर ताने कसते हैं उन पर, नीचा दिखाते हैं उन्हें।

केवल ये ही नहीं, अनादि अनन्तकाल से सभी छोटे यही काम करते आ रहे हैं। पीछे से राजा की माँ को 'डायन' कहने की प्रथा आज ही तो नहीं बनी है।

अगले दिन बात रासबिहारी ने ही उठायी।

बोला, "मुखर्जी साहब के बँगले पर काम करना है। 'आया' चाहिए। मेमसाहब की तबीयत ठीक नहीं है, हमेशा किसी का साथ होना ज़रूरी है। तुझे एक नज़र देखते ही पसन्द कर बैठी, कबूतरी।"

"बुला भेजा" तुझे, भौंहें नचाकर रासबिहारी बोला।

"कौन पसन्द कर बैठा, रासू भैया," कुटिल दृष्टि से देखकर प्रभापद बोला, "मेमसाहब या ख़ुद साहब?"

"दोनों ही शायद।" साहब ही मुझे बुलाकर बोले, "कल जो लड़की यहाँ काम कर गयी, उसे बुला नहीं सकते?"... तो मैंने भी तुझे ज़रा चढ़ा दिया, समझी कबूतरी, मैंने कहा, "हुज़ूर, वह ज़रा झक्की है। कहीं बँधकर काम करना नहीं चाहती है। करती भी है तो पैसे बड़े माँगती है।"

"तो क्या बोले?"

"बोले पैसों की चिन्ता मत करो। जो माँगे मिल जाएगा।"

"इसी से पता चलता है..." भद्दी हँसी फैल गयी कमरे में।

"तो कल ही तेरा जॉइनिंग डेट है," हँस पड़ा रासबिहारी। फिर बोला, "देखना कबूतरी, हम लोगों को एकदम भूल न जाना। तेरे ही हाथ का लज्जेदार पकवान खाकर हमारा शरीर टिका हुआ है।"

हँसकर तसल्ली दी कबूतरी ने, "पकवान बनेंगे।"

"बनेंगे? कब बनेंगे? बड़े आदमी के घर मोटी पगार पर 'आया' का काम

करेगी, चौबीस घण्टे की 'आया'।''

''रहने दो। चौबीस घण्टे की 'आया'! ऐसा काम कबूतरी नहीं करती। कहूँगी शाम के बाद छोड़ देना होगा नहीं तो काम नहीं करूँगी।''

''मानेंगे क्या? पैसे की गर्मी नहीं दिखाएँगे?''

''दिखाएँगे तो नहीं करूँगी।... देखती हूँ इस कबूतरी जैसी दूसरी आया कहाँ मिलती है उन्हें।''

यह अहंकार कबूतरी को ही सजता है। यहाँ जब भी कोई ठाट-बाट वाला आता है तो घर के काम के लिए ज़रूर कबूतरी की बुलाहट आती है। असली बात यह है कि उसके काम की सफ़ाई, काम करने का ढंग सभी को भा जाता है।

''अच्छा, तब तो ताश का अड्डा बरक़रार रहेगा, है न?''

सुखलाल ने सन्तुष्ट होकर बीड़ी का बण्डल निकाला।

''मेरी रसोई का ही सत्यानाश हो जाएगा। शाम को आ जाएगी और खाना भी पका देगी, इतना ज़ोर नहीं चलेगा।''

''देख लेना!'' कबूतरी विजय गौरव के साथ बोली, ''चलता है कि नहीं!'' कह दूँगी, ''घर में बूढ़ा ताऊ है, उसे खाना बनाकर न दूँ तो मर जाएगा, बुड्ढा।''

''ताऊ! हि-हि-हि, ताऊ!''

सब लोग एक साथ हँस पड़े।

ख़ैर कबूतरी की चाल बेकार नहीं गयी।

मेमसाहब ने साहब को कहा, ''देखो यह कह रही है घर में बूढ़े ताऊ हैं, उनके लिए जाकर कुछ पकाना ही पड़ेगा नहीं तो भूखे ही रह जाएँगे। ग्यारह-बारह बजे घण्टे-भर के लिए एक बार छोड़ देना पड़ेगा। क्या किया जाए, बताओ तो?''

हँसकर साहब बोले, ''ख़ूब पूछा! यह मेरा 'जूरिस्डिक्शन' है क्या?''

''अहा, तुमसे पूछ तो सकती हूँ कि नहीं? चालीस रुपये पगार लेगी, शाम को आठ बजते ही चली जाएगी फिर दोपहर में भी। तुम कहोगे मैं सिर पर चढ़ा रही हूँ।''

साहब नीची आवाज़ में बोले, ''वह बदनामी तो तुम्हारी है ही। एक मेरे सिवा सभी को तुम्हारे पास छूट मिली हुई है। आया, बैरा, धोबी, ग्वाला, जमादार, माली...''

''बस भी करो और लिस्ट बढ़ाने की ज़रूरत नहीं।'' मगर मैं कहती हूँ, ''उस समय इतना काम ही क्या है? बूढ़ा आदमी भूखा रहेगा? इन्सानियत को ठेस पहुँचती है।''

''ठीक है, अगर तुम्हें दिक़्क़त न हो तो दे दो छुट्टी,'' साहब बोले, ''मगर काम सारे करा लेना जाने के पहले। कामचोरी ठीक नहीं है।''

टाई लगाते-लगाते साहब ने और भी कहा, "खाना पकाने की बात कर रही है—तो अपनी रसोई में भी उसे कभी-कभी मौक़ा देकर देखो न? जैसी भी हो, बंगाली लड़की है, कुछ हमारे पकवान ज़रूर बनाती होगी। इसके लिए फिर तुम्हें 'बाबाजी' का 'असिस्टेण्ट' नहीं बनना पड़ेगा।"

मेमसाहब के चेहरे पर एक परितृप्त हँसी फैल गयी। बोली, "ये जो बात कही तुमने, यह मैं कर चुकी हूँ।"

"कर चुकी हो? वाह! बहुत अच्छा।" साहब के प्रसन्न कण्ठ की खुली हँसी गूँज उठी सारे घर में।

"तुम तो खाली हँसते हो। मैंने खुद थोड़े ही कहा?"

"कबूतरी खुद ही बोली—"

"कौन? क्या नाम बताया?"

"कबूतरी। यही उसका नाम है," मेमसाहब बोलीं, "मैं भी नाम सुनकर हैरान हो गयी थी।"

"कहा था, कबूतरी नाम बुलाना मुश्किल है, अच्छा कोई नाम नहीं है?"

"क्या बोली जानते हो?"

हँस पड़ीं मेमसाहब, "अच्छा बोलती है। बोली, एक नाम ही जुटता नहीं है मेमसाहब, दो चार कहाँ से लाऊँ। नाम देगा कौन? माँ-बाप मर गये बचपन में, हमेशा बीमार रहती थी, सुखड़ू कबूतर की तरह थी। नानी कबूतरी बुलाती थी, वही नाम रह गया।"

हँसकर साहब बोले, "कबूतर की तरह थी? तब तो यहाँ की आबोहवा का बड़ा गुण है, क्यों?"

मेमसाहब के बीमार चेहरे पर हँसी छा गयी।

अविश्वास की हँसी।

आबोहवा के गुणों पर उन्हें विश्वास नहीं है। अभी आठ-नौ वर्ष हुए शादी के, पति के साथ घूमती रहती है। अच्छी-अच्छी जगह देखी है। पैसे ख़र्च कर तबीयत सुधारने की आशा से भी कई जगह गयी है, चेहरा भरता कहाँ?

छोटे लोगों का भरता है। मोटे चावल के भात खाकर और मेहनत करके। पर उन दोनों में से एक भी तो वह कर नहीं सकती? मगर 'स्वास्थ्य' चीज़ ही कितनी सुन्दर है!

नहीं तो आज जब कबूतरी कुएँ से पानी निकाल रही थी, तब मेमसाहब उसके डील-डौल को मोहित दृष्टि से निहार क्यों रही थीं? सोच रही थी, बचपन में बीमार रहती थी, इस कारण इसका नाम कबूतरी पड़ा था?

सिगरेट का धुआँ छोड़ते-छोड़ते अचानक साहब बोले, "तो तुम्हारे उस बंगाली

पकवानवाली बात का क्या हुआ, बीच में ही रुक गई क्यों?"

"ओ-हो-हो," खिलखिलाकर हँस पड़ी मेमसाहब। बोलीं, "दादी कहती थीं, चोर का दिल टूटे बाड़े की ओर। इतने नये-नये पकवान किताब से सीखकर बनाकर खिलाती हूँ, फिर भी मन लगा हुआ हैं सुक्तो, झोल की ओर!"

"वही तो! दादी के पास पला-बड़ा हुआ हूँ न। जानती हो, जब विलायत में था तो लगता था कोई मुझे पार्सल करके घर का खाना भेज दे।"

"इसका मतलब तुम साहब नहीं बन सके?"

"कहाँ बन सका? तुम्हारी कामना अपूर्ण ही रह गयी!"

"सच ही तो है। 'मेमसाहब' तो नाम के लिए! इसीलिए कबूतरी जब बोली, "पहले यहाँ एक गांगुली साहब रहते थे। उसके हाथ का खाना खाकर इतने मोहित हुए कि आया का काम छुड़ाकर उसे रसोई में लगा लिया" तो पतिव्रता सती की तरह बोल उठी, "तुम्हारे ये साहब भी बंगाली खाना बहुत पसन्द करते हैं। तुम अगर कुछ और पैसे लेकर..." तो जीभ काटकर कबूतरी बोली, "नहीं, नहीं। साहब को अगर मेरा बनाया खाना पसन्द हो तो मेरा ही सौभाग्य होगा।"

"ये कहा तूने?" अमूल्य ने लड़कियों की तरह गाल पर हाथ रखकर पूछा।

कबूतरी गोद पर से ताश निकालते हुए होठ दबाकर हँस पड़ी बोली, "कहूँगी क्यों नहीं?"

"तू जैसी ख़तरनाक लड़की है, हाथ का खाना खिलाकर ऐसे वश में कर लेगी कि..." बात पूरी नहीं अमूल्य की। एक भद्दी गाली देकर बात पूरी कर दी। फिर बोला, "वह सब रहने दे। साहब के घर के क़िस्से सुना हम लोगों को।"

कबूतरी ताव खाकर बोली, "क़िस्सा क्या? पैसा लूँगी, काम करूँगी, लेना-देना ख़त्म।"

"मर जाऊँ!" अमूल्य फिर लड़कियों के रंग-ढंग से बोला, "हमारी कबूतरी तो अभी-अभी माँ के पेट से निकली है। फिर भी जो न अगर..."

"रहने दे अमूल्य पुरानी बातें," नन्द बोला, "साहब का चेहरा तो सचमुच साहब जैसा ही है।... सुबह सैर के लिए निकले थे दोनों, साहब के बगल में मेमसाहब बिलकुल दिखायी ही नहीं पड़ रही थी। गोरी चिट्टी तो है, मगर शरीर में है क्या? इधर साहब का जैसा लम्बा-चौड़ा गठीला बदन, वैसा ही नाक-नक्श, रंग। विधाता ने फ़ुर्सत से रचा था उन्हें। एक सही जवाँ मर्द है।"

"उसी ख़ुशी में डूबे रहना।" बेशरम की तरह कबूतरी हँस पड़ी, "वह दिखावा ही है। समझा? हालचाल देखेगा तो श्रद्धा गायब हो जाएगी।"

..."इंजन साहब पानिकर के घर जब काम करती थी, दिन-रात साहब मेम की लीला देखते-देखते, हि-हि-हि। और दूसरे यह मुखर्जी साहब? शाम को घर लौटकर

दोनों ने आमने-सामने बैठकर थोड़ी चाय पी ली, बस। उसके बाद साहब एक किताब लेकर लम्बे हो गये, मेमसाहब ऊन-काँटा लेकर बैठ गयी, कहीं कोई आवाज़ नहीं..."

"इतने ऊन का होता क्या है?"

"सुना है युद्ध के लिए!..." बाबूलाल बोला, "वही चलता है रात के नौ बजे तक। फिर साहब हाँकते हैं, "बाबूलाल!" मेमसाहब कहती, "टेबुल लगाओ!"... खाने के बाद–बोलने से मानेगा? हँसकर लोट-पोट हो गयी कबूतरी, खाना खाने के बाद साहब कहते हैं, "अच्छा गुड नाइट।"... मेमसाहब कहती, "अच्छा!" फिर दोनों दो कमरे में सो जाते हैं।

"दो कमरे में!"

कबूतरी की बात सुनकर सब स्तब्ध रह गये।

"क्या कहा कबूतरी तूने?"

"और क्या कह रही हूँ? सुना है मेमसाहब का 'हेल्थ' ख़राब है, नींद की ज़रूरत है। वही तो कह रही हूँ, ये सब मिट्टी के सिपाही हैं।"

प्रभापद कुटिल आँखों से देखकर बोला, "मगर साहब का भी तो 'हेल्थ' ठीक रखना ज़रूरी है कि नहीं?"

"चुपकर! मुँह ख़राब मतकर अपना।"

"नहीं, आजकल बड़े ताव में रहती है तू, कबूतरी।"

"रहेगी क्यों नहीं, महीने-भर से काम कर रही है, सिर्फ़ मेमसाहब की नेक-नज़र के क़िस्से सुनाने पड़ रहे हैं बेचारी को।... मेमसाहब ने साड़ी दी, मेमसाहब ने ब्लाऊज़ दिया, मेमसाहब ने बख़्शीश दी! दुर-दुर!"...

कबूतरी अचानक चुप हो गयी।

कबूतरी के स्वाभिमान पर जैसे ठेस पहुँची। चाहे तो क्या कबूतरी इनको टके-सा जवाब दे नहीं सकती है? शेर का बच्चा दूध पीकर पल रहा है, मांस का स्वाद जानता नहीं, एक बार जान लिया तो–

"नाराज़ हो गयी कबूतरी?"

कबूतरी गम्भीर स्वर में बोली, "नाराज़गी कैसी?"

"माटी की मूरत है, इसलिए पलटकर देखती नहीं। मगर कबूतरी अगर पीछे लग जाए तो मिट्टी में प्राण-संचार हो जाए, क्यों?" कहकर अपने मज़ाक़ पर आप ही हँसकर लोट-पोट होने लगा नन्द।

उनके घर की बात, ये लेकर आते हैं।

इनके घर की बात उनके घर नहीं पहुँचती है।

तभी मेमसाहब रह-रहकर साहब के पास आकर कबूतरी-नामक परम सम्पदा

के गुणों का बखान कर जाती है।... ऐसी आया उन्होंने ज़िन्दगी में नहीं देखी है। यहाँ से अगर बदली हो जाए तो कबूतरी को खोने के शोक में आँसू बहाना पड़ेगा उन्हें।... यहाँ तक कि कभी-कभी ऐसे बुरे ख़्याल भी आते हैं कि कबूतरी का वह बूढ़ा ताऊ है, अस्सी-नब्बे साल आयु है जिसकी, वह तो कुछ समझदारी कर मर भी सकता है? तब तो कबूतरी की पगार और बढ़ाकर उसे साथ ले जाती।

साहब अपने ही निराले ढंग से हा-हा कर हँस पड़े, "बोलो तो बूढ़े को गोली मार दूँ? तुम बिना रोक-टोक के..."

"ऐ चुप! ऐसे मज़ाक़ सुनने से डर जाएगी बेचारी। बाप नहीं है, ताऊ पर मरती है। मगर जो भी कहो, 'मोचा' भी पका सकती है उधर केक-पुडिंग भी बना सकती है, ऐसी आया नहीं मिलेगी तुम्हें। ऊपर से देखो कितनी माया-ममता है। ज़रा-सी सर्दी लगी मुझे, कितनी बेचैन है। मेमसाहब, अदरख की चाय पीजिए, मेमसाहब 'फुटबाथ' लीजिए, नमक-पानी से कुल्ली कीजिए, जानती भी कम नहीं।"

मुखर्जी साहब ने कबूतरी के गुण कीर्तन पर और ध्यान नहीं दिया। घबराकर बोले, "सर्दी लगी है तुम्हें, बताया तो नहीं?"

"कहने लायक़ ख़ास कुछ हुआ नहीं।"

"होने में क्या देर लगती है? तुम्हें तो सर्दी लगते ही बुख़ार आ जाता है। थर्मामीटर लगाओ तो!"

"उसके बाद पता है?" कबूतरी वही वाचाल हँसी हँसकर बोली, "तभी बुख़ार नापा गया, तुरन्त डाक्टर के पास ख़बर गयी, सीने पर तेल-मालिश, गरम कपड़े से लिपटा दिया गया..."

"बीमार है क्या?"

"किसी समय निमोनिया हुआ था। साहब सिन्दूरी मेघ आसमान पर देखते ही घर में पानी डालने लग जाते हैं।... तो रोग की इतनी चापलूसी करने से वह सिर पर चढ़कर बोलेगा नहीं क्या? आज सुबह तो साफ़ बुख़ार था।..." साहब तो रोनी सूरत बनाकर बोलने लगे, "कबूतरी तुम अपने ताऊ के लिए यहीं से भात ले जाओ न? देकर तुरन्त आ जाना। देख तो रही हो मेमसाहब बीमार हैं।"

रासबिहारी हँसकर बोला, "तो राजी क्यों नहीं हो गयी? दो दिन साहब के घर के अच्छे पकवान खाने को तो मिल जाएँ।"

"चुप! एक ही बार में राजी होनेवाली लालची कबूतरी नहीं है!" मैंने कहा, "पुराने ख़्याल के आदमी हैं, सड़क पर से लाया हुआ भोजन नहीं खाएँगे।"

"क़सम से, कबूतरी, लोहा मानता हूँ तेरा! इतनी बात आ कैसे जाती है दिमाग़ में?" विचित्र चेहरा बनाकर कबूतरी बोली, "बातें ही तो बेचकर खाती हूँ।"

"जल्दी जा तब तो। निन्यान्वे बुख़ार में कहीं मेमसाहब का हार्टफ़ेल न हो

जाए।"

"साहब काम पर निकलेंगे कि घर पर बैठे रहेंगे?"

"काम पर अब क्या जाएँगे?"

"अभी से तो आँखें छलछला रही हैं।"

"उम्र कितनी है रे?"

"किसकी?"

"साहब की?"

"यही अड़तीस-छत्तीस कुछ होगी।"

"मान गये।" अमूल्य लड़कियों के ढंग से बोला, "मरकर औरत का जन्म लूँगा, बड़े आदमी की बीवी बनूँगा।"

कबूतरी झड़प उठी, "मरकर क्या बनेगा, यह तेरे हाथ में है क्या? मरकर कीड़ा-मकोड़ा होगा कि नहीं, कौन कह सकता है? मगर हाँ, बात तूने ठीक ही कही। बड़े आदमी की बीवी दुनिया की सबसे अनमोल चीज़ है। देखती हूँ तो हैरान हो जाती हूँ। कुछ देती नहीं, सिर्फ़ लेती है। फिर भी कितना मान है! कितना रोब है।" रासबिहारी का खाना थाली में रखकर जाने के लिए पैर बढ़ाये उसने। बोली, "आज शायद रात को वापस न आ सकूँ। साहब काफ़ी परेशान हैं..."

"मेमसाहब को बुख़ार और तू रात को नहीं लौटेगी, तब तो आधा काम आज ही निपटा लेगी।" कड़ुवे स्वर में प्रभापद बोला।

"इस नीच को कोई ईंट से मारे तो! धरती माँ का भार हल्का हो जाए..." कहकर हँसते-हँसते चली गयी कबूतरी।

मगर साहब के घर जाते ही उसका चेहरा बदल गया।

सेवा की साकार मूरत और विषाद की मूर्त प्रतिमा बनकर मेमसाहब के सिरहाने बैठी रही थी वह। बार-बार साहब के पास जाकर दवा और पथ्य के लिए निर्देश ले आती है, वह भी आँखें नीचे करके।

साहब प्रशंसा की दृष्टि से देखने लगे इस लड़की को। सोचने लगे मेमसाहब ऐसे ही इसकी तारीफ़ नहीं करती हैं।

"साहब आप सोने जाइये," बिस्तर से उतरकर साहब के बहुत निकट आकर धीरे से अनुरोध किया कबूतरी ने, "अभी मेमसाहब सोयी हैं, मैं हूँ न..."

नींद में बेख़बर पत्नी की ओर देखकर वैसे ही धीरे से बोले, "तुम्हें भी तो सोना चाहिए..."

"हम लोगों की नींद क्या? आप भी क्या कहते हैं। अभी मेमसाहब को जिसमें आराम हो... और फिर आप लोगों का क़ीमती शरीर, नींद न आने से..."

"अच्छा" एक बार फिर कोमल स्नेहमयी दृष्टि से पत्नी को निहारकर बोले,

''जाता हूँ। पर अगर जागकर खोजे तो मुझे बुला देना। बाहर से दरवाज़े पर दस्तक देने से ही...''

''उस्ताद!'' अमूल्य हँसी से लोट-पोट हो रहा था। ''फिर दी कि नहीं दस्तक?''

गम्भीर भाव से कबूतरी बोली, ''ज़रूर दी। जागते ही मेमसाहब साहब के लिए बेचैन जो हो उठी।''

''धत् तेरी। जाग गयी! तब हुआ ही क्या? खाक़।''

''तू चुप होगा अमूल्य!''

''तू तो हमेशा मुझे चुप कराती ही रही। मगर मैं भी कहूँ, अब की बार तू हार रही है।''

''हारी नहीं, कोशिश नहीं की।''

''क्यों भला?''

''क्या पता?''

''पता नहीं बाबा, तू कुछ रहस्यमयी बन गयी है। फिर, बुलाने के बाद क्या हुआ, यह तो बता?''

''होगा क्या? जगे ही थे शायद। तुरन्त कमरे की रोशनी जल उठी।...'' साथ ही साथ रात में पहननेवाला 'गाउन' पहनते-पहनते बाहर आ गये।... बोले, ''क्या हुआ? बुख़ार बढ़ा है?... छटपटा रही है?... मुझे खोज रही है? दौड़कर चले गये।''

''बुख़ार बहुत ज़्यादा था क्या?''

''ज़्यादा कहो तो ज़्यादा। एक सौ एक।''

''एक सौ...एक!''

''धत्, इसी का इतना काण्ड?''

''होगा क्यों नहीं? राजनन्दिनी, प्यारी है वह!''

''तो असली बात क्या है कबूतरी?'' प्रभापद कड़वे स्वर में बोला, ''जाने के समय थोड़ा धक्का देकर गया ज़रूर?''

''गया! ईंट-पत्थर को जैसे ढकेलते हैं लोग...''

''इश्! तेरे लिए मुझे अफ़सोस हो रहा है कबूतरी!''

''उसके लिए नहीं, उसकी बुद्धि के लिए। तेरी जीत में हमारी भी जीत है कबूतरी। बाहर साहब हम लोगों पर कोड़े बरसाते हैं, भीतर तू साहब लोगों से नाक रगड़वाती है, यह सोचकर जो मज़ा आता है!''

''नहीं, नहीं कबूतरी। तू इस तरह पिचक मत जा।... कम-से-कम एक बार भी मेमसाहब का घमण्ड तोड़ दे। हम लोगों ने सोचा था, इस काठ की गुड़िया को फूँक मारकर तू उड़ा देगी। मगर...''

''ज़्यादा बकवास मतकर जतीन, कल रात-भर जागकर तबीयत ख़राब लग रही

है, अभी सोऊँगी।''

''ताश की बाज़ी नहीं होगी?''

''तुम लोग खेलो न बैठकर।'' कहकर कबूतरी रूठ गयी।

इसी सर्वे ऑफ़िस के पीछे एक फूस का घर है कबूतरी का। लावारिस ज़मीन पर रासबिहारी के ख़र्चे से बनाया गया घर।

कबूतरी चली गयी तो ये लोग कहने लगे, ''कबूतरी को हुआ क्या, किसी को पता है?''

''गंगाजली साहब देखकर मिज़ाज ख़राब हो गया है।''

मगर आश्चर्य की बात देखो, ''याद करो पान्निकर साहब का क़िस्सा। मेमसाहब के साथ इतना प्यार, इतना अपनापन, तीन दिनों के लिए पैर में मोच के लिए अस्पताल रहना पड़ा, उसी समय साहब भी हड़क गये।''

''अरे जाने दे न और दो दिन। मुखर्जी मेमसाहब ज़्यादा ही चालाक हैं, समझता नहीं? ख़ुद ही कबूतरी की ख़ुशामद कर रही हैं।''

''अरे बाबा रहने दो। मैं कह देता हूँ, मेमसाहब नहर काटकर मगरमच्छ बुला रही हैं। रावणराज की तरह अपना मृत्युबाण सहेजकर रख रही हैं। कबूतरी को पहचानतीं नहीं अभी।''

अपनी भविष्यवाणी से मोहित गिरिधारी ने पत्ती बाँटना शुरू कर दिया।

मगर इन छोटे लोगों की बात ही शायद सच है। शायद कबूतरी को पहचान पाना मिसेज़ मुखर्जी जैसी सभ्य, शालीन महिला के लिए सम्भव नहीं है।

मगर कबूतरी?

अपने आप को ही पहचानती है क्या वह?

अपने जिस जीवन की वह अभ्यस्त है, वह जीवन अचानक इतनी घृणा के योग्य क्यों लग रहा है? अब तक के इन साथियों को इतना निकृष्ट क्यों समझ रही है?

मगर अपनी अक्षमता भी इतनी अपमानजनक है।... वे लोग ज़रूर समझ रहे हैं कबूतरी बूढ़ी हो रही है, सिमट रही है। अब से उसका एक ही परिचय होगा—साहब के घर की चालीस रुपयेवाली 'आया', जिसे मेमसाहब की उतारी हुई साड़ी धोनी पड़ती है, जूते चमकाने पड़ते हैं, उठते-बैठते फ़रमाइश पूरी करनी पड़ती है।

और कोई सूरत लेकर झलक नहीं उठेगी कबूतरी? झलक नहीं सकेगी?... अपने उस अड्डे पर आकर हँस-हँसकर कह नहीं पाएगी—

''सभी काठ में घुन लगे हैं, समझे, ठोंकने से ही पता लग जाता है।''

कबूतरी को मालूम नहीं, मुखर्जी साहब घुन लगी लकड़ी हैं या नहीं। उसने ख़ुद ही ठोंककर देखा नहीं।

मगर क्यों?

अपने उस फूस के कमरे में लेटे-लेटे बड़ी देर तक सोचती रही कबूतरी। उनसे कह आयी थी कि सोने जा रही है, यह भूल गयी। उसके बदले में बचपन की बहुत बातें याद आने लगीं उसे।... जब नानी के पास रहती थी, तब की बात। माँ मर गयी, इस बात के लिए नानी के पास कोई छूट नहीं थी। दुबली-पतली थी इस पर भी कोई रियायत नहीं। कोल्हू के बैल की तरह बस जुटी रहती थी काम में।... थोड़ी बड़ी हुई कि पड़ोस के बूढ़े से शादी कर दी उसकी। क़ब्र में पैर लटके थे उसके। और उसी समय कबूतरी के ज्ञानचक्षु खुल गये।...

उसकी एक मौसेरी बहन, उससे काफ़ी बड़ी, उसके गाल पर उँगली फेरकर बोली, "तू इतनी बेवक़ूफ़ है, तभी उस क़ब्र के बुड्ढे से शादी कर ली। मैं होती तो भाग जाती! नानी बुड्ढी ने उसे तेरे साथ क्यों जोड़ दिया, पता है? बूढ़े के तो दो-चार दिन बचे हैं। उसके बाद ही तू विधवा होकर उसका माल लेकर घर वापस आ जाएगी। नानी का खाना पकाएगी जीवन भर। दो गुना फ़ायदा है। बुड्ढे की बारह बीघे की धान-ज़मीन, बाल-बच्चे तो हैं नहीं बुड्ढे के।"

दुनिया को उस दिन पहचाना कबूतरी ने। सहायता की उसकी मौसेरी दीदी ने। बाद में और भी सहायता की। वह दीदी ही तो गुरु थी उसकी। हाँ, गुरु नहीं तो और क्या? जो ज्ञान की आँखें खोल दे, वह गुरु ही तो है।

दीदी ने वही किया।

नानी की मौत के बाद विधवा कबूतरी जब चारों तरफ़ अँधेरा ही देख रही थी, तब मौसेरी दीदी उसे आँचल में छिपाकर आँख में आँसू भरकर बोली, "ऐसा रूप, यह उम्र, गाँव में अकेले अपने-आप को बचा पाएगी? सब नोचकर खाएँगे। मेरे साथ चल तू।"

दीदी के चेहरे पर भगवान की छाया देखी थी उसने।

दीदी कबूतरी के बारह बीघा धान-ज़मीन का भार हल्का कर उसके बदले में कुछ काग़ज़ के नोट आँचल में बाँधकर कबूतरी का हाथ पकड़कर उसे अपने गाँव से बाहर ले आयी।

उसके बाद?

उसके बाद दीदी ने उसे दुनिया के साथ अच्छी तरह परिचित कराने का भार ले लिया। कबूतरी की धान-ज़मीन की तरह, उसके रूप और यौवन के बदले भर-भरकर आँचल में नोट बाँधने लगी।

मगर ज्ञानचक्षु से देखना तो सीख गयी थी कबूतरी तब तक!

एक दिन दीदी के घर से कबूतरी उड़ गयी।

उसके बाद कितने आसमान में चक्कर काटे, कितने पेड़ों पर घोंसला बनाया,

कितने पिंजरे के चने चखे, उसका कोई हिसाब नहीं।

यहाँ आयी थी बिजली मिस्त्री शशिभूषण के साथ, बेचारा मर गया। कबूतरी रोयी। मगर शशिभूषण के साथियों से उसका परिचय हो गया था।

वे साथी यही जतीन, प्रभापद, सुखलाल, गिरिधारी हैं।

आधे दर्ज़न से ऊपर लोगों ने शोकग्रस्त कबूतरी को स्नेहबन्धन में घेर लिया।

यह अलिखित बात सबको मालूम है कि कबूतरी अब रासबिहारी की सम्पत्ति है...

मगर हँसी-मज़ाक़ करके जीवन को थोड़ा सरस बना लेने में हर्ज़ ही क्या है? रासबिहारी को इसमें कोई आपत्ति भी नहीं है।

और जब साहब लोग आते हैं?

यह उनका एक प्रकार का खेल है।

उस दल का।

सभी लकड़ी में घुन लगा है, यह प्रमाणित करने में ही कहीं से उनकी जीत होती है।

प्रमाणित करना कबूतरी का काम है। मगर अब कबूतरी हार रही है। आश्चर्य की बात तो यह है कि प्रमाणित करने की चेष्टा किये बिना ही हार मान रही है कबूतरी। मगर यह भी माने तब न?

ये लोग कहते हैं, ''क्यों कबूतरी? मेमसाहब का बुख़ार उतरा?''

कबूतरी कहती, ''हाँ पसीना देकर।''

''तो इतनी सेवा की मेमसाहब की, साहब ने कुछ बख़्शीश नहीं दी?''

कबूतरी अजीब-सा मुँह बनाकर कहती, ''देंगे।''

''कब?''

''जब समय आएगा।''

पीछे से ये लोग कहते, ''ठेंगे से। वही जो मेमसाहब ने दस रुपये थमा दिये।''

''चालू है। मेमसाहब बहुत चालू है।''

कबूतरी को ये सब पता नहीं चलता है। फिर भी मेमसाहब के हाथ से बख़्शीश लेने में उसकी आत्मा विद्रोह कर उठती है।

अब तक मालकिनों को नाराज़ ही करती रही वह, उनकी आँखों में चुभती रही और पीछे से साहब के पास जाकर बख़्शीश वसूल करती रही।

मगर यह मुखर्जी मेमसाहब इतनी सरलता से देती हैं कि 'ना' नहीं किया जाता। और मुखर्जी साहब? वह किस मिट्टी के बने हैं आज तक समझ नहीं पायी कबूतरी।

''इधर तो बाक़ी साहब लोगों से काफ़ी अधिक चुस्त हैं। वे लोग बल्कि सामने खुलकर बातचीत नहीं करते, न बुलाते थे, ये तो सर्वदा कबूतरी, कबूतरी करते

रहते हैं।''

''कबूतरी, तुमने मेमसाहब को खाना दे दिया?... कबूतरी, तुमने मेमसाहब के कपड़े बदल दिये?'' इस तरह की बातें भी और फिर इधर-उधर की बातें भी कितनी ही करते रहते हैं।

''कबूतरी, तुम्हें ऐसा खाना पकाना किसने सिखाया, कहो तो?... कबूतरी, आज हमलोगों को क्या खिला रही हो?... कबूतरी, खरगोश का गोश्त खाया है कभी?''...

बात तो होती ही रहती है।

आश्चर्य तो यह होता है कि इस तरह बुला-बुलाकर बात करने से मेमसाहब ज़रा भी नाराज़ नहीं होती हैं।...

यही कबूतरी को पहेली-सी लगती है। बराबर के जाने-पहचाने हिसाब का नियम यहाँ बैठता नहीं। कबूतरी की जानी-पहचानी दुनिया क्या उसके साथ कोई नया मज़ाक़ कर रही है?

कबूतरी अब करे क्या?

सुखलाल ने आकर ख़बर सुनायी।

''कबूतरी, तुझे पता नहीं?''

''क्या?''

''मेमसाहब कोलकाता जा रही हैं...''

कबूतरी चौंक उठी।

अभी तो घण्टे-भर पहले आयी है वह, सुना तो नहीं?

बोली, ''जा भाग।''

''माँ काली की किरिया। मेमसाहब का भाई आया है, बहन का ब्याह है। भाई के साथ आज ही चली जाएँगी मेमसाहब। अचानक ठीक हुआ शायद।''

''और साहब?''

सुखलाल मुस्कुराकर बोला, '' 'साहब' तेरी हिफ़ाज़त में रहेंगे।''

''यम के द्वार जा तू, मौत आये तुझे, नालायक़ कहीं का!... साहब रहेंगे और मेमसाहब जाएँगी? सोचना भी मत। बीवी को छोड़कर एक मिनट रह सकते हैं क्या साहब? आँख से ओझल होते ही कहीं बीवी मर गयी तो?''

''देखो, क़सम खाया तो भी नहीं मानती है। परसों दिल्ली से 'चीफ़' आ रहे हैं, साहब अभी हिल सकते हैं भला? उधर बीवी की बहन की शादी है। चल, तेरे ठाकुर ने ही केला खा लिया।''

सुखलाल की बात सुनकर इधर-उधर से बाक़ी लोग आ गये। उमड़ पड़े सब...

"यह बात है? यह बात है? हुर्रे!"

"मौत आये तुम सबको!" कहकर काम पर चली गयी कबूतरी।

शाम के अड्डे पर नहीं आयी।

"देखा?"

"देखा?"

"देखा?"

बेशर्मी से हँसने लगे सब। बोले, "दो घण्टा भी रहा नहीं गया। चार बजे की गाड़ी से गयी है मेमसाहब। और आज ही शाम को..."

अपनी जानी-पहचानी दुनिया के हिसाब से आँकड़ा लगाकर निश्चिन्त हो गये सब। बोले, "मेमसाहब काठ की गुड़िया है तो क्या हुआ, दम है। नहीं तो साहब इस तरह सँभलकर चलते !"

मगर गिरिधारी एक नयी ख़बर लाया। एक कुत्ते को भगाते हुए ऑफ़िस घर के पीछे की ओर गया था शायद, आकर बोला, "कबूतरी के कमरे में बत्ती जल रही है।"

"बत्ती जल रही है!"

"कबूतरी के कमरे में बत्ती जल रही है।"

"किसने जलायी बत्ती?"

"कबूतरी आ गयी क्या?...मगर कब आयी?"

"आयी तो इधर क्यों नहीं आई?..."

ताश पटककर चले सब।

तीन हाथ के कमरे में छः लोग घुस गये।

"क्या हुआ रे कबूतरी?"

"होगा क्या?"

"तबीयत ख़राब तो नहीं?"

"तबीयत ख़राब हो दुश्मनों की।"

"तो साहब के घर से लौटकर अचानक यहाँ आकर क्यों सो गयी? हमारे वहाँ नहीं आयीं?"

"दिल नहीं किया।"

"करेगा भी नहीं," प्रभापद ने सपाट जवाब दिया, "ग़रीब का अड्डा है!... उसे अब शायद साहब के घर ड्यूटी देने जाना है, तभी आराम..."

"निकल, निकल, निकल जा मेरे कमरे से नालायक़, पापी कहीं के।"

कबूतरी ने उठकर खदेड़ा उन्हें, फिर अचानक ही बैठ गयी। बोली, "नौकरी छोड़ दी है मैंने..."

"छोड़ दी है? नौकरी छोड़ दी है?"

"सच बात कहो न! मेमसाहब ही छुड़ाकर गयी होगी, है न?"

"नहीं!"

कबूतरी अचानक मानो शान्त, गम्भीर और उदास हो गयी।

"छुड़ा देने से तो इज़्ज़त रह जाती। छुड़ा नहीं दिया बल्कि उल्टा ही"...बोली, "तुम हो कबूतरी मुझे कोई चिन्ता नहीं। साहब को कोई तकलीफ़ नहीं होगी।"

"ठीक से देखभाल करना।"

सुनकर पता नहीं क्यों बहुत गुस्सा आया। सिर से पैर तक जैसे कोई बिजली का झटका लगा।

कह दिया मैंने, "आप नहीं रहेंगी, अकेले घर में इतने दिन मैं नहीं आ सकूँगी।..."

सुनकर मेमसाहब तो जैसे देखती ही रह गयीं। हैरान होकर उन्होंने पूछा, "ऐसी अजीब बात क्यों कह रही हो कबूतरी? मैं नहीं रहूँगी तो क्या साहब खाना-पीना बन्द कर देंगे? मैं नहीं रहूँगी इसीलिए तुम काम पर नहीं आओगी?"

"ऐसी बात तो सुनी नहीं कभी..."

"सर पर ख़ून सवार हो गया, मालूम है?

मैंने कहा, "कभी नहीं सुनी ऐसी बात?"

साहब बोले, "सच, नहीं सुनी ऐसी बात! मेमसाहब नहीं रहने से और भी ज़्यादा काम करोगी, या कि छुट्टी लेकर घर में बैठी रहोगी? बड़ी अजीब बात है!..." दोनों ही बोले, "अजीब बात है।"

मैंने कहा, "अजीब लोगों का काम भी अजीब होता है साहब। ख़ैर! कुछ दिनों की छुट्टी देने की ज़रूरत नहीं, एकदम ही छुट्टी दे दीजिए!..."

"आश्चर्य है।" कहकर चुपचाप मेमसाहब ने मेरे पैसे चुका दिये।...चली आयी मैं।

"आश्चर्य तो है ही।" रासबिहारी बोला, "ऐसा क्या हो गया कि तू इतना बिगड़ गयी?"

"नहीं समझेगा। तेरे बस की बात नहीं," उदास स्वर में कबूतरी बोली, "औरत का अपमान समझ पाना तेरे बस में नहीं है।..." उन्हें पता है कि जहाँ वे खड़े हैं, हम उनसे हज़ार सीढ़ी नीचे हैं। तभी तो दोनों स्वर मिलाकर बोल उठे, "अजीब बात है।"

"इसके बाद भी वहाँ रह जाऊँ, यही कहता है क्या? दुःखी-अभागी हूँ, पर इसका मतलब यह तो नहीं कि, चमड़ी के नीचे ख़ून नहीं बहता है?"

# नीड़

भड़कदार एक लिनेन की कमीज़, मैचिंग पैण्ट और उसके साथ पॉलिश किये हुए काबुली सैण्डल। और क्या चाहिए? इससे अधिक और ज़रूरत ही क्या है?

एक बार किसी तरह इन चीज़ों का प्रबन्ध हो जाए तो काफ़ी दिनों तक मान-मर्यादा की रक्षा हो जाती है। इसके अतिरिक्त एक और चीज़ की ज़रूरत भी होती है, बिना ख़र्च के ही हो जाता है।

धुलवाने या इस्त्री करने के लिए भी किसी की अपेक्षा रखने की आवश्यकता नहीं। वह काम आजकल क़ायदा मालूम कर गृहस्थों ने आसान कर लिया है।

उसी क़ायदे के बल पर पिछले डेढ़ साल से एक ही सूट के सहारे शक्ति के 'स्टाइल' की रक्षा हो रही है। हालाँकि प्रतिदिन नहीं, हफ़्ते में केवल एक दिन। शहर के बाहर के इस 'नीड़' से प्रत्येक रविवार को वह कोलकाता चला जाता है। सुना है, वहाँ उसके कोई अमीर मामा मिस्टर एन.एन. घोष रहते हैं।

नाम के आगे अभी तक मिस्टर लगाते हैं, ऐसे-वैसे अमीर नहीं लगते। शक्ति के जो सहकर्मी पड़ोस में रहते हैं, ईर्ष्या की दृष्टि से देखते हैं शक्ति को, जब वह भड़कदार लिनेन शर्ट और मैचिंग पैण्ट पहनकर, जूते चमकाते हुए मुहल्ले के बीच से निकल जाता है। मामा के बारे में सभी को मालूम है, और इतने अमीर मामा गंजी-मिल के मज़दूर शक्ति को भानजा कहकर स्वीकार करते हैं, केवल स्वीकार ही नहीं करते, बल्कि हर हफ़्ते के अन्त में उसे देखने की बाट जोहते हैं, इसी पर आश्चर्य होता है सबको।

हालाँकि ऐसे मामा के रहते शक्ति की यह हालत क्यों, यह प्रश्न शुरू-शुरू में उठा था, मगर शक्ति का कुछ छिपा नहीं। उसने साफ़ ही मान लिया कि मामा-मामी का दुलारा है तो क्या, ममेरे भाई ठीक पसन्द नहीं करते हैं। इसके लिए दोष भी नहीं दिया जा सकता उन्हें, सभी बड़े गण्यमान्य व्यक्ति हैं।

एम.ए. पास के नीचे कोई नहीं है, ममेरी बहन भी बी.ए. पास है। वे 'नॉन-मैट्रिक' शक्ति को तुच्छ नहीं समझें तो क्या समझें?

इसीलिए अपनी योग्यता के अनुसार काम ढूँढ लिया है शक्ति ने। मगर बूढ़े-बूढ़ी जब तक ज़िन्दा हैं, हफ़्ते में एक बार गये बिना नहीं रहा जाता।

पहले शक्ति गंजी मिल में काम करता था। वहीं के 'पाइस होटल' में खाता था और रहता था एक बनिये की दुकान में। इधर कुछ दिनों से सहकर्मी मित्र राधानाथ के घर में 'पेइंग-गेस्ट' है।

राधानाथ वहीं का लड़का है, भरा-पूरा परिवार है उसका। माँ, बहन, छोटे दो भाई। इतने सारे लोगों के लिए घर पर्याप्त नहीं है। घर क्या, एक छोटा-सा दालान।

फिर भी उसी के भीतर, दालान के एक कोने में दोस्त को जगह दे दी है उसने। अपने लिए जगह की इतनी कमी है, शायद इसीलिए दोस्त को जगह देने में मुश्किल नहीं हुई। शायद बहुत जगह होती तो मुश्किल में पड़ जाता।

'सुविधा' का आस्वादन जिसे हो चुका है, वही 'असुविधा' के डर से काँटा बनकर रहता है। और असुविधा ही जिसकी नित्य-साथी हो, जिसने जाना ही नहीं 'सुविधा' होती कैसी है, उसे डर किस बात का? शक्ति राधानाथ के 'मोज़ेक फ्लोर' वाले बाथरूम का हिस्सा तो नहीं लेगा और न ही लेगा उसकी थाल के मक्खन-मिठाई का भाग।

राधानाथ सड़क के नल पर नहाता है, शक्ति भी वही करेगा। राधानाथ भोर को उठ कर बासी रोटी गुड़ के साथ खाकर काम पर जाता है, शक्ति भी वही करेगा। राधानाथ दिन-भर की मेहनत के बाद 'एनामेल' के चटक निकले हुए गिलास में चाय लेकर बैठता है, शक्ति भी बैठेगा। फिर चिन्ता की क्या बात है?

शक्ति बड़े आदमी का भानजा है?

तो क्या हुआ? इसके लिए शक्ति कोई अकड़ नहीं दिखाता है। केवल अमीर मामा के घर सज-धजकर जाता है क्योंकि नहीं जाने से अपनी भी बेइज़्ज़ती और उनकी भी। इसीलिए ये सजना-सँवरना...।

नहीं तो ऐसा मिलनसार लड़का मिलता कहाँ? राधानाथ की माँ कहतीं, "लड़का नहीं, हीरा है।" मगर राधानाथ की बहन कुछ और ही कहती है।

मगर कहती है पीछे से। वह बातें खूब करना जानती है। शौक़ीन भी बहुत है। अपने घर का यह नाम 'नीड़' भी उसी का दिया हुआ है। एक काग़ज़ पर बड़े-बड़े अक्षरों में 'नीड़' लिखकर चिपका दिया है दीवार पर।

शाम के समय सड़क के किनारे के डेढ़ हाथ ओसारे पर संगीत की बैठक जमती। राधानाथ एक टूटे हारमोनियम के सहारे गीत गाता, शक्ति एक ऐल्युमिनियम की डेकची पर ठोंककर ताल देता।

एक-एक कर आ बैठते पानू, मानिक लाल, सुधीर। कभी खड़े-खड़े ही सुनकर चले जाते, कभी थोड़ा समय निकालकर बैठ भी जाते।

बड़े दिनों से चाहत है कि तबला ख़रीदकर लाये, मगर हो नहीं पा रहा है, इतना बढ़ गया है उसका दाम। क्योंकि आजकल गाने-बजाने का चलन कुछ अधिक हो गया है और तबले का मान भी इसी के अनुसार बढ़ गया है।

मामा के लिए एक जोड़े तबले का दाम कुछ भी नहीं है, परन्तु यह शक्ति को जँचता नहीं। वही 'हाथ पसारना'। उल्टे मुश्किल से कमाये पैसों से छोटे-मोटे उपहार ख़रीदकर ले जाता है उनके लिए। नीचा क्यों दिखाये अपने-आप को?

कभी-कभी, जब बाहर का कोई नहीं होता, राधानाथ की बहन कानन आकर भीतर की तरफ़ चौखट पर बैठ जाती है। बैठे-बैठे शक्ति का 'डेकची पीटना' देखकर हँसी से लोट-पोट हो जाती है। ...हँसते-हँसते कहती, ''ओह शक्ति, धीरे। ग़रीब की दाल पकती है उसमें। छेद हो जाए तो सिर्फ़ भात ही मिलेगा अगले दिन।'' यह शक्ति से नहीं खाया जाता, तभी कानन उसे ही चिढ़ाने का ज़रिया बनाती। इससे ऊँचे स्तर का मज़ाक़ करना सीखा ही कब उसने?

कमी तो इनमें हर तरफ़ से है। कमी है शिक्षा में, बुद्धि में, भण्डार में। शायद इसी कारण विधाता ने उनके हृदय के ऐश्वर्य को बढ़ा-चढ़ाकर दे दिया है। नहीं तो भारसाम्य रहे कैसे? नहीं तो ऐश्वर्यवान लोगों के बगल में टिकेंगे कैसे ये लोग? दुनिया के बाज़ार की कसौटी पर बुरी तरह से फीके नहीं लगेंगे क्या?

राधानाथ की माँ बड़ी सीधी-सादी हैं, बहन कानन बिलकुल उल्टे स्वभाव की। प्रचण्ड स्वभाव की कहा जाए तो ग़लत नहीं होगा। ऊपरी आदमी को घर बुलाकर राधानाथ ने उसकी मेहनत चार गुना बढ़ा दी, यह बात वह रात-दिन बड़े आडम्बर के साथ सुनाती रहती है। मगर जानबूझकर भी मेहनत करने से पीछे नहीं रहती। ऐसा लगता है, उस ऊपरी आदमी के लिए चार गुना और मेहनत करने से भी चूकेगी नहीं वह।

नहीं तो शक्ति के कपड़े साबुन से धोने की, रसोई के बीच में उसके लिए इस्त्री गरम करने की क्या पड़ी है उसे?

राधानाथ कभी-कभी इस मुँहफट बहन के स्पष्ट भाषण पर दुःखी हो जाता है, मगर जब देखता, शक्ति उन्हें प्रसन्नता से झेल रहा है तो निश्चिन्त हो जाता।

गाने समाप्त होते ही कानन उठ जाती सबसे पहले। रात का खाना पकाना उसकी ही ज़िम्मेदारी थी। इनके उठने से पहले ही जगह ठीक-ठाककर खाना परोसने लगती।

खाने बैठता तो शक्ति गला खोलकर बोल उठता, ''क्या कमाल का खाना बन रहा है आजकल। गनीमत है कि सुबह का खाना मौसीजी बनाती हैं, तभी ज़िन्दा हूँ किसी तरह।''

रसोई से कानन का तीखा स्वर गूँज उठता, ''लौकी और अरुई से लोगों की

बीवियाँ कौन-सा कोरमा पकाएँगी, देख लूँगी—हूँ!''

शक्ति उसी लौकी और अरुई की सब्ज़ी के साथ आठ-दस रोटी खा जाता और कहता, ''छिड़ी बात सभा के बीच, जिसकी बात वही तड़पे। मैंने किसी का नाम लेकर तो कुछ नहीं कहा।''

कानन तुरन्त जवाब देती, ''गेंडे का चमड़ा जिसका न हो उस पर ऐसी बातों का असर तो होगा ही, बल्कि जलन से फफोले भी पड़ जाएँगे। नाम न लेने से क्या समझ में नहीं आता है? मेरे सिवा और है ही कौन?''

शुरू-शुरू में राधानाथ ऐसी बातों से सकपका जाता था। बहन उसकी थोड़ी प्रखर स्वभाव की है ज़रूर, मगर किसी बाहरी आदमी का भी थोड़ा लिहाज़ नहीं करेगी क्या? अब अभ्यस्त हो गया है, बल्कि हँसकर इस कौतुक का मज़ा भी लेता है।

मगर राधानाथ जब मुँह धोने जाता तब शक्ति आवाज़ धीमी करके कहता, ''दिन-रात किसी को बीवी कां नाम लेकर ताने देने का मतलब?'' कानन भी आवाज़ नीची करके चिढ़ाकर बोलती, ''छिड़ी बात सभा के बीच, जिसकी बात वही तड़पे। मैंने तो किसी को बुला-बुलाकर नहीं कहा।''

''हूँ,'' राधानाथ आ रहा है देखकर जल्दी से बोला शक्ति, ''इसका जवाब बाक़ी रहा।'', ''...अरे कानन, चूल्हे में आग छोड़ी नहीं? हाय, हाय, मुझे ज़रूरत थी।''

अन्तिम शब्द ज़रा आवाज़ ऊँची करके ही कहा उसने। कानन भी ऊँची आवाज़ में बोली, ''आपकी ज़रूरत का मतलब इस्त्री करना है न? सो हो गया।''

''हो गया, इसका मतलब?''

''इसका मतलब इस्त्री करके रखा हुआ है।''

''इतनी तकलीफ़ करने को तो किसी ने किसी से नहीं कहा।''

''मैं किसी के बोलने की परवाह नहीं करती, जो मर्ज़ी में आये करती हूँ।''

शक्ति कुछ और कहने जा रहा था कि राधानाथ आकर बोला, ''क्या अभी तक झगड़ा चल रहा है? सुबह उठना है कि नहीं?''

''क्या खूब कहा, राधू। कल दिन कौन-सा है?''

''ओ-हो-हो,'' राधानाथ हँस पड़ा, ''रविवार है, याद ही नहीं, अरे!''

भाषा में कोई सजावट नहीं, घुमाव नहीं, इसका अर्थ यह नहीं कि सुख-दुःख, आनन्द-वेदना का प्रकाश न हो। इतनी साधारण बातचीत करके भी उन्हें लगता, बातें बड़ी मज़ेदार रहीं। मज़े की बात तो यही है।

रविवार प्रातःकाल से ही शक्ति के मामा के घर जाने की तैयारी शुरू होती। पहले सुबह ही निकल जाया करता था, आजकल पता नहीं क्यों देर हो जाती है। फिर भोजन का समय हो जाता है तो फिर थोड़ा खा भी लेता है और फिर थोड़ा

विश्राम कर तब निकलता है।

मगर सुबह से जूते पर पॉलिश चढ़ती है, बालों में साबुन और दाढ़ी पर उस्तरा चलता है। निकलते समय कानन एक खिली पान लाकर बोली, "साहब को पान चलेगा?" "पान?" शक्ति का चेहरा ख़ुशी से खिल उठा, "पान कहाँ से मिला?" पान के जैसा ऐश इस घर में करना मना है।

केवल चाय पर पूरी छूट है। बकिंघम पैलेस से लेकर पेड़ के तले पल रहे बंकू के परिवार तक चाय को प्रवेशाधिकार है। पर पान के साथ वह बात नहीं।

हाथ में पान थमाकर कानन बोली, "मिला कहीं भी।... तो अमीर मामाजी के घर चले?"

शक्ति बोला, "बस, बूढे-बूढ़ी जब तक हैं। उसके बाद कौन किसके घर फटकने जाता है?"

"सूट तुम पर काफ़ी जँचता है।

"क्यों न जँचे? चेहरा बुरा है क्या?"

"बड़े आये चेहरेवाले, उस पर घमण्ड भी।"

"गर्व करने लायक़ चीज़ हो तो गर्व करता ही है आदमी।"

"जाओ, मामाजी के यहाँ से स्वाद बदलकर आना। वहाँ हलवाई ब्राह्मण का पका खाना खाकर आते हो, इसीलिए यहाँ के व्यंजन की इतनी निन्दा...।"

"बस करो, अब झगड़ा नहीं, चलता हूँ?"

"चलता हूँ नहीं कहते। कहना चाहिए–जाकर आता हूँ।"

भड़कीले शर्ट-पैण्ट और चमकीले जूते पहनकर मामा के घर के लिए रवाना हो गया शक्ति। पीछे ओसारे पर खड़ी होकर काफ़ी देर तक देखती रही कानन। एक समय माँ ने भीतर से पुकारा–कानन? ऐसा लगा कानन को सुनायी नहीं पड़ा, मगर थोड़ी देर में अन्दर चली भी गयी।

माँ बोलीं, "बाहर ओसारे पर खड़ी-खड़ी क्या कर रही थी?"

"कर क्या रही थी? ज़रा साँस भी नहीं ले सकती क्या? गाय भी तो एक बार अपने खटाल से निकलती है?"

माँ सकपका गयी। बोली, "नाराज़ क्यों होती है, कहीं पड़ोसवाले कुछ बोल न दें, इसीलिए सँभालती रहती हूँ।"

हरेक के लिए कुछ-न-कुछ सँभालना ज़रूरी होता है।

उधर शक्ति अपने चमकदार सूट को बड़ी कठिनाई से सँभालकर गोआ-बागान की एक बस्ती के सामने आकर रुका।

बस्ती के सामने ही रास्ते का नल है।

नल के आस-पास भीड़ लगी है। महिलाएँ ही अधिक हैं। शक्ति के आते ही

एक लड़की एक वयस्क महिला से सहमकर धीरे-धीरे बोली, ''अरे दासू की माँ, तुम्हारा भानजा आया है।''

दासू की माँ आधी बाल्टी भरते ही उसे उठाकर स्नेह से गद्‌गद स्वर में बोली, ''आ गये बेटा? चलो। ठीक तो हो न?''

शक्ति उनके साथ गली में प्रवेश करते हुए बोला, ''ठीक ही हूँ। अपनी सुनाओ। मामा कैसे हैं?''

''तुम्हारे मामा की बात मत पूछो बेटा। फिर से दमे की तकलीफ़ बढ़ गयी है।''

चौकी के पास एक पैकिंग बक्सा उलटकर रखा था। यही शक्ति के लिए निर्दिष्ट सिंहासन था।

इतनी बड़ी नौकरी करता है भानजा, कहाँ की एक गंजी-फ़ैक्ट्री का मैनेजर है जो दो घण्टे के लिए इधर-उधर जाने से कारख़ाने का काम ख़राब हो जाता है—वही भानजा हर हफ़्ते पाँच घण्टे के लिए कहाँ से इतनी दूर मामा-मामी से मिलने चला आता है, यह कोई साधारण बात है क्या?

भानजे के इस बड़प्पन से मामा-मामी कृतज्ञ हैं। और जब भी आता, बीमार मामा खाएँगे सोचकर सन्देश, अनार, नासपाती, नारंगी आदि कितना कुछ ले आता। और कभी-कभी मामा को क्या पसन्द है देख-सुनकर 'ख़रीद लेना मामी', कहकर नक़द रुपये भी दे जाता।

मामा बहुत खुद्‌दार हैं, टूटेंगे मगर झुकेंगे नहीं। बड़े दुःख झेलकर कहाँ-से-कहाँ उतरे, आख़िर बस्ती में आकर ठहरे हैं, जीवन-स्तर काफ़ी गिर चुका है, परन्तु स्वाभिमान खोया नहीं अभी उन्होंने। आर्थिक सहायता के नाम पर शक्ति का पैसा तुरन्त वापस कर देते, परन्तु उसके अकृत्रिम स्नेह प्रदर्शन के बाद 'ना' नहीं कह सकते हैं।

मामा इतने स्वाभिमानी हैं तभी तो निश्चिन्त होकर शक्ति यहाँ आ सकता हैं। नहीं तो इतने ऊँचे ओहदे पर काम करनेवाले के लिए किसी ग़रीब रिश्तेदार के घर आना कोई आसान बात है?

मामा ने पूछा, ''तुम्हारी फ़ैक्ट्री का काम कैसा चल रहा है?'' शक्ति हिल-डुल कर सीधे तनकर बैठा और बोला, ''आजकल फिर भी ठीक चल रहा है, हड़ताल भी कुछ कम होने लगी है इधर, सूत भी काफ़ी मिल रहा है। पहले से कहीं अधिक माल भेज पा रहा हूँ।''

मामा इस कमरे में बिलकुल ही नहीं जँच रहे, सूट-बूट पहने, शक्ति के सुन्दर चेहरे की ओर स्नेह-सिक्त दृष्टि से देखकर बोले, ''फिर तो मेहनत कुछ कम है आजकल? मिल में झंझट भी नहीं है जब...''

"मेहनत?" शक्ति हँसकर बोला, "मेहनत की बात मत पूछो मामा। बस हफ़्ते में एक दिन आकर मामी के हाथ का भोजन खा लेता हूँ, इसी पर शरीर टिका हुआ है।...ऊपर से नीचे तक देखभाल मुझे ही तो करनी पड़ती है। मामी कमरे में नहीं थीं। अब एक कप-प्लेट में चाय लेकर सामने रखी उन्होंने और पूछा, "चाय के साथ दो पापड़ लोगे बेटा?"

शक्ति 'ना-ना' कर उठा। बोला, "नहीं मामी, तुम ज़रा चैन से बैठो तो।" मन-ही-मन मामी हँस पड़ी। चैन। जब तक इस विशिष्ट अतिथि को खिला-पिलाकर विदा न कर सके, तब तक चैन कहाँ?

मगर इस बेचैनी में सुख भी है, गौरव है। इसी के कारण बस्ती के बाक़ी लोग उनकी इतनी इज़्ज़त करते हैं। बगल की खोली वाली शौक़ीन चम्पा बहू चाय की प्याली देती है, शायद चाय भी बना देती है। इधर वाली मोटी भाभी खाना पकाने में हाथ बेटा देती है। मामी के चूल्हे में आँच ठीक न होने पर अपना जलता चूल्हा दे जाती है।

सिर्फ़ बूढ़े-बूढ़ी की ही तो गृहस्थी है। कितना कुछ नहीं है। भानजे के आते ही सब ख़बर लेते हैं, कुछ चाहिए या नहीं। पति के डर से सामने कुछ ले नहीं सकती, मगर चोरी-छिपे ले लेती है। किसी के घर से एक टुकड़ा अदरख़ या दो प्याज़, दो हरी मिर्च या चुटकी भर पाँचफोड़न।

शक्ति कहता, "पूरी-वूरी का झंझट मत करना मामी, रोटी बनाओ, रोटी। तुम्हारे हाथ की रोटी, उसका स्वाद ही अलग है। मेरे नालायक़ रसोइये के हाथ की पूरी तो चमड़ी जैसी लगती है। जी ऊब गया पूरी खाने से। सुनकर मामी का दिल कचोटता। कितना पैसा ख़र्च करता है, फिर भी लड़के को अच्छा भोजन नहीं मिलता है। सोचती, पति भी इतने ज़िद्दी हैं, बेटा-बेटी सब गये, दोनों बूढ़े-बूढ़ी भानजे के पास ही पड़े रहते। क्या कोई रहता नहीं? और फिर ऐसा भानजा।

शक्ति एक अकेले के पीछे जितना पैसा लुटाता है, उसके आधे ख़र्चे में शारदा तीन आदमी की गृहस्थी चला देती! ऊपर से भोजन भी अच्छा मिलता। बस, उनकी ज़िद ने ही सब बर्बाद कर दिया।

रोटी, आलू का दम, बैंगन की भाजी, प्याज़ से छौंकी हुई मसूर की दाल शक्ति बड़े प्रेम से खाता और उसी के साथ अपने रसोइये को चार गालियाँ सुनाता।

सुनकर मामी का दिल भर आता, स्नेह सरस हो जाता मामा का मन।

बातों-ही-बातों में रात हो जाती, शक्ति उठ जाता। डेढ़ घण्टे बस पर चढ़कर ज़ाना है कि नहीं?

जाने के समय गली से निकलकर सड़क के नल तक मामी साथ आयी। इधर-उधर से कई लोग ताक-झाँक कर रहे थे। हर हफ़्ते देखते हैं फिर भी कौतूहल

का अन्त नहीं है। भड़कदार सूट और चमकदार जूते के विलीन होते ही मामी के पास भीड़ लग गयी उन लोगों की।

मोटी भाभी बोली, "आजकल के ज़माने में ऐसा लड़का देखने को नहीं मिलता। ग़रीब माँ-बाप को ही कोई पूछता नहीं और ये तो मामा-मामी।" ललित की माँ ने कहा, "मान गयी तुम्हारे पति की ज़िद को। राजसुख भोग सकती थी।" शारदा ललाट पर हाथ रखकर बोली, "नसीब मेरा! उसी ज़िद के कारण तो आज यह हाल है।"

रात को अकसर कानन दरवाज़े पर ही खड़ी रहती है, क्योंकि शक्ति के बिना संगीत की महफिल जमती नहीं। हफ़्ते भर की थकान राधानाथ की आँखों पर सवार हो जाती है। माँ की बीमार हड्डी, वह तो शाम से ही बिस्तर में समा जाती है।

कानन बोली, "आ गये राजभोग खाकर?"

"आ गया!"

"चलो, अच्छा हुआ, आज रात को तो चुकन्दर, अरुई खाने से बच गये।"

"अच्छा, बहुत बोल चुकी। अब ज़रा हटो, अन्दर तो जाने दो। राधानाथ की तो आधी रात हो चुकी होगी?"

"और नहीं तो क्या!"

"तुम्हारी ही आँखों में नींद नहीं है क्या! कौन-सा गीत गाता है राधू? 'आँखों से चुरा ली निंदिया तूने, आँखों से...' "

"धत्!" दबी आवाज़ में डाँटकर दरवाज़े से हटकर खड़ी हो गयी कानन।

ऐसे ही कटते हैं दिन। राधानाथ और उसकी माँ के मन में एक दुराशा पलती है शायद। शायद इसी कारण बेटी के विवाह की अधिक चेष्टा नहीं करते। मगर जब शक्ति रूखे बालों को उल्टा कर सूट-बूट पहनकर निकल जाता तो उसके जाने की ओर देखकर दोनों ही लम्बी साँस भरते।

इसे बाँधा जा सकेगा क्या!

हालाँकि शक्ति हरदम कहता रहता है, "मैं तो ग़रीब हूँ, ग़रीब ही रहूँगा। भेष न बदलो तो भीख़ भी नहीं मिलती है, इसीलिए सज-धजकर जाना पड़ता है। नहीं तो ममेरे भाई लोग गंजी-मिल के मजदूर को देखकर नाक सिकोड़ेंगे।"

फिर भी मन में शंका रह जाती है। मगर एक दिन उनके 'नीड़' में आयी एक आँधी! शाम के समय प्रतिदिन की तरह गाना-बजाना चल रहा था। कमरे की चौखट के पास कानन बैठी थी। शक्ति बड़े जोश के साथ डेकची बजा रहा था, ऐसे में एक रिक्शा आकर खड़ा हुआ।

उसपर एक बक्सा, बिछौना और बाल्टी, बर्तन ऐसे ही कुछ सामान थे। जान-पहचान का रिक्शावाला, यहीं कहीं रहता था, वह रिक्शा रोककर पास आया और

बोला, "देखिए तो राधानाथ बाबू, ये औरत किसे ढूँढ़ रही है?"

मुझसे बोली, "यहाँ जो गंजी मिल है, उसके मैनेजर के यहाँ जाना है।..." कितना समझाया, "यहाँ मैनेजर कहाँ? वह तो कोलकाता में रहता है। गाड़ी से आता-जाता है, कौन सुने मेरी बात!...बस, वही एक ज़िद—नाम शक्तिदास, गंजी मिल का मैनेजर, ये उनकी मामी लगती हैं।..."

"कहीं हमारे शक्ति बाबू तो नहीं?"

शक्ति डेकची पर हाथ रखकर सुन्न होकर देखता रहा।

राधानाथ हड़बड़ाकर उठ खड़ा हुआ। बोला, "मामी? शक्ति की मामी?"

अनजाने में कानन भी बरामदे से फुटपाथ पर उतर आयी।

राधानाथ ने फुसफुसाकर पूछा, "बात क्या है शक्ति? जाकर देख तो कौन है? मैनेजर की मामी तुझे क्यों खोजेगी?"

क्यों खोजेगी इसका जवाब कौन देगा? शक्ति में ही अब बोलने की शक्ति है कहाँ? फिर भी उठना पड़ा, राधानाथ के कहने पर रिक्शा के पास जाकर खड़ा होना पड़ा, और उसे देखते ही मामी चीख़ पड़ी, "अरे शक्ति बेटा, तेरे मामा मुझे छोड़कर चले गये रे!"

आवेश थोड़ा शान्त हो जाने पर मामी को ओसारे पर लाया गया। कानन ही हाथ पकड़कर लायी। कानन की माँ घबराकर वहीं खड़ी देखती रही।

सामान उतारकर रिक्शे को छोड़ दिया गया।

इतनी देर बाद कुछ शान्त होकर मामी चारों ओर देखकर कुछ नाराज़ होकर बोली, "ऐसी गन्दी जगह में तुम दोस्तों से मिलते हो बेटा? मैं पूरा शहर घूमकर आयी।..."

मुँहजला रिक्शावाला कहता है, "मैनेजर कौन! वह यहाँ नहीं रहता है।... शक्तिदास एक है, राधानाथ के घर में रहता है, वह तो मिल का मजदूर है।... सुन लो बात!"

"चलो बेटा, चलो अपने घर।... स्वाभिमानी थे तुम्हारे मामा, कभी किसी के आगे झुके नहीं, मरते समय कह गये, शक्ति के पास चली जाना।"

हमारी बस्ती का एक लड़का साथ आकर बस से रिक्शा पर बिठा दिया और भाग गया। बोला, "अमीरों के घर मैं नहीं जाऊँगा।"

शक्ति फिर भी चुप रहा। गर्दन जो एक बार झुकी थी, उठायी ही नहीं फिर।

"मामा के शोक से ज्यादा सदमा पहुँचा क्या?"

कानन बोली, "अच्छा मामी, आप अभी यहीं थोड़ा आराम कर लीजिए, फिर सही ठिकाने चली जाएँगी।"

मामी सन्दिग्ध होकर उन लोगों की ओर देखकर बोलीं, "ना बाबा, अब यहाँ

आराम करने की ज़रूरत नहीं। हम दुःखी लोग हैं, हमारा आराम क्या।... शक्ति चलो, बेटा घर चलो।"

अब शक्ति ने चेहरा उठाया। साफ़ ठण्डे स्वर में बोला, "और कहीं मेरा कोई घर नहीं है, मामी! यही मेरा ठिकाना है। इन लोगों ने मुझपर दया की इसीलिए यहाँ रह गया। रिक्शेवाले ने तुम्हें ठीक ही कहा, शक्तिदास मिल-मजदूर ही है।"

आँधी के चपेटे के बाद सब ओर शान्ति है...मामी को आश्रय मिल गया है कानन की माँ के बिछौने में, और मामी के सामान को चौकी के नीचे जगह मिल गयी। कानन कुछ बताशे और एक लोटा पानी लेकर शक्ति के पास आकर खड़ी हुई।

शक्ति के मामा की मौत हुई है, 'छूतका' लगा है। खाया नहीं कुछ भी। सुबह नहाकर तभी खाएगा।

"थोड़ा पानी पी लो।"

शक्ति सोया था, हड़बड़ाकर उठ बैठा। बोला, "अभी भी तुम मेरा मुँह देख रही हो कानन?"

कानन मुस्कुराकर बोली, "क्यों, चेहरे ने क्या दोष किया?"

"इतने बड़े नालायक़, झूठे का चेहरा देखने से पाप होता है कानन! तुम्हें मुझसे घृणा करनी चाहिए।"

अब कानन ज़ोर से हँस पड़ी बोली, "मूर्ख औरत को इतना उचित, अनुचित का ज्ञान कहाँ होता है? वह होता तो बहुत पहले ही घृणा करती!"

"पहले? पहले तो तुम..."

"बहुत पहले ही समझ गयी थी शक्ति। औरत चाहे कितनी भी मूर्ख क्यों न हो, उसे ठगना आसान नहीं होता।... वह सब जानबूझकर भी चुप रहती है। पता है क्यों? कहीं उसका 'नीड़' बिखर न जाए।"

शक्ति आवेश में डूबकर बोला, "सब समझ गयी थी?"

"स...ब।"

"फिर भी तुम...?"

"फिर भी मैं..." कहकर चेहरा उठाया कानन ने और अचानक कुछ और ढंग से हँस पड़ी। उस हँसी में मूर्ख-विद्वान का कोई अन्तर नहीं होता।

# जिल्द का चेहरा

आख़िर इन्तज़ार की वह घड़ी आ गयी।

निशि बाबू का देहान्त हो गया।

शायद इन्तज़ार शब्द का प्रयोग ठीक नहीं हुआ, बुरा ही लगा सुनने में, मगर इसके अलावा और कहा भी क्या जा सकता था? और किस शब्द से परिस्थिति का सही अनुमान लगाया जा सकता था?

'इन्तज़ार' नहीं तो और क्या कर रहे थे ये लोग?

निशिबाबू की अविवाहिता बेटी कावेरी, विधवा पुत्रवधू सन्ध्या और पड़ोस के डॉक्टर प्रभांशु।

निशिबाबू के इस दीर्घ विलम्बित मृत्युशय्या के पास बैठकर जिन लोगों ने तीन-चार वर्षा और वसन्त को अलविदा कर दिया।

हालाँकि सन्ध्या के लिए उस अलविदा का कोई अर्थ नहीं है। उसके जीवन से तो वर्षा और वसन्त ने सदा के लिए विदाई ले ही ली है। असल में यह बात कावेरी और प्रभांशु को लेकर है, अलिखित किसी दस्तावेज़ पर जिनके भविष्य का इक़रारनामा सम्पादित हो गया है।

ऐसी बात नहीं कि खुलकर प्रेम-निवेदन के ज़रिये दोनों एक-दूसरे के निकट आ गये हों, नहीं, बरसों से परिचित इस व्यक्ति के साथ कोई रोमाण्टिक परिस्थिति की नौबत भी नहीं आयी। निशिबाबू की यह सुदीर्घ बीमारी भी ऐसे किसी मधुर सम्बन्ध के आड़े आती रही। मगर फिर भी क्यों प्रभांशु इतने लम्बे समय तक केवल बिना फ़ीस के रोगी को ही नहीं देखता रहा बल्कि, बिना ख़र्चा लिए दवा-दारू का भी प्रबन्ध करता रहा, इसका जवाब तो कावेरी के पास है। कावेरी अब नये सिरे से कृतज्ञ भी नहीं होती। पहले होती थी।

शुरू-शुरू में जब प्रभांशु दवा की क़ीमत नहीं लेता था, कहता था, ''मुझे पैसे नहीं देने पड़ते। डॉक्टर के पास दवा के 'सैम्पल' आते हैं, मालूम है? उसी में से ले आया।''

तब तो इस बात को झूठ जानते हुए भी मना नहीं करती थी कावेरी, सिर्फ़ करुण, कृतज्ञ दृष्टि से निहारती उसे, जिस दृष्टि का एक विशेष अर्थ होता। धीरे-धीरे

पथ्य की व्यवस्था भी उसने हाथ में ले ली।

'बाज़ार ही जा रहा हूँ, ले आऊँगा या गया था बाज़ार की ओर ले आया'—इसी बहाने की आड़ से वह मदद करता रहा। क़ीमत की बात उठाने से ही बोल उठता, "ठहरिए, ठहरिए, परेशान मत होइये, घर के लिए भी तो ख़रीदा था, अभी हिसाब नहीं लगाया।"

वह हिसाब कभी नहीं लग पाता। फिर कई और चीज़ें आ जातीं। जैसे—फीडिंगकप, ऑयल-क्लॉथ, आदि। हिसाब का ढेर जमा होता जाता, उधर रिश्ते में भी अपनापन आता। सन्ध्या भी कहती, "उधार की बात और नहीं उठाऊँगी, उसका तो पहाड़ बन गया। चुकाने का काम अगले जन्म में ही होगा।"

हाँ, कावेरी धीरे-धीरे घनिष्ठ होती जा रही थी। 'परिणीता' की नायिका ललिता की तरह प्रभांशु की चीज़ों को स्वाभाविक अधिकार से अपना समझ लेने में कोई हिचक नहीं थी अब। तभी भाभी के उधार चुकाने की बात सुनकर कण्ठ में झनकार उठाकर बोली, "ऐसा ही क्यों सोचती हो भाभी? ऐसा भी तो हो सकता है कि ये ही पिछले जन्म का उधार चुका रहे हैं।"

"हाँ, यह भी बुरा नहीं है।" हँसकर प्रभांशु बोला, "देख रही हैं? उम्र में आप बड़ी हैं तो क्या हुआ, व्यावहारिक ज्ञान आपसे आपकी ननद को ही अधिक है। अगले जन्म का हिसाब भी ठीक कर लिया।"

प्रभांशु के घर के लोग उसकी इस 'निशिभवन-प्रीति' को विशेष पसन्द नहीं करते, मगर मना भी करें तो कैसे? निशिबाबू के घर की हालत देख ही तो रहे हैं।

बेचारे का पत्नी-वियोग हुआ, नयी-नयी शादी करके जवान बेटा गुज़र गया, उसके बाद लकवे से पीड़ित होकर उन्हें बिस्तर लेना पड़ा। घर में बची एक जवान, कुँआरी बेटी और दूसरी जवान विधवा बहू। इस पर ये आज कल की आधुनिक पढ़ी-लिखी लड़कियों की तरह हर काम में निपुण भी नहीं हैं।

उन्हें निपुण बनाने में बाधक थे स्वयं निशिबाबू ही। घर की बहू-बेटी को जहाँ तक हो सके, अकेले बाहर नहीं जाने देते थे। पड़ोस के सभी जानते हैं यह बात। अतः पड़ोसी होने के नाते भी बाहर के काम में हाथ बँटाना अनुचित तो नहीं है। और फिर डॉक्टर के कन्धे पर यह सामाजिक उत्तरदायित्व कुछ अधिक ही आ पड़ता है, यही स्वाभाविक नियम है।

घर में भी जब कोई बीमार होता तो प्रभांशु के बड़े भैया स्नेहांशु 'स्नेह' शब्द को निरर्थक प्रमाणित कर कमरे का दरवाज़ा बन्द कर सोने चले जाते, और प्रभांशु रात-भर जागकर बैठा रहता। सगे-सम्बन्धियों के स्वास्थ्य की ख़बर रखना किसी अलिखित नियम से प्रभांशु की ही ज़िम्मेदारी होती। बड़े भैया स्नेहांशु किसी के घर जाते नहीं और छोटा भाई शुभ्रांशु साफ़ जवाब दे देता--वह किसी को पहचानता

नहीं।

अतः पहचानना पड़ता प्रभांशु को ही। जब से डॉक्टरी पास की, तभी से पहचानना पड़ रहा है। इस कारण पड़ोस के अन्य लड़कों में अगर कर्तव्य चेतना न भी हो, और प्रभांशु में अगर हो, तो मना नहीं किया जा सकता है।

मना किया जाता भी नहीं।

अतः प्रभांशु का निशिबाबू के घर बाधाहीन गति से आना-जाना लगा रहता है। उस घर में केवल एक बिस्तर पर पड़ा रोगी और दो युवतियाँ हैं, यह बहाना डॉक्टर के सामने उठाना पागलपन है।

धीरे-धीरे इस परिवार की ज़िम्मेदारी प्रभांशु पर ही आ गयी है। कोशिश कर प्रभांशु ने ही कावेरी के लिए किसी साबुन कम्पनी में प्रचार का काम दिला दिया है, और सन्ध्या की जान-पहचान एक महिला समिति से करा दी है जो घर पर आकर हाथ की बनी चीज़ें ले जाती है।

दोनों ननद-भाभी जो थोड़ा-बहुत कमा लातीं इससे एक लाभ यह हुआ है कि 'प्रभांशु उनका घर चला रहा है' यह चर्चा थोड़ी कम हुई।

घर निशिबाबू का पुश्तैनी है, यही एक अच्छी बात है।

ऐसे ही चल रहा था।

बिस्तर में लेटे निशिबाबू की छवि एक निश्चल प्राकृतिक दृश्य की तरह ही हो चुकी थी।

दोनों लड़कियों की दिनचर्या एक ही साँचे में ढली थी।

इनमें से एक का भविष्य उज्ज्वल था, दूसरे का अन्धकार, यह बात स्पष्ट नहीं होती थी। मगर अब परिस्थिति में परिवर्तन आया। अब एक समस्या उत्पन्न हुई।

अब और किस बहाने प्रभांशु इस घर में आएगा?

किस बात की आलोचना में घण्टों बिताएगा?

मगर अकेली दोनों लड़कियों को इस घर में छोड़कर जाए भी तो कैसे?

जब उत्तरदायित्व उसी के ऊपर आ गया है।

रास्ता भी उसे ही निकालना होगा। मगर हो ही क्या सकता था?

प्रभांशु की दीदी ने बात छेड़ी।

कहा, "तू ही क्यों चोर-सा पकड़ा गया, समझ में नहीं अता। अब तक जो महानता दिखा रहा था, उसका फिर भी कोई अर्थ था। मगर अब क्या? अब तू महानता दिखाएगा तो लोग मुँह पर कालिख पोतेंगे।" कहेंगे, "रक्षक या भक्षक कौन जाने।" हँसकर प्रभांशु बोला, "लोग न कहेंगे, तुम कहोगी।"

"जरूर कहूँगी।" निस्संकोच होकर दीदी बोली, "मैं ही करूँगी निन्दा। क्यों, उनके सगे-सम्बन्धी नहीं हैं क्या? बहू भी क्या आसमान से टपकी है?"

''अब तक तो यही लगता था। कभी देखा तो नहीं किसी को फटकते भी।''

''जैसे ज़िम्मेदारी तेरी ही है। नहीं, ये सब ख़्याल छोड़ दे। बहू को बोल दे खोज-बीन कर कोई अभिभावक ढूँढ़ ले और मैके चली जाए और उस लड़की से कह दे कि शादी-वादी कर ले।''

''वाह!'' प्रभांशु बोला, ''समस्या के इतने सुन्दर समाधान के रहते दोनों लड़कियाँ कष्ट झेल रही हैं। ...जाता हूँ, अभी कह दूँगा।''

''क्या खूब रही।'' मन-ही-मन दीदी ने कहा, ''मैंने, तो शराबी को शराबख़ाने का रास्ता दिखा दिया।'' यही कहने की बात हो गयी। निशिबाबू नहीं रहे, अब डॉक्टर वहाँ बार-बार क्यों जाए? तो एक कारण मिल गया जाने का। पहले सन्ध्या से मुलाकात हुई। दुबली-पतली सन्ध्या के वैधव्य के वेश में जैसे कुछ और रूखापन समा गया था। फिर भी सन्ध्या मुस्कुरायी। करुण मुस्कान, फिर भी मुस्कुराकर बोली, ''कावेरी तो अभी नहीं मिलेगी, अभी-अभी नहाने गयी। और आप तो जानते ही हैं वह कितना समय लेती है।''

प्रभांशु घर के आदमी जैसा यहाँ-वहाँ बैठ जाता था। खिड़की के किनारे बैठ गया वह। रूखे बालों से घिरे सन्ध्या के सूखे चेहरे की ओर देखा उसने, देखा उन हाथों को जिस पर केवल एक-एक चूड़ी लगी थी। उसने सोचा, अच्छा, कावेरी भी तो ऐसे ही एक चूड़ी या बाला पहने रहती है, मगर वह तो विधवा जैसी नहीं लगती है। क्या कावेरी की बाँहें गोरी हैं, इसलिए?

फिर बोला, ''कावेरी के लिए ही भागकर आया हूँ, आपकी ऐसी धारणा ही क्यों हो गयी?''

सन्ध्या फिर मुस्कुरायी। बोली, ''धारणा सत्य-निर्भर होती है, इसलिए।''

''और अगर मैं कहूँ, सच और झूठ का ज्ञान आपको बिलकुल नहीं है?''

''कहने से सोचूँगी, सच को छिपाने में आप माहिर हैं।''

हाँ, इसी तरह का कथोपकथन होता दोनों में। जैसे सन्ध्या ने मान ही लिया हो—डॉक्टर उसके ननदोई हैं, अतः वार्तालाप सरस, कौतुकपूर्ण हो तो कोई दोष नहीं।

कावेरी भी तो उसी अधिकार से कह उठती, ''डॉक्टर की बात मत सुनना भाभी, अभी तुम्हें रोगी बनाकर छोड़ेंगे। देखो न, कल ज़रा खाँसी हुई कि आज दवा चालू कर दी।'' कहती, ''उसकी बात का भरोसा क्या, वह कुछ भी कर सकता है।'' कभी कहती, ''तुम्हीं दोनों की राय मिलती है, बैठकर बातें करो, मेरे आने से ही तो तकरार शुरू हो जाती है।'' नयी-नयी शादी होने पर लड़कियाँ अपने पति का उल्लेख जिस रंग-ढंग से करती हैं, वैसा ही ढंग कावेरी अपनाती है प्रभांशु का उल्लेख करते समय।

अशौच काल कटते ही शादी की बात उठेगी, ऐसा ही लगता सन्ध्या को।

सन्ध्या ने सोचा शायद अशौच काल कटने से पहले ही प्रस्ताव लेकर आया है। बात करने में दोष ही क्या है। अतः स्वयं ही बात को छेड़ने की सोचने लगी।

इसलिए जब प्रभांशु उसकी बात के जवाब में हँसकर बोला, "हाँ, माहिर तो हूँ। आपका दिया हुआ सर्टिफ़िकेट ले लेता हूँ।" तब सन्ध्या बोल उठी, "देखा? आप को किस तरह समझ गयी? अभी जो आप आये हैं, किसलिये मैं बता सकती हूँ।"

"वह तो बता ही दिया आपने, आपकी ननद को पाने के लिए।"

"वही तो।" सन्ध्या हँसकर बोली। फिर भी सन्ध्या की हँसी में विषाद छाया ही रहता। शायद वह कावेरी के भविष्य की स्थिरता की बात पक्की होने के बाद की बात ही सोच रही है। सोच रही है—उसके बाद क्या? मगर 'बाद' की बात उसे समझ में नहीं आ रही है। इसी कारण चेहरे पर से विषाद की छाया हट नहीं रही।

नहीं तो लम्बी बीमारी भोग-भोग कर स्वार्थी और बदमिज़ाजी हो गये ससुर की मृत्यु से उसके होठों पर ऐसी विषाद-रेखा स्थिर हो जाएगी, इतना विश्वास करना कठिन था।

प्रभांशु भी ऐसा ही सोचता और कहता, "अच्छा, मान लीजिए अभी मैं उस बात को अस्वीकार करूँ तो?"

सन्ध्या ने हैरान होकर देखा।

बोली, "कौन-सी बात?"

"वही।" अचानक प्रभांशु की चंचल दृष्टि भाव-गम्भीर हो गयी, रहस्य भरे कण्ठ में बोला, "वही बात। अगर मैं कहूँ, कभी भी उस कावेरी देवी के लिए प्रभांशु डॉक्टर इस घर में दौड़कर नहीं आया।"

सन्ध्या अचानक काँप उठी।

जैसे अचानक अपने-आप को बहुत ही असहाय महसूस करने लगी सन्ध्या। समुन्दर में तिनके की आस की तरह ही उसकी दृष्टि अदृश्य बाथरूम की ओर पड़ी, फिर खड़ी हो गई और किसी प्रकार चेहरे पर सहज भाव लाकर बोली, "ठहरिए, ज़रा चाय बना लाऊँ, फिर तर्क होगा।"

"तर्क चाहता हूँ, ऐसा ही क्यों सोचती हैं?" प्रभांशु की दृष्टि में वही व्यंजना।

सन्ध्या डर गयी।

बहुत डर गयी।

प्रभांशु को ऐसा तो कभी नहीं देखा, ऐसी दृष्टि तो कभी नहीं देखी प्रभांशु की आँखों में। क्या निशिबाबू की दैहिक उपस्थिति ही उसके दुस्साहस पर पहरे का काम कर रही थी? कि अब पहरा नहीं तो डर भी नहीं?

कावेरी की अनुपस्थिति में सन्ध्या से भी अपनापन बढ़ाना चाहता है? मगर ऐसा स्वभाव प्रभांशु का है तो नहीं? हमेशा ही तो सन्ध्या के साथ श्रद्धा और सम्मान दिखाकर ही बात की उसने। हँसी-मज़ाक़ के समय भी वह आवरण टूटा नहीं। बल्कि कावेरी के साथ वार्तालाप में ही वह सरस हो जाता, कभी कभी चिढ़ाता, छेड़ता और मज़े लेता।

निशिबाबू की बीमारी ने ऐसा स्थायी रूप ले लिया था कि नये सिरे से चिन्तित होने या दुःखी होने का प्रश्न नहीं उठता था। रोगी के कमरे के बाहर चाय-नाश्ता और गप्पें चलते ही रहते, दोनों या तीनों मिलकर...।

मगर सीमा के बाहर कुछ नहीं होता था।

बीच-बीच में निशिबाबू गरज उठते, "यहाँ एक रोगी मर रहा है, वहाँ खुशियों का मेला लगा है।" "इस कमरे के लोग और भी मरे जा रहे हैं।" भौंहें तानकर कावेरी कहती, "हमारी मृत्यु किसी को दिखाई नहीं पड़ती, यही दुःख की बात है।" फिर पैर पटकते हुए उस कमरे में चली जाती और कहती, "क्या? क्या चाहिए? पानी पीएँगे?"

डरकर निशिबाबू हामी भर देते। कहते, "ज़रूर पीऊँगा, कब से प्यास लगी है। मगर अब हर पल यद्यपि मन में वह गर्जन सुनाई देगी पर कानों में तो नहीं गूँजेगी। फिर कौन बचाएगा इन दो लड़कियों को? किसकी सद्बुद्धि रक्षा करेगी इनकी?"

प्रभांशु की आँखों में जो छाया उतरी है, वह सद्बुद्धि की है क्या? उसकी बातों में ही कौन-सी बुद्धि की छाप है?

"तर्क भी नहीं चाहिए, चाय भी नहीं, चाहता हूँ बस इसी वक़्त आपसे दो बात करना।"

मन-ही-मन सन्ध्या ने कहा, "डरना क्यों? डरना कैसा?" ऊपर से बोली, "दो क्यों, दो सौ ही कहिये।"

"नहीं, दो सौ की मुझे ज़रूरत नहीं। मैं तो सिर्फ़ कह रहा था," प्रभांशु का स्वर आग्रह और आवेग से काँप उठा, "कावेरी के लिए अगर मैं लड़का ढूँढ़ दूँ?"

"सन्ध्या ने निश्चिन्त होकर लम्बी साँस छोड़ी।

अच्छा! क़ायदे से बात हो रही है। है तो वही विवाह प्रस्ताव, केवल भाषा को घुमा-फिराकर। निश्चिन्त होकर हँस पड़ी सन्ध्या।

बोली, "वह ज़िम्मेदारी तो आपके माँगने से पहले ही आप पर लाद दी गयी है।"

"नहीं सन्ध्या, नहीं।"

अचानक आप से तुम पर उतर आया प्रभांशु डॉक्टर। बोला, "यक़ीन करो, उसके प्रति मेरे मन में कोई मोह नहीं है। मेरा मन किसी और लड़की..."

सन्ध्या अचानक जैसे दहक उठी।

बोली, "आप कहना क्या चाहते हैं, साफ़-साफ़ कहिए तो?"

"साफ़-साफ़? एकदम साफ़?" प्रभांशु निराशाभरी आवाज़ में बोला, "एकदम नीरस गद्य में? तो, कहता हूँ, 'मैं तुमसे शादी करना चाहता हूँ'।"

सन्ध्या झटके से उठ गयी। उसका साँवला, शुष्क चेहरा कठोर हो गया। तीव्र स्वर में बोली, "मुझे अकेली समझकर क्या आप मेरा अपमान करने आये हैं?" प्रभांशु चुपचाप खड़ा रहा। फिर धीरे से बोला, "इतने दिनों से देखकर यही समझ पायी मुझे?"

"मगर..." रुँधे हुए स्वर में सन्ध्या बोली, "एक अजीब, अवास्तविक बात कैसे कह दी आपने?"

"बड़ा आश्चर्य है।" और भी निराश स्वर में प्रभांशु बोला, "और मेरी धारणा थी कि आपको कुछ भी समझाना नहीं पड़ेगा।"

"धारणा थी!"

अवाक् स्वर में सन्ध्या बोली, "यह धारणा थी आपकी?"

इतनी आश्चर्यचकित थी सन्ध्या कि वह क्रोध करना, विरोध करना भी भूल गयी। पूछने लगी, "यही धारणा थी आपकी?"

"थी। बिलकुल थी।" आवेगपूर्ण स्वर में प्रभांशु बोला, "सोचा था मैंने, जब कहने की नौबत आएगी, बिना कुछ कहे ही सारी बात तय हो जाएगी।"

सन्ध्या की आवाज़ तब भी रुँधी हुई थी। उसी स्वर में बोली, "और कावेरी?"

"कावेरी के लिए वर ढूँढ़ने की ज़िम्मेदारी तो मैंने पहले ही ली है।"

धीरे से सन्ध्या बोली, "केवल वर होने से ही चलेगा? इतने दिनों से वह आपसे..."

"इतने दिनों तक वह मुझसे नहीं एक योग्य वर से रिश्ता रखती रही। मैं न होकर वह कोई और होता तो कोई बात नहीं होती। अभी अगर मुझसे अच्छे एक लड़के का रिश्ता उससे कर सकूँ तो देखना उसे ही..."

सन्ध्या ने आँख उठाकर देखा।

बोली, "लोभ मत दिखाइये। मेरे जीवन में अब और कोई नयी बात नहीं होनेवाली है। जो स्वाभाविक है, जो शोभनीय है, वही होने दीजिए।"

"मानव-जीवन अंकशास्त्र नहीं है, सन्ध्या।"

"मगर हर पल तो मैंने यही जाना कि आप कावेरी से ही..."

प्रभांशु हँस पड़ा। बोला, "तुम्हारे उस जानने में थोड़ी-सी भूल है। मैं कावेरी से नहीं, कावेरी ही मुझसे..." "तो फिर? वह भी उसके प्रति एक भयंकर निष्ठुरता नहीं होगी क्या? एक भयंकर नाइन्साफ़ी?" "शायद होगी" मृदु-गम्भीर स्वर में प्रभांशु बोला, "भयंकर न भी हो, थोड़ी-बहुत तो होगी ही। मगर जीवन-भर उसके

प्रति अन्याय और अविचार करने से तो यही अच्छा होगा न?''

सन्ध्या केवल आँखें उठाकर देखती रही।

मगर वह शुरुआत के मनोभाव पर ही टिकी रह सकती थी। और भी क्रोधित हो सकती थी। प्रभांशु को बुरा-भला कह सकती थी। गृहस्थ घर की विधवा को दिये गये इस प्रस्ताव को 'कुप्रस्ताव' मान सकती थी। मगर उसने ऐसा किया नहीं। हारे हुए स्वर में बोली, ''मेरा सब कुछ उलट-पलट हो गया। ऐसा मैंने कभी नहीं सोचा था। कभी भी नहीं।''

''मेरी बदनसीबी। क्या किया जाए। अब सोच लो।''

''मगर, मगर क्यों आपकी ऐसी अजीब पसन्द? वह एक कुँआरी, सुन्दरी लड़की है...''

प्रभांशु बोला, ''सुन्दरता का निवास केवल बाह्य आवरण में ही नहीं होता है।''

''मगर मैं उसे मुँह दिखाऊँगी कैसे?'' उसी आवेग भरे रुँधे स्वर में सन्ध्या बोल उठी, ''नहीं, नहीं, यह नहीं हो सकता।''

''दुनिया में एक ही नाम सच है क्या? वह आपकी 'कावेरी'? उसके सामने मुँह दिखा पाना ही सबसे बड़ी बात है?''

''सिर्फ़ उसके सामने क्यों, सारी दुनिया के सामने ही...''

प्रभांशु ने बीच में ही रोक दिया उसे। बड़े शान्त स्वर में बोला, ''तो क्या मैं यही समझ लूँ कि इतने दिनों तक मैं ही ग़लती करता आया? ग़लत किया, ग़लत देखा, ग़लत समझा?''

सन्ध्या कुछ कहने जा रही थी तभी कावेरी आकर खड़ी हुई।

यद्यपि पितृ-वियोग का 'कालाशौच' था, प्रसाधन के लिए उचित समय नहीं था फिर भी शायद प्रभांशु की आहट पाकर ही कावेरी हल्का प्रसाधन करके आयी थी स्नान के उपरान्त। और इतने ही से दमक रही थी वह। इतने से ही पता चल रहा था कि वह रूपवती थी।

रूपवती थी तभी तो इतनी सरलता से वह नौकरी उसके हाथ लग गयी थी। एक ही बार में नौकरी लग जाने पर प्रभांशु ने कहा था, ''सुन्दर मुखड़े की जय सर्वत्र–यह बात ऐसे ही तो नहीं कही गयी है न।''

कावेरी ने कटाक्ष किया था, ''सर्वत्र कहाँ? आपकी यह बात ग़लत है।''

''यह बात मेरी नहीं, शास्त्र की है।''

''सभी लोग शास्त्र कहाँ मानते हैं, जैसे कि आप?''

प्रभांशु ने इस बात को नहीं समझ पाने का नाटक किया और कहा, ''जो भी कहिये पैसा बुरा नहीं देते।''

''पैसा।''

हाँ, तब भी 'आप' की सीमारेखा टूटी नहीं थी। कावेरी को धक्का लगा था। हैरान होकर उसने सोचा था, 'ठीक ऐसे पल में पैसे की बात कैसे की इस आदमी ने।' यह आदमी था ही कुछ विचित्र।

कम-से-कम अभी तो बिलकुल विचित्र बात ही कर दी उसने।

ठीक उसी पल, जब कि कावेरी प्यार और खुशी छलकाती आकर वहाँ खड़ी ही हुई, वह बोला, "हाँ, देखो तो, तुम लोगों के 'हविष्यान्न' की सारी तैयारी है या नहीं?"

हालाँकि कावेरी देखने नहीं गयी। पिता की बीमारी के समय सेवा करने से वह जैसे कतराती थी, कहती थी, "मैं वह सब कुछ नहीं जानती, वह सब श्रीमती भाभी का डिपार्टमेण्ट है," ठीक वैसे ही अब भी बोल उठी, "मुझे वह सब नहीं मालूम, वह है भाभी का डिपार्टमेण्ट।"

"तो फिर जाकर आप ही देख आइये।" उदार स्वर में प्रभांशु बोला। सन्ध्या के काँपते बदन को सबकी दृष्टि से बचाने के लिए उसे भेज दिया।

और सन्ध्या के जाते ही कावेरी ने मन-ही-मन कहा, 'ओह! कितना चालाक है? कितनी आसानी से भगा दिया। मैं उस आदमी को विचित्र समझ रही थी।'

पर मुँह से उच्चारा, "बेचारी !"

सन्ध्या के उस प्रकार चले जाने की भंगिमा से यही शब्द याद आ गया उसे।

प्रभांशु चौंक-सा गया।

बोला, "कौन? किसकी बात कर रही हो?"

"भाभी की ही बात कर रही हूँ।" कावेरी करुणा से पसीज गयी। "उस बेचारी का पता नहीं क्या होगा।"

प्रभांशु के होठों के कोने पर क्या हल्की मुस्कान झाँक गयी?

शायद गयी, शायद नहीं।

प्रभांशु बोला, "उनके लिए नये सिरे से सोचने की क्या आवश्यकता है?"

"यह तो सच है।" कावेरी और भी गद्‌गद हो गयी। "उसका तो सोच-विचार सब चुकता ही हो गया। मुश्किल यह है कि भाभी के मैके में भी कहीं कोई अपना नहीं है। इसके बाद कहाँ जाकर ठहरेगी। शिक्षा का ज़ोर नहीं कि ऑफ़िस में नौकरी करे, रूप नहीं कि मेरे जैसा ही कुछ कर ले। नहीं तो अपनी नौकरी ही मैं उसे दे देती बाद में।"

"वही तो।" प्रभांशु गम्भीर आवाज़ में बोला, "मैंने भी तो यही सोचा है। और सोच-सोचकर यही निश्चय किया कि तुम्हारी वह नौकरी तुम्हारी ही बनी रहे, मैं ही उन्हें एक नौकरी दे दूँ।"

"तुम? तुम उसे क्या नौकरी दे दोगे?" कावेरी कौतुक से झलक उठी,

"कम्पाउण्डर की नौकरी या फिर..."

"नहीं, सोच रहा हूँ अपने होम डिपार्टमेण्ट के हैड ऑफ़िसर की पोस्ट..."

"क्या? क्या कहा?" कावेरी आँख-भौंह, ललाट सब सिकोड़कर बोली, "क्या कहा?"

"यही तो कह रहा हूँ, अब उसे और कहीं कुछ भी नहीं मिलेगा, पढ़ी-लिखी है नहीं कि ऑफ़िस में नौकरी करेगी, रूप है नहीं कि साबुन-कम्पनी का प्रचार ही करेगी, फिर? फिर करे क्या? अब तक जो करती रही, चौका-बर्तन, घर-सँभालना, इसके सिवा और क्या करेगी वह? इसलिए उसी काम का प्रस्ताव दे रहा हूँ उसे, घरणी का पद..."

कावेरी झटककर उठ गयी।

क्रुद्ध होकर बोली, "तुम्हारे हँसी-मज़ाक़ कुछ अधिक ही भद्दे होते जा रहे हैं, आजकल। जानते हो वह मेरे भैया की विधवा स्त्री है। इस तरह से मज़ाक..."

"क्या मुसीबत है? मज़ाक़ कर रहा हूँ, किसने कह दिया? सचमुच का प्रस्ताव है। तुम्हारे भैया की विधवा स्त्री थी, तुम्हारे दोस्त की सधवा पत्नी होगी।"

"ओह! तुम्हारे मन में यह पाप था? इतने दिनों तक मेरे साथ खिलवाड़ करते रहे?" कावेरी की आँखों से आँसू फूट पड़े।

प्रभांशु ने देखा। फिर बड़े ही कोमल, स्नेह-भरे स्वर में बोला, "तुम्हारे लिए तो सारी दुनिया ही उन्मुक्त है कावेरी, उसके लिए सिर्फ़ एक ही खिड़की...। वह खिड़की भी बन्द कर दूँ?"

"अच्छा। इसका मतलब दया दिखाकर तुम एक ग़रीब विधवा का उद्धार करोगे?"

कावेरी का सुन्दर चेहरा दुख, व्यंग्य और क्षोभ से विकृत हो गया। प्रभांशु बोला, "अरे नहीं बल्कि वह ग़रीब विधवा ही मेरे प्रस्ताव को स्वीकार कर ले तो मैं निहाल हो जाऊँ। मगर आश्चर्य की बात यह है कि मुझे पता नहीं था कि इतना खुलकर सब कुछ कहना पड़ेगा मुझे। सोचता था लड़कियों की अनुभूति प्रखर है।"

"ओह! इसका अर्थ हुआ तुम उसे ही..."

"बराबर ! शुरू से!"

"इसका मतलब मेरे साथ सिर्फ़ खिलवाड़ किया।"

"झट से अपराध स्वीकार नहीं करूँगा। सोचकर देखना पड़ेगा, खिलवाड़ तुमने ही अपने साथ किया या नहीं।"

मगर प्रभांशु की सारी बातें ही सच थीं क्या? उसने प्रवंचना की नहीं क्या? इस घर में प्रवेश करने का अधिकार सुलभ रखने के लिए उस खेल को बढ़ावा नहीं दिया था क्या उसने?

# अपने लिए शोक

आधी रात को नींद में ही अचानक अविनाश को बड़ी बेचैनी-सी महसूस हुई। जैसे दम घुट रहा हो, सीने में एक अनजानी तकलीफ़। नींद खुल गयी, उन्होंने देखा पसीने से तर हो गये हैं, गर्दन के नीचे तकिया भी पसीने से गीला हो चुका है। उठकर बैठने लगे, पर बैठ न सके।

गर्दन उठाकर तकिये को उलट लेते तो अच्छा होता, पर जान रहे थे ऐसा कर नहीं सकेंगे। हाथ-पैर हिला नहीं पा रहे, जैसे—सुन्न और बेजान हों।

उम्र के साठ वर्ष पार करने चले अविनाश ने देखा भी बहुत कुछ जीवन में। वही अनुभव एक तीव्र प्रश्न बनकर अविनाश के मस्तिष्क की शिराओं में जैसे एक वार कर गया। मुझे 'स्ट्रोक' हो गया क्या? इस तरह सीने में घुटन, ऐसे पसीना आना, इस तरह हाथ-पाँव सुन्न हो जाना, ये सभी तो 'स्ट्रोक' के लक्षण हैं।

आतंकित अविनाश घबराकर चीख़ने लगे किसी का नाम लेकर, शायद बड़े बेटे का या छोटे का, शायद पोतियों में से किसी का या शायद शैलबाला का ही। नहीं, शैलबाला का हो नहीं सकता, कब उन्होंने शैलबाला को नाम से बुलाया कि आज ऐसा कर बैठेंगे? अभ्यास न हो तो मरने के समय भी नाम मुँह से नहीं निकलता।...तभी तो महापुरुष कहा करते हैं 'नाम' का अभ्यास करने को।

वह अभ्यास भी तो किया नहीं उन्होंने, इसलिए अभ्यास के अनुसार ही अविनाश ने पुकारा किसी को। मगर पुकारा जिसे भी हो, वह पुकार किसी के कानों तक नहीं पहुँची क्योंकि आवाज़ उनके सीने के भीतर ही घुमड़ रही थी, गले से बाहर नहीं निकल रही थी।

इसका मतलब अविनाश को पक्षाघात हो गया। अचानक ही, अनजाने में! यही अविनाश बिस्तर पर लेटने से पहले तक, नहीं-नहीं, नींद आ जाने से पहले तक भी स्वस्थ-स्वाभाविक थे। सुबह से रात तक प्रतिदिन जो कुछ काम करते हैं, सब कुछ किया था, कहीं कोई परिवर्तन नहीं, तबीयत पर कोई आँच नज़र तो नहीं आयी थी।

प्रतिदिन की तरह सुबह उठकर पार्क में घूमने गये, और लौटते समय छोटे पोते के लिए खटाल से सामने दुहाया हुआ गाय का दूध ले आये, प्रतिदिन की तरह ग्वाले को धर्म-ज्ञान की बातें भी सुनाकर ही आये।

अविनाश को यह काम पोते के माँ-बाप, अर्थात् अविनाश के छोटे बेटे और बहू ने नहीं सौंपा। वे तो डिब्बे के दूध पर ही निर्भर थे—अविनाश ने स्वयं ही आग्रह दिखाकर यह व्यवस्था की और उत्तरदायित्व अपने ऊपर ले लिया।

ऐल्युमिनियम के जिस बर्तन में दूध लाते हैं, उसे लेकर ही घूमने निकलते हैं और पोतियों के आगे गर्व के साथ घोषणा करते हैं, लोग हँसे तो मुझे उसकी परवाह नहीं।

ख़ैर, जो भी हो, आज भी प्रतिदिन की तरह घर लौट कर ही चाय और टोस्ट लिया था उन्होंने, और अख़बार पढ़ लेने के बाद फिर एक बार हलवा आलू-मिर्च के साथ, भरकर एक कप चाय पी थी उन्होंने। बुढ़ापे में सुबह के समय भूख ज़रा अधिक लगती है, मगर कहते हुए शर्म आती है, इसलिए पोतियों के टिफिन के लिए जो कुछ बनता है, अविनाश को उसकी खुशबू का पता लग जाता है।

अविनाश टिफिन में रोटी-सब्ज़ी ले जाते थे, अविनाश के बेटे पूरी-मिठाई पर पोतियाँ पूरी निगलने को तैयार नहीं, इसलिए कुछ शौक़ीन नाश्ता, जैसे अण्डा-फ्राई, हलवा, आलू-मिर्च आदि का प्रबन्ध होता है। चौके से उसकी सुगन्ध आकर अविनाश को बेचैन कर देती। अख़बार हाथ में लिये ही अन्दर की ओर जाते अविनाश। "सुना है तुमने? मोतिहारी के पास बस दुर्घटना में एक बारात पार्टी एकदम ख़त्म।..." या खुली आवाज़ में कहते, "मालूम है क्या हुआ? कल एक जगह ऐसी आग लगी कि..."

ये सब ख़बरें शैलबाला को सुनाने के लिए ही आते क्योंकि बाक़ी सारी ख़बरें राजनीति और उसकी कूट चाल से जुड़ी होती हैं, जिनकी आलोचना शैलबाला से हो नहीं सकती। देश की समस्या से शैलबाला को कोई मतलब नहीं। चीज़ों के दाम बढ़ जाने पर शैलबाला शासन कर्ताओं पर आगबबूला हो जातीं और दाम थोड़ा भी घटता तो प्रसन्न हो जाती थीं। दिल लगाकर अगर कुछ सुनतीं तो वह थी ऐसी ही घटनाओं या दुर्घटनाओं की ख़बर।

...क्या करें, इसी की आलोचना करते अविनाश। मगर जब जल्दबाज़ी रहती है तो शैलबाला भी कह देती है, "रहने दो अभी, सुबह-सुबह सुनने से मन ख़राब हो जाता है।"

क्या अविनाश समझते नहीं कि वह 'मन ख़राब' वाली बात एक बहाना ही है, जल्दबाज़ी के समय समाचार पर ध्यान देने का समय ही नहीं शैलबाला के पास। अविनाश कहते, "नहीं, मैं कह रहा हूँ आजकल आदमी का ज़िन्दा रहना ही एक

आश्चर्यजनक घटना बन गयी है।'' थोड़ा इधर-उधर टहलकर कहते, ''अच्छी ख़ुशबू आ रही है, हलवा बना रही हो?...''

''क्या तल रही हो, अण्डा या आलू-मिर्च? बड़ी अच्छी ख़ुशबू आ रही है।'' हाँ, तो इसी बहाने से या शैलबाला की सूझ-बूझ से ही, दूसरी बार चाय के साथ एक प्लेट नाश्ता भी मिल जाता था। आज भी खाया है उन्होंने बड़ी तृप्ति के साथ।

अविनाश जैसे मन-ही-मन दिनभर की छवि को मानस-पट पर देखते रहते, कहीं कोई कमज़ोरी तो नहीं झलक उठी। ऐसा तो कहीं कुछ नहीं दिखाई देता।

फिर तो वह बाज़ार भी गये। वह भी दूसरी बार, क्योंकि सुबह नौकर को साथ लेकर उनका बड़ा बेटा बाज़ार से सब ख़रीदकर ला देता है। फिर भी बेटों के दफ़्तर जाने के बाद अविनाश बाज़ार की बची-खुची चीज़ों में से कुछ उठाकर लाते थे, जिन्हें वे लोग छूते भी नहीं। लेकिन क्या पोई साग, अरबी, ओल, छोटी मछली, ये सब कोई भी नहीं खाते? खाते नहीं तो बाज़ार में बिकता क्यों है? ख़ैर, कोई न खाये, अविनाश अकेले ही खाएँगे। आजकल शैलबाला भी वही राग अलापती है, ''ये सब खाने से बदहज़मी होती है। यह कोई बात नहीं हुई, अपने फ़ैशनपरस्त बेटे-बहू की नज़र में अच्छी बनने की चेष्टा है।'' अविनाश को इन बातों की परवाह नहीं बल्कि उन बहुओं को दिखाकर ही थाली में भर-भरकर सब्ज़ी खाते हैं वह आज भी।

इसके अतिरिक्त शाम को चाय के साथ बिस्कुट भी लिया था उन्होंने, छोटी पोती को स्कूल से ले आने की ड्यूटी भी पूरी की थी, पार्क गये थे छोटे पोते के सांथ। आया 'प्रेम' में बिठाकर ले जाती है, फिर भी अविनाश साथ जाते हैं। आया के ऊपर निश्चिन्त होकर छोड़ देने को तैयार नहीं वे। यद्यपि पोते की माँ मुस्कान भरकर कहती है, कितने ही बच्चे तो नौकर-आया के साथ पार्क में जाते हैं, और किसके दादाजी जाते हैं पहरा देने के लिए?

कहती है तो परवाह नहीं, अविनाश जाते हैं, आज भी गये थे। उसके बाद? उसके बाद और क्या, एक-एक कर दोनों बेटे घर लौटे, उनकी चाय बनी, साथ-साथ उन्होंने भी ली। फिर और कुछ समय इधर-उधर की बात करके रात का भोजन किया और सो गये। इस बीच कहाँ है किसी गड्ढे की नौबत, जिस पर पाँव रखते ही लुढ़क गये अविनाश सेन?

अविनाश ने फिर चिल्लाने की कोशिश की, गले से आवाज़ नहीं निकाल सके। इसका अर्थ यह हुआ कि पूरे शरीर में ही पक्षाघात हो गया, बीमारी के क्रूर पंजे ने जिह्वा को भी नहीं छोड़ा।

अंशघात! रोग के प्रचलित नाम को भूलकर अविनाश आयुर्वेद शास्त्र के पन्ने से उठाकर लाये यह अप्रचलित शब्द। यह शब्द 'पैरालिसिस' से कई गुणा भयंकर, कई गुणा कठोर लगता है, क्या इसीलिए...? क्या अपने दुःख के परिमाण को नापने

के लिए इसकी ज़रूरत हुई?

वैशाख की गर्मी का मौसम है, फिर भी शाम को आँधी-पानी होने से अचानक हवा भी ठण्डी हो गयी थी। अविनाश को जल्दी ठण्ड लग जाती है, इसलिए सिरहाने की खिड़की भी बन्द थी, सामने की मेज़ पर हौले-हौले टेबल फ़ैन घूम रहा था। कमरे का आकार कुछ ऐसा था कि उसमें सीलिंग फ़ैन लग नहीं सकता था और यह सोने का कमरा था भी नहीं। वैसे पंखे की आवश्यकता पड़ती भी नहीं थी, खुली खिड़की से इतनी हवा आती कि सब कुछ उड़ा ले जाए। आज उस खिड़की का एक पल्ला बन्द था।

सोने से पहले शैलबाला ही यह सब देख-सुनकर ठीक कर गयी हैं। अधिक दूर नहीं गयी, बगलवाले कमरे में ही रहती हैं वह। इस छोटे से कमरे और उनके कमरे में दूरी ही कितनी? दोनों कमरा के बीच का दरवाज़ा खुला ही रहता है, उस पर एक पर्दा लटकता है।...फिर भी दूरी इतनी अधिक लगती है।

जब से बड़े बेटे की लड़कियाँ बड़ी हुई हैं, अविनाश ने एक मूल्यवान वस्तु खो दी, आयौवन की आदत—शैलबाला का सान्निध्य। उस छोटे से कारण के लिए उन्हें यह खोना पड़ा। उन लड़कियों के माँ-बाप के हिस्से एक ही कमरा है, बड़ी लड़कियों को साथ लेकर सोना आजकल सभ्यता के विरुद्ध है, अतः सभ्यता और शालीनता की रक्षा हेतु शैलबाला ने ही एक दिन यह व्यवस्था चालू कर दी।

इस प्राचीन घर के जिस कमरे में अविनाश की सुहागरात हुई थी और तब से बराबर रहते आये, उस कमरे से बहिष्कृत हो गये हैं अविनाश।

शादी में मिले उस पुराने ज़माने के विशाल पलँग पर अब शैलबाला दोनों पोतियों को लेकर मज़े में सोती हैं, अविनाश सोते इस छोटे-से कमरे में, एक पतली-सी चौकी पर।

जब पहली बार यह बात उठी तो अविनाश के सिर पर जैसे बिजली गिर पड़ी। मगर शैलबाला ने पहले से ही धमका दिया था, ख़बरदार, इस मामले में कोई बात नहीं कहनी है, नहीं तो शर्म से मुँह दिखाना मुश्किल हो जाएगा। अतः क्रोध, मान, क्षोभ, दुख सब कुछ मन में दबाकर ज़ुबान पर ताला डालकर पड़े हैं अविनाश।

बड़ा लड़का जब बोल उठा, "एक प्रकार से यह कमरा तो ज़्यादा अच्छा है, इतनी बड़ी खिड़की है दक्षिण की ओर, जो आपके उस कमरे में नहीं थी," तब अविनाश ने समाचार-पत्र को उठाकर चेहरे के सामने लगा लिया।

और जब बहू ने कहा, "यह कमरा आलतू-फ़ालतू चीज़ों से भरा पड़ा रहता था, पता ही नहीं चलता था कि इतना सुन्दर है। पूरब और दक्षिण की दोनों खिड़कियों को खोल देने से तो हवा उड़ा ले जाती है।—है न बाबूजी?..."

तब अविनाश ने कहा, "बहू, तुम लोगों का धोबी कब आएगा?"

शैलबाला अवश्य ही यह सब समझती हैं। अविनाश के साँस लेने में भी कहीं कोई अन्तर हो तो भी उन्हें भीतर-ही-भीतर पता लग जाता है, परन्तु उस पता लगने की बात औरों को पता लगने नहीं देतीं, अबोध बनी रहती हैं।

फिर भी अविनाश ने अपनी अन्तिम करुण पुकार उन्हीं लोगों के कानों तक पहुँचाने की कोशिश की, जो उनकी बातों पर ध्यान देना विशेष आवश्यक नहीं समझते। मगर पहुँचती कहाँ? अविनाश की अविराम चेष्टा व्यर्थ होती और उनका पसीना बढ़ता जाता।

दुःख-दर्द से पीड़ित अविनाश ने ज़ोर से रोने की कोशिश की और तब गले .से एक अजीब आवाज़ निकली, जैसे कोई क्रूर जानवर कराह रहा हो।

अब अविनाश को अपनी बड़ी पोती की आवाज़ सुनाई पड़ी, "दादी, ओ दादी। दादाजी कैसे तो चीख़ रहे हैं।"

इसका अर्थ शैलबाला अभी तक सुखनिद्रा में विभोर हैं। यह आवाज़ उसं नींद को भेदकर उन तक पहुँच नहीं सकी।... उफ्!

अविनाश मात्र कुछ हाथ की दूरी पर पड़े मारे तकलीफ़ के तड़प रहे हैं, और शैलबाला...

फिर सीने के भीतर कुछ मरोड़ने लगा...यही ठीक है, सुखनिद्रा से जागकर सुबह शैलबाला और उनके बेटे अविनाश का मरा मुँह देखेंगे। मन-ही-मन अपने स्त्री-पुत्र के प्रति जैसे ही इस भयंकर अभिशाप को उच्चारित करने लगे, आँखों सें आँसू टपक पड़े।

मगर अविनाश का अभिशाप सच नहीं हुआ। अगले पल ही शैलबाला का नींद से भारी आर्त्त-स्वर सुनाई पड़ा, "हाय राम! क्या कह रही हो?" तुरन्त पर्दा हिल उठा, शैलबाला की ढीली-ढाली छवि पर्दे पर दिखाई पड़ी।

अविनाश ने आँखें मूँद लीं। आँसू भरी आँखें शैलबाला को दिखाने की इच्छा नहीं हुई। बन्द आँखों से ही अनुभव किया उन्होंने, दोनों पोतियाँ भी आ गयी हैं कमरे में, उनमें से छोटी तो "पापा पापा, चाचा चाचा" पुकारते-पुकारते दौड़ी चली गयी बाहर।

अविनाश ने अनुभव किया, शैलबाला उनकी पतली चौकी के किनारे ही बैठकर उनके दाहिने हाथ की नब्ज़ देख रही हैं। वैद्य परिवार की लड़की और स्वाभाविक गुण से भी वह नब्ज़ का अच्छा ज्ञान रखती हैं, और इसके बारे में वह सचेतन भी हैं। किसी की तबीयत ख़राब होने से पहले ही आकर शैलबाला उसकी नब्ज़ देखती हैं।

अविनाश ने अनुभव किया कि शैलबाला ने धीरे से उनके हाथ को बिस्तर पर रखा और उन्हें झकझोरकर बार-बार पूछने लगीं, "सुनते हो? अजी सुनते हो? क्या

तकलीफ़ हो रही है? बुरा सपना देखा है क्या?"

चाहते तो आँखें खोल भी सकते थे अविनाश, आँख की पलकों पर तो लकवा नहीं हुआ पर यह इच्छा हुई नहीं। हृदय से उस आन्तरिक पुकार को अनुभव करने लगे। सुनते हो? बोलो न क्या तकलीफ़ है?...इसी के साथ शैलबाला का प्रेमस्पर्श।

मगर यह स्वप्निल अनुभव दीर्घस्थायी नहीं हुआ, दोनों ही बेटे आ गये। बन्द आँखों से ही अविनाश को दिखाई पड़ा एक ने सिल्क की लुंगी पहनी है, दूसरे ने धारीदार स्लीपिंग पाज़ामा। पिता की चौकी के पास आकर ज़ोर-ज़ोर से पुकार रहे हैं, "बाबूजी, बाबूजी।" फिर नीची आवाज़ में बोले, "हुआ क्या?"

शैलबाला का जवाब सुनाई पड़ा, "क्या पता! रिंकू ने मुझे जगाया कि दादाजी कैसे चीख़ रहे हैं, आकर कितना बुलाया पर कोई जवाब नहीं मिल रहा है।

मगर राग में यह परिवर्तन क्यों? शैलबाला की आवाज़ में पहलीवाली बेचैनी कहाँ? बल्कि पल-भर पहले की व्याकुलता की जगह आत्मविश्वास ने ले ली है। अर्थात् बेटों के सामने कमज़ोर नहीं दिखाएँगी। पति के लिए व्याकुलता, यह शैलबाला के लिए कमज़ोरी है। हाँ, यही सच है, पहले भी देखा है अविनाश ने।

बड़े बेटे ने एक बार फिर पुकारा, अविनाश ने जवाब नहीं दिया। अब बेटों ने डॉक्टर की बात उठायी। किसे पता था आँखों के ऊपर की ये दो पलकें ऐसे सुदृढ़ दीवार का काम करती हैं, इनके पीछे कैसी आसानी से अपने-आप को छिपाया जा सकता है। बड़े अफ़सोस के साथ अविनाश को अनुभव होने लगा—सीने का वह भयंकर दर्द काफ़ी कम हो चुका है, लगता है अब शायद बात भी कर पाएँगे, उनकी दुश्चिन्ता को फूँक मारकर उड़ा देंगे और कह उठेंगे, "नहीं बेटा, माफ़ करो, अब इस बीच रात को डॉक्टर बुलाने की कोई ज़रूरत नहीं है। अभी तेरा बाप मरने वाला नहीं।"

उन्हें लगा, ऐसा कह सकेंगे, फिर भी कोशिश नहीं की, दाँतों को दबाकर आँखें मूँदे पड़े ही रहे। उन्हें स्पष्ट अनुभव हुआ कि बात करने से वे अत्यन्त सस्ते हो जाएँगे। नहीं, अभी-अभी सस्ता होने को दिल नहीं चाहता। बल्कि आँखें मूँदकर उस अवस्था का आनन्द लेंगे, "डॉक्टर ने आकर जाँच की, बुलाने पर जवाब नहीं दे रहे हैं जानकर इशारे से अपना सन्देह व्यक्त किया, 'सेरिब्रल थ्रॅम्बोसिस' होना कोई आश्चर्य की बात नहीं। निर्देश दे दिया, बिलकुल सुलाकर रखना है। सम्पूर्ण विश्राम।"

तब? तब तो बेटे बाप के विषय में इतने उदासीन नहीं रह पाएँगे। और शैलबाला? उसे ठीक सज़ा मिलेगी। ऐसे मन-प्राण लगाकर दिन-भर घर सँभालकर, केवल धर्म निभाने के लिए रात को ज़रा-सा खिड़की बन्दकर पंखा चलाकर अपना कर्तव्य निभाना और पोतियों को लेकर सुख-शय्या पर सोने के लिए चले जाना बन्द

हो जाएगा।

डॉक्टर की प्रतीक्षा करने लगे अविनाश, अपनी उन बन्द आँखों की दीवार के पीछे से। पर वह प्रतीक्षा असफल रही। अपने ही विचार शैलबाला के मुँह से उन्हें सुनाई दिये, ''रहने दे मुन्ना, अभी डॉक्टर बुलाने की ज़रूरत नहीं है।'' छोटे बेटे ने कहा, ''नहीं बुलाना ठीक होगा क्या?''

''होगा। मुझे लग रहा है, यह और कुछ नहीं, बुरा सपना देखकर नींद में आवाज़ बन्द हो गयी होगी। नब्ज़ बिलकुल ठीक है।''

वैद्य परिवार की लड़की, यह अहंकार दिखाने में चूकती नहीं। उफ़, कैसी निर्लज्ज निष्ठुरता है। बेटों के सामने अपनी महिमा बनाये रखने के लिए कितनी निर्ममता।

मारे क्रोध के अविनाश के तन-बदन में आग-सी फैल जाती, मन में बातों के तूफ़ान उमड़ते—बहुत घमण्ड हो गया है। एकदम सर्वज्ञ हो गयी हो। नब्ज़ ठीक है। किसने उसे ठीक रहने को कहा। अपने ही नब्ज़ के इस दुर्व्यवहार से फिर एक बार आँखें भर आयी। उस खारे पानी से जलन होने लगी, फिर भी आँखें खोली नहीं उन्होंने।

शैलबाला का निश्चिन्त स्वर सुनाई दिया, ''पंखा तेज़ कर दे तो रिंकू, और खिड़की ठीक से खोल दे... अजी सुनते हो, पानी पीओगे?'' पानी! सुनते ही अविनाश की सभी स्नायु उन्मुख हो उठीं। ऐसा अनुभव हुआ कि इस समय ठीक इसी चीज़ की ज़रूरत थी उन्हें! अब और आँख मूँदकर रहना ठीक नहीं होगा। कहीं जवाब न पाकर पानी न दें, कहें, रहने दो, डिस्टर्ब करना ठीक नहीं, जब जागेंगे तो पी लेंगे।

अविनाश ने आँखें खोलीं।

बड़े बेटे ने पूछा, ''बाबूजी, पानी पीएँगे?'' कितने दिन से बेटे की ऐसी आवाज़ नहीं सुनी अविनाश ने? ऐसी करुणा और स्नेह से सिंचित कोमल आवाज़?

सिर हिलाकर कहा, 'हाँ'।

बड़ी पोती ने जल्दी से पानी लाकर दिया। यह भी नयी बात थी। सभी को मालूम था, दादाजी हैं दादी की चिन्ता।

छोटे बेटे ने पूछा, ''अचानक क्या हो गया?'' यह आवाज़ भी जैसे कितने युगों के उस पार से आयी।

अविनाश अपने दोनों हाथ उलटकर बोले, ''अचानक सीने में कैसा...'' कहते ही ध्यान आया, हाश तो अच्छी तरह ही हिला पा रहे हैं। बात भी कर पा रहे हैं। सबकी नज़र बचाकर पैर को थोड़ा-सा हिलाया, हिल गया। इसका मतलब अविनाश सेन बिलकुल ठीक-ठाक हैं।

छोटे बेटे ने पूछा, "अब ठीक लग रहा है या डॉक्टर बुलाने की ज़रूरत है?"

डॉक्टर बुलाने की ज़रूरत है या नहीं यह बात रोगी से पूछने की नहीं है। सुनकर अविनाश को धक्का लगा। फिर आँखें भर आयीं। सिर हिलाकर बोले, "नहीं।"

"अब शान्त होकर सोने की कोशिश करो। सीने पर हाथ रखकर मत सोना, उससे कभी-कभी ऐसा होता है।" शैलबाला बिस्तर के किनारे से उठकर सिकुड़े हुए चादर को सीधा कर रही थीं। सहज भाव से बोलीं, "एक काम कर मुन्ना, तेरे पास कोई हाजमे की दवा हो तो दे दे। लग रहा है पेट में गर्मी हो गयी..." "हो ही सकता है।" मुन्ना बोल उठा, "देखकर मुझे भी ऐसा ही लगा था—उम्र हो गयी है, याद ही नहीं रहता इन्हें, खाने-पीने के मामले में थोड़ी सावधानी तो बरतनी ही चाहिए। कम-से-कम रात का खाना—आम-वाम न ही खाना ठीक है। मुझे तो उनको खाते देखकर ही चिन्ता होती है।"

अविनाश के भीतर जैसे एक भूचाल-सा आ गया। इतने सोच-विचार, इतनी परिकल्पना के सहारे अपनी जो एक क़ीमत रखी थी उन्होंने, वह एक पल में मिट्टी में मिल गयी। अविनाश एक मामूली बूढ़े आदमी बन गये, जैसे बूढ़े अपनी क्षमता बिना जाने खा लेते हैं, बीमार पड़ते हैं और लोगों को परेशान करते हैं।

शैलबाला एक गंजी लाकर बोली, "पसीने से भीग गयी है, गंजी बदल डालो।... मुन्ना, बुद्दू, तुम लोग सोने जाओ।"

मुन्ना एक जम्हाई लेकर बोला, "अब क्या सोना। नींद के भी बारह बज गये।" बुद्दू बोला, "हाँ, बीच रात को ऐसा शोर-शराबा, मेरे ही पेट में जलन-सी हो रही है। नींद आएगी, ऐसी आशा नहीं है।" कहा, मगर चला भी गया। यह तो नहीं कहा कि नींद जब आएगी ही नहीं तो थोड़ी देर बाबूजी के पास ही बैठ जाऊँ।

पोतियाँ तो पानी पीते देखकर ही चली गयीं। अब अकेली शैलबाला, उसके भी हिलने-डुलने से जाने की तैयारी का पता चल जाता है।

अविनाश ठण्डी आवाज़ में बोले, "तुम भी जा रही हो?"

शैलबाला कुछ संकुचित होकर बोलीं, "नहीं, मुन्ना दवा नहीं दे गया। देखकर आऊँ, फिर बैठती हूँ।"

"बैठने की ज़रूरत क्या है, यहीं सो जाओ।"

शैलबाला अविनाश की पौने तीन फ़ीट चौड़ी चौकी की ओर देखकर और भी संकुचित हो गयीं और बोलीं, "क्या कहते हो तुम भी! बड़ा लम्बा-चौड़ा बिस्तर है तुम्हारा।"

कितने आश्चर्य की बात है, अभी कुछ दिन पहले तक भी साथ ही सोती थीं शैलबाला। हाँ, उस मैदान से विशाल पलँग पर। असल में, कुछ आदतें एक बार छूट जाने पर फिर से नहीं डाली जा सकतीं। उसमें शर्म आने लगती है—खाना,

पहनना, सोना, हर मामले में ही।

अविनाश बोले, "एक बार ट्रेन के बेंच पर भी दोनों एक ही कम्बल ओढ़ कर..."

शैलबाला हड़बड़ाकर बोलीं, "बस करो, वे दिन और ये दिन! अब पोतियाँ देखेंगी तो हँसेंगी नहीं? देखूँ तो मुन्ना दवा के बारे में..." कहती हुई शैलबाला उठ गयीं।

"मैं दवा नहीं लूँगा," कहकर अविनाश दीवार की ओर मुँह फेरकर सो गये। शैलबाला इससे और भी निश्चिन्त हो गयीं। बेटे भूल ही गये होंगे, फिर उन्हें जगाने में शर्म आती।

ऐसे ही थोड़ी देर बैठकर, टेबल फ़ैन के स्विच को थोड़ा धीमा कर, फिर बढ़ा कर धीरे से कमरे से निकल गयीं शैलबाला।

पोतियाँ शायद जगी हों, सोच रही हों बुढ़ापे में दोनों का क्या प्रेमालाप चल रहा है। जवानी में बुज़ुर्गों से शर्म, बुढ़ापे में बच्चों से।

शैलबाला के जाते ही फिर से उसी घुटन का अनुभव करने लगे अविनाश। उठ कर बैठे, गंजी बिना बदले ही फिर लेट गये। और लेटे-लेटे प्रार्थना करने लगे, स्ट्रोक ही हो जाए उनको।

पक्षाघात नहीं, एकदम चरम आघात। ताकि सुबह आकर बीवी-बच्चे सिर पीट कर कह सकें—पेट की गर्मी समझकर हम चले गये, कितनी बड़ी ग़लती की कल।

विशेष रूप से शैलबाला। सुबह आकर, "क्यों जी, तबीयत कैसी है?" कहकर जब कर्तव्य पूरा करने आएँगी और देखेंगी ज़िन्दगी-भर के लिए साड़ी, चूड़ी सब ख़त्म तब?

फिर एक क्रूर आनन्द का अनुभव करने की कोशिश की अविनाश ने, फिर व्यर्थ हो गये। लगातार आँसुओं की झड़ी से तकिया भीगने लगा।

अविनाश नाम का एक व्यक्ति अकेले एक कमरे में मरा पड़ा है, इस दृश्य की कल्पना से ही अविनाश का कलेजा टूक-टूक होने लगा, मानो अपने किसी निकट सम्बन्धी की मौत का दृश्य देख रहे हों। उस लिटाये हुए शव की ओर नज़र डालते ही उनका दम घुट रहा है और रोना आ रहा है, मगर उसी निर्जन, निस्तब्ध मृत्यु के लिए ही प्रार्थना किये जा रहे हैं—अविनाश सेन।

# पद्मलता का सपना

पति के घर से एकाधबार मैके जाने की इच्छा रखना अस्वाभाविक नहीं—अधिक दिन एक जगह रहते-रहते ऊब जाती हैं, तभी लड़कियाँ मैके जाने की ज़िद करती हैं। शायद कुछ परिवर्तन की हसरत या फिर मुक्ति का आनन्द लेने के लिए ही। पिता न हो तो भाई के घर ही सही। पर बाप-भाई कोई भी नहीं इसका अर्थ यह तो नहीं कि पद्मलता जीवन में एक बार भी अपने गाँव 'सोनापलाशी' की धरती पर पाँव नहीं रख सकती—जहाँ बिताये उसने अपने बालपन और किशोर अवस्था के पूरे सोलह वर्ष?

सुख-शान्ति और गौरव न सही, दुःख और अपमान की स्मृति का भी अपना एक आकर्षण होता है। शायद अपने को सुप्रतिष्ठित दिखाने की सुप्त आकांक्षा सात वर्ष बाद अचानक तीव्र हो उठी है आज पद्मलता के दिल में।

यदु लाहिड़ी के घर की ब्राह्मणी रसोइये की बेटी 'पदमी' को अचानक पद्मलता के रूप में आविर्भूत होते देखकर सोना पलाशी के लोग कितने चकित होंगे यही देखने की तीव्र इच्छा उठती रहती उसके मन में। पिछले सात वर्षों से इसी इच्छा को पद्मलता ने पाला है मन में, मन पसन्द रंग में रँगा है उसे, एक रंगीन छवि बनायी है चन्द दिनों की। जैसे जीवन की सार्थकता टिकी हो इसी पर, तभी तो पति से मिन्नत कर इन चन्द दिनों की छुट्टी लेकर सोना पलाशी घूमने आयी है वह।

हाँ, आना बेकार नहीं हुआ उसका...कोई भी न था जो हैरान नहीं हुआ। इतने वर्षों बाद उसके आने पर नहीं, हैरान हुए सब पद्मलता की वेश-भूषा, उसके ठाठ-बाट को देखकर, मोहित हो गये सब के सब।

'पत्ते तले नसीब' कहावत को पद्मलता ने ही सच कर दिखाया क्या? शक की कोई गुंज़ाइश नहीं। युद्ध छिड़ा है, इस समय कुछ भी सम्भव है। इस युग के शब्दकोश में असम्भव नामक कोई शब्द ही नहीं है। युद्ध के झंझावात ने न जाने कितने पत्ते उड़ा लिये और कितने नसीब खुल गये। रातोंरात दाई से महारानी बनते देखकर भी आश्चर्य नहीं होता। इसी तरह यदु लाहिड़ी की ब्राह्मण रसोइये की बेटी

'पदमी' अगर अचानक सोना चबाकर खाना शुरू कर दे इसमें भी हैरानी कैसी?

अब तो सिर्फ़ स्नेह से ओत-प्रोत होना है।

पद्मलता का सीधा-सादा स्कूल मास्टर पति अगर फ़ौजी ठेकेदार बनकर सोने की सीढ़ी के पार अपना स्वर्ग बसा सकता है तो क्या गाँव के कुछ नालायक़ बेरोज़गार लड़कों को नौकरी नहीं दिला सकता? क्या ये पद्मलता गाँव की एक-दो अनाथ कन्या का भविष्य नहीं सँवार सकती जो कि स्टेशन से निकलते ही दोनों हाथों से पैसे लुटाती जा रही है? दो ही दिन हुए पद्मलता का गाँव में पदार्पण हुआ है, इसी बीच गाड़ीवान से लेकर कालीबाड़ी के पुजारी तक सभी के मुँह से सिर्फ़ उसका ही बखान हो रहा है। सब कह रहे हैं, "ऐसा विशाल हृदय, ऐसी ऊँची नज़र इस ज़माने में दुर्लभ है। पद्मलता की हँसी बड़ी मोहक है, बातें बड़ी मधुर और आचरण अतुलनीय। ये तो उसके बालकपन में ही झलकता था। तभी तो सारे गाँव को कितना प्यार था उससे?" अब इसी रूप-गुण से सर्वांगसुन्दर पद्मलता को लेकर गाँववालों में अपनापन दिखाने की होड़ लग गयी तो इसमें आश्चर्य क्या?

चार दिनों के लिए आयी है पद्मलता, किसदिन किसका निमन्त्रण स्वीकार करे यही एक समस्या बन गयी है। बरसों बाद लाहिड़ियों के घर में रौनक आयी है, लोगों का आना-जाना लगा है, पद्मलता दिल खोलकर उनका स्वागत कर रही है अपनी मधुर मुस्कान और साडम्बर जलपान के साथ, जैसे वही इस घर की मालकिन हो।

यदु लाहिड़ी की मृत्यु के साथ-साथ उस परिवार की चमक-दमक समाप्त हो गयी थी। पद्मलता ने आकर उसे फिर से चमका दिया है। आज भी काफ़ी लोगों के जाने के बाद आँचल में पद्मलता के दिये पाँच रुपये प्रणामी बाँधते हुए कण्ठ में मिसरी घोलकर सत्यबाला अपनापन जताकर बोली, "कल मेरे घर दो कौर मछली-भात खाना बेटी पद्मरानी, कोई बहाना नहीं चलेगा।"

"राय चाची ने पहले ही से बोल रखा है सतुबुआ," पद्मलता का स्वर विनय से और भी मधुर हो गया, "नहीं जाने से बुरा मान जाएगी।"

"अरे ये राय चाची कौन है रे? मुकुन्द राय की भाभी है न? न्यौता के बहाने खुशामद करना है और क्या? मैं तो सच बोलूँगी—हाँ।"

"क्या कहती है सतुबुआ। मैं क्या चीज़ हूँ कि कोई मेरी खुशामद करेगा। छिः छिः! बार-बार कह गयी है, इसीलिए..."

"बार-बार हम नहीं कह सकते हैं? और सच पूछो तो बार-बार कहना ही क्यों, तू कोई परायी है क्या? सबसे पहले मेरी बात रखनी है—समझी। तुझे शायद याद नहीं मगर तेरी माँ मेरी कितनी श्रद्धा भक्ति करती थी। वह प्यार का नाता और कोई क्या समझेगा।"

पर समझाने की आवश्यकता ही क्या?

सोलह वर्ष तक इसी गाँव के अन्न-जल में पलकर गयी है पद्मलता। बड़े अपमान और लांछन से मिला अन्न। कैसे भूल सकती है वह कि सत्यबाला की विषैली रसना को कितनी श्रद्धा की अंजलि देती थी उसकी माँ? इतनी शीघ्रता से भूल जाय ऐसी कमज़ोर याददाश्त तो नहीं।

माँ के लिए दुःख नहीं होता पद्मलता को, सिर्फ़ माँ की याद के साथ स्मृति का सागर जैसे उथल-पुथल करने लगता। हाँ... लाहिड़ी परिवार के इसी बरामदे में. ..कड़क सर्दी की रात... बर्फ़ीली हवा जैसे सुई की नोक बनकर हड्डियों को चुभो रही है... दुबली-पतली-सी एक विधवा...बारहों महीने खाँसती रहती है... एक हाथ से अपनी सफ़ेद धोती के छोटे-से आँचल को खींच-खींचकर शीत के भीषण प्रकोप से बचने की व्यर्थ चेष्टा करती और साथ-साथ अगले दिन की कार्यसूची के हिसाब से तैयारी करती जाती और खाँसती जाती।...उसकी खाँसी की आवाज़ जैसे आज भी बरामदे के छज्जों में ठहरी हुई है, जैसे रात निस्तब्ध होते ही उसकी गूँज सुनाई देगी।... उसी के पीछे लगी घूमती रहती एक छोटी-सी लड़की। उसके भी कपड़े पर्याप्त नहीं, एक मोटे कपड़े का लहँगा पहनी है जो यदु लाहिड़ी की किसी पोती ने चिथड़े करके कभी फेंक दिया था।

माँ की पीठ से लगकर रहने से फिर भी थोड़ी-सी गर्मी मिलती पर गर्दन पर जैसे बर्फ़ीली छुरी फिर जाती... धीरे-धीरे सुन्न हो जाती उसकी पीठ...तब तो ठण्ड की अनुभूति भी नहीं रह जाती, केवल थोड़ी-सी जगह पर दर्द जैसा महसूस होता। ... ज़्यादा तकलीफ़ दोनों हाथों को लेकर...दो नन्हे-नन्हे बर्फ़ीले हाथों से माँ के काम में हाथ बँटाने की हसरत से इतना पानी उछालती कि अचानक ठण्ड से उँगलियाँ टेढ़ी हो जातीं... फिर तो माँ का काम भी बढ़ जाता। लालटेन के ऊपर आँचल रखकर उसकी गर्मी से बेटी के हाथ-पाँव सेंकती और उसे गोद में बिठाकर मृदु तिरस्कार करती। कहती, "नन्ही-सी जान, क्यों ठण्ड में मेरे पीछे-पीछे घूमती रहती है? कितना काम बाक़ी पड़ा रहता उसका, केवल खाना पका लेने से ही छुट्टी कहाँ। साथ में एक लड़की भी पल रही है, मुफ़्त का तो नहीं खा सकती। इसीलिए रसोई के काम के साथ घर के और बीस काम सँभाले बिना गुज़ारा कहाँ होता।"

इसीलिए बेटी को कहती कमरे में जाकर सोने के लिए। मगर अँधेरे कमरे के उस सुनसान, निरावरण शय्या की याद आते ही दिल काँप उठता उस बेचारी का...तेल की बू आ रहे तकिये पर जैसे किसी ने पानी उँड़ेल दिया हो...मातृवक्ष के उत्ताप के बिना वह सोये भी तो कैसे। और फिर दुनिया-भर के भूत-प्रेत, दैत्य-दानव झुण्ड बनाकर उसी कमरे के अँधेरे कोनों पर खड़े नहीं होंगे क्या? उस अँधेरे कमरे की दीवारें ईंटें, बालू और पलस्तर के आवरण को भेदकर ऐसा विकट रूप धरतीं

जैसे शरीर के भीतर से अस्थि-पंजर सब निकल आये हों। फिर कैसे न काँप उठती उस नन्ही-सी बालिका की अन्तरात्मा?

यदु लाहिड़ी की बीमार पत्नी उठकर बैठ भी नहीं सकतीं मगर घर के किस कोने में कब क्या हो रहा है यह उसे किसी-न-किसी तरह पता चल ही जाता था। जब दीये की रोशनी का भरोसा देकर बेटी को वह कमरे में सुलाने आती, दुमंज़िले की खिड़की से लाहिड़ी-पत्नी का नाराज़ स्वर गूंज उठता, "अरी नवाबज़ादी, बेटी को दुलार थोड़ा कम किया कर, दीये में तेल मुफ़्त का तो नहीं आता। थोड़ी अक्ल से काम लेती तो मुझे यूँ बुरा न बनना पड़ता। दो-दो आदमी को भात-कपड़ा देकर पालना आसान बात है क्या? ज़रा-सा क्या काम करती है, आधी रात तक माँ-बेटी घूम रही हैं। ये जो अपनी सुविधा के लिए अगले दिन का आधा काम तू रात को ही निपटा लेती है इससे मेरा कितना किरासन बर्बाद होता है, कभी सोचा भी है तूने? सोचे भी क्यों, अपनी जेब से जाता तब न? बदनसीबी से मैं बीमार पड़ी रहती हूँ नहीं तो तेरे जैसी बेईमान को क्यों रखती भला..."

एक बार बोलना शुरू करती तो रुकने का नाम ही नहीं लेती। दीया कब का बुझ चुका होता। भूत-प्रेत का डर कितना भी भयानक क्यों न हो, लाहिड़ी-पत्नी के क्रोध से अधिक तो नहीं।...फिर कभी किसी बरसाती मौसम में पानी में छप-छप करते हुए कीचड़ पर से चलकर माँ के साथ पोखर तक आना-जाना, एक अजीब-सी सुख-दुःख की मिश्रित अनुभूति थी वह। कभी-कभी तो बड़ा मज़ा आता। मगर जब माँ की खाँसी ज़्यादा बढ़ जाती, उसे लगता अपनी मलिन शय्या में माँ से लिपट कर सो जाय, खाने की ज़रूरत ही क्या—दो-चार दिन न भी खाए तो क्या हो जाएगा? मगर ज़रूरत नहीं है कहने से ही तो ज़रूरतें मिट नहीं जातीं। उस छोटी-सी उम्र में ही इतना उसे समझ लेना पड़ता।

अब इसी घर का एक और दृश्य याद आता है... यही घर, यही बरामदा, मगर लोग जैसे बदल गये। उस फटे-पुराने फ्राक में खड़ी गेहुँये रंग की दुबली-पतली लड़की के बदले एक नवयौवना, स्वास्थ्य की दीप्ति से भरपूर किशोरी...एक साड़ी में अपनी लज्जा ढँक नहीं पाती...शीत-निवारण से भी कठिन लगता अपने-आप को, अपने उभरते यौवन को इस छोटी-सी साड़ी में ढँककर लोगों की उत्सुक दृष्टि से बचा पाना। फिर भी घर का सारा काम सिर झुकाकर वही सँभालती। वह निर्बल बीमार विधवा और भी जीर्ण-शीर्ण होकर उसी के सस्नेह डाँट-फटकार की पात्र बन जाती। माँ को जल्दी सोने को भेजती और कहती..."अकेले जाती क्यों नहीं, डर लगता है? भूत पकड़ लेगा क्या?"

इस नवयौवना को माँ कैसे समझाये कि उसका डर भूत से भी प्रबल है। एक तो अनाथ विधवा की बेटी का चढ़ता यौवन ऊपर से इतना रूप। बेटी चलती-फिरती

और माँ विमुग्ध दृष्टि से निहारती—हाँ, पद्म नाम सार्थक ही तो है। दोनों पैरों को ही देख लो, जैसे दो कमल धरती पर खिले हों। मगर इतनी जल्दी क्यों बड़ी हो रही है? दया और अवहेलना के अन्न से इतनी पुष्टि कैसे हो गयी?

लाहिड़ी-पत्नी का दिल क्यों न जले? उनकी दोनों पोतियाँ मलेरिया के चपेटे से घायल, अस्थि चर्म के ढाँचे में चमगादड़-सी शक्ल लिये घूमतीं और इधर चौदह पूरे हुए कि नहीं, पद्मावती रूप की चाँदनी बिखेरने लगी है। तभी तो उसे बुलाकर कहती, "अरी पद्मी, खाना कम खाया कर। पराया धन समझकर इतना मत खा कि हाथी लगने लगे। तुझे देख-देखकर तो तेरी माँ का ख़ून भी पानी होने लगता है।"

सारा अपमान पीकर मुश्किल से हँस पाती पद्मी, फिर कहती, "माँ के शरीर में ख़ून बचा ही कहाँ अब ! सब तो पानी हो चुका है। उसकी इतनी हिम्मत पर अगर लाहिड़ी-पत्नी गाली-गलौज़ न करती तभी आश्चर्य होता सबको।"

केवल लाहिड़ी-पत्नी ही क्यों, मुहल्ले का कोई भी तो कसर नहीं छोड़ता। उसका रूप आँखों में चुभता, गुणों से लोग तंग आ जाते, खिलते यौवन को देखकर सबके तन-बदन में आग-सी लग जाती।

उसकी चाल-ढाल ठीक नहीं लगती...स्वभाव भी...? ख़ैर उन बातों से अब करना क्या, उस पद्मी की तो मृत्यु हो गयी है।

पद्मलता के गुण ग्राहकों की अब कमी कहाँ? यदु लाहिड़ी की पत्नी अपनी धुँधली दृष्टि उस पर डालकर कहती, "लड़की नहीं, साक्षात् लक्ष्मी की मूरत है, बचपन से ही तो देख रही हूँ, गुणों की खान है यह। अहा! माँ का नसीब देखो, ये सब देख नहीं पायी बेचारी पर माँ न सही हम तो ज़िन्दा हैं, ऐसे ही मिलने आ जाना बेटी। अरे, तू मेरी कमली-विमली से कोई अलग है क्या?"

थोड़ी अलग ज़रूर है। वह ऐसे कि कमली-विमली भूलकर भी दादी की ख़बर नहीं लेतीं जब कि पद्मलता ने उनके तीरथ के लिए नक़द तीन सौ रुपये अभी-अभी गिनकर दिये हैं।

राय परिवार से निमन्त्रण आना भी एक यादगार घटना...आज नहीं, इतिहास के पन्नों पर। मुकुन्द राय की माँ का व्रत-उद्यापन या ऐसी ही कोई घटना थी। लाहिड़ी परिवार के सब लोग आमन्त्रित थे। अतः पद्मी की माँ भी बुलवायी गयी थी काम में हाथ बँटाने के लिए। इसी भीड़ में शायद ब्राह्मण-कन्या जानकर परोसनेवाले एक लड़के ने पद्मी को भी अतिथियों की पंक्ति में बैठा दिया था—लड़का और कोई नहीं, सान्याल परिवार का मुरारी जिसका नाम लेकर पड़ोसियों ने उसे बदनाम करने की कोशिश की थी।

स्पष्टवादी सत्यबाला ने तो एक दिन उसकी माँ को रुलाकर छोड़ा था यह कहकर कि कच्ची उम्र में लड़के-लड़कियाँ अगर राह चलते मुलाक़ात होते ही

हँस-हँसकर बातें करें तो फिर शर्म-लिहाज़ नाम की कोई बात रहेगी क्या? यह तो सत्यबाला ने देखा था, कोई और देख लेता तो इस लड़की का ब्याह रचाना कठिन हो जाता।

पर विशेष कठिनाई होती नहीं, हितैषियों की दया से उसी महीने पद्मी का विवाह हो जाता। मैट्रिक पास लड़का किसी अनजाने गाँव में स्कूल मास्टर, तीस रुपये माहवार से भविष्य में सत्तर तक पहुँचने की आशा रखता था। पर यह बात अभी क्यों? आँखों के आगे स्पष्ट घूमने लगता वही दृश्य—किसी ने हाथ पकड़कर उठा लिया था उसे भोजन की पंक्ति से। व्यंग्य, इशारे और सबके चेहरे पर दबी हुई मुस्कान की झलक एक घाव कर गयी थी पद्मलता के दिल पर सदा के लिए। तभी मुकुन्द राय की बड़ी बेटी निभाननी उठ खड़ी हुई थी...हाँ। तर्क अच्छा ही दिया था उसने...ठीक ही तो कहा था, "अगर ब्राह्मण रसोइये की बेटी को ब्राह्मण-कन्या का मान दिया जाय तो फिर तिलचटा को पक्षी कहने में क्या बुराई है?"

सीढ़ी से ऊपर चढ़ते-चढ़ते आठ वर्ष पहले का वह दृश्य याद आ रहा था...चौंक उठी जब मुकुन्द राय की पुत्रवधू ने हँसकर स्वागत किया, "आओ ननदजी, कम-से-कम याद तो किया भाभी को, जब से आई हो एक दिन भी तो पाँव नहीं रखे हमारे यहाँ?"

"क्या करूँ भाभी, अभी तो तीन ही दिन हुए, जब से आयी हूँ दिन-रात चक्कर ही तो काट रही हूँ। किसी से ठीक तरह से मिल भी तो नहीं पायी। इधर छुट्टी तो है सिर्फ़ चार दिनों की।"

"बक़वास न करो ! इतने साल बाद आकर सिर्फ़ चार दिन रहना? पति को लिख दो इतने दिन उनके पास रही, अब कुछ दिन हमारे पास ही सही। और फिर काम-काजी आदमी ठहरे, उन्हें इतनी फ़ुर्सत कहाँ जो बीवी के लिए मरे जा रहे हैं।

"देखो न इन्हीं के कारण तो नहीं आ पाती हूँ। बड़े अजीब हैं, छोड़ते ही नहीं।" पद्मावती के होठों पर एक हल्की-सी हँसी की रेखा सदा अंकित रहती जो इशारे से उसकी धन-सम्पदा का बखान करती।

थोड़ी देर इधर-उधर की बात होने के बाद ही राय-भाभी मुख्य विषयवस्तु पर उतर आती, "गहने ज़्यादा नहीं रख पातीं तन पर, है न ननद जी?"

प्रश्न जटिल सन्देह नहीं, पद्मलता के हल्के-फुल्के थोड़े से गहने उसकी पद्मर्यादा से मेल नहीं खाते। यह बात इन तीन दिनों में पहली बार किसी ने छेड़ी, यही आश्चर्य की बात थी। सिक्कों की झनकार ने सोने की झलक के अभाव को काफ़ी कुछ पूरा कर दिया था शायद।

पद्मलता सन्तोष की हँसी छलकाकर कहती, "देखो न, तुम्हारे ननदोई ने गहने छीनकर मुझे निकाल दिया है।"

"शिव-शिव! कैसी अशुभ बातें करती हैं।"

"तो मैं क्या करूँ? उनकी धारणा है गाँव में चोर, डकैत और बदमाशों का अड्डा होता है। गहने देखेंगे और लूट लेंगे। कहते हैं रुपये जितने चाहिए ले जाओ, मगर गहने एक भी नहीं। ये जो थोड़ी-बहुत पहनी हूँ सुहाग की रक्षा के लिए, बस! हाँ तो क्या कह रही थी? गिरि जुलाहिन अभी भी है भाभी?"

"है क्यों नहीं, कपड़ों का क्या दाम बढ़ा दिया है आजकल।"

"दाम चाहे जो भी हो, पन्द्रह-बीस अच्छी साड़ियाँ मिल जाएँगी ?"

"पन्द्रह-बी....स? कौन पहनेगा इतनी साड़ियाँ?" भाभी की आँखें हैरत से खुली रह जातीं।

"मतलब, अपने लिए थोड़े ही, इतने बरसों बाद आयी हूँ, जाते समय एक-एक साड़ी प्रणाम कर दे जाऊँगी न तुम लोगों को?"

"गाँव भर को?"

"सब तुम्हारा ही आशीर्वाद है भाभी।"

इसके बाद गहनों के बारे में सन्देह का कोई आधार ही नहीं रह जाता। मुकुन्द राय की ब्ड़ी भाभी बड़े जतन से पास बिठाकर खिलाती और उतने कम दिनों के लिए आने का बड़ा अफ़सोस जताती।

ख़ैर, पद्मलता को अब कोई अफ़सोस नहीं। यदु लाहिड़ी की ब्राह्मण रसोइये की बेटी 'पद्मी' की स्मृति को मिटाकर सोना पलाशी गाँव में 'पद्मलता' को प्रतिष्ठित कर दिया है उसने। बस—केवल मुरारी। इतनी कसर भी बाक़ी रह जाए क्यों?

वही मुरारी जिसने व्यंग्य से मुस्कुराकर एक दिन कहा था, "तू क्या समझती है, मैं तुझसे शादी कर लूँगा? सपने देखती रहना। मेरी माँ तेरी आरती नहीं उतारेगी बल्कि झाड़ू मारकर मुझे ही विदा कर देगी।"

बातों-ही-बातों में मुरारी की ख़बर लेने में अब कैसी शर्म? पूछ बैठती, "अच्छा राय चाची, मुरारी भैया कैसे हैं? यहीं रहते हैं न?"

राय चाची अफ़सोस के साथ बोल पड़ती, "अरे उसके बारे में न ही पूछो तो अच्छा। बीमारी ने उसकी आधी जान ले ली। इधर एक कौड़ी की आमदनी नहीं। बाप-दादा ने एक घर रख छोड़ा था, उसे भी बन्धक दे रखा है। लेकिन बातें आज भी लम्बी-चौड़ी करता है। बीवी-बच्चों का हाल बेहाल है।"

लम्बी-चौड़ी बोली हाँकता है आज भी? बोली बन्द करने की दवा एक बार आजमा कर देख ही ले पद्मलता तो कैसा हो?

बार्लि का कटोरा नीचे रखकर मुँह बिचकाकर मुरारी पत्नी से एक लौंग माँगने जा ही रहा था कि आँगन में पद्मलता प्रविष्ट हुई। इससे पहले कि मुरारी अपने विकृत चेहरे पर एक मुस्कान ओढ़ ले, पद्मलता विस्मित होकर बोल उठी, "क्या

हो गया तुम्हें? क्या खा रहे हो—साबूदाना?''

दोनों हाथ पलटकर परिहास के स्वर में मुरारी ने कहा, ''हे भगवान! साबूदाना? वह तो इतिहास बन गया है। शुद्ध बार्लि पी रहा था मैं।''

''क्या बीमारी है?''

''बीमारी? एक हो तो बताऊँ, ग़रीबी, दुश्चिन्ता, महाजन-भीति, दाम्पत्य-कलह, बुख़ार, डिसपेपसिया...।''

पद्मलता कठोर स्वर में बोली, ''रहने दो, तालिका लम्बी करने की ज़रूरत नहीं। पत्नी कहाँ है?''

''होगी यहीं कहीं आसपास...''

''बड़े भैया और भाभी?''

''वे लोग? कब के गाँव छोड़ चुके। माँ के देहान्त के बाद ही...''

''तभी से तुम्हारा ये हाल है?''

मुरारी ने एक बार अपनी हड्डी-पसली के बने ढाँचे को निहारकर कहा, ''क्यों, हाल बुरा ही क्या है? हर कोई तो उँगली से फूलकर केले का पेड़ नहीं बन जाता।''

पद्मलता ने तीखे स्वर में प्रतिवाद किया. ''केले का पेड़ तो नहीं पर बेंत ज़रूर बन जाते हैं।''

''दुःख की बात तो यह है कि अमीरों के मोटे चमड़े पर बेंत का भी कोई असर नहीं होता,'' कहकर मुरारी ज़ोर-ज़ोर से हँसने लगा।

व्यंग्य को अनसुनी कर पद्मलता ने बैठकर कहा, ''ख़ैर, बैठने को तो कहोगे नहीं, खुद ही बैठ जाती हूँ। कहाँ गयी घर की मालकिन, कोई पता नहीं?''

घर की मालकिन व्यस्त थी अपनी दीन-हीन वेश-भूषा को किंचित सभ्यरूप देने में। इस वेश में अतिथि के सामने निकले भी कैसे? दोनों बच्चे भी बाबा आदम के शिष्य होकर घूम रहे थे, उन्हें भी सँवारना आवश्यक था। यह बात पद्मलता भी भली-भाँति समझ रही थी इसीलिए उन्हें और परेशान नहीं किया, मुरारी से ही बातें करने लगी।

''बातें तो आज भी लम्बी-चौड़ी हाँकते हो पर घर का ये क्या हाल बना रखा है?''

''घर? अब पराये घर पर मोह दिखाकर क्या मिलेगा?''

पद्मलता अनजान-सी बनी रही, ''पराया घर? इसका क्या मतलब हुआ?''

''अर्थ बहुत सरल है। आकण्ठ ऋण में डूबा हूँ, घर, ज़मीन सब गिरवी रखी है। क्यों? इतनी मज़ेदार बात अब तक सुनायी नहीं किसी ने?''

''हाय राम! घर गिरवी पड़ा है। क्या कह रहे हो? छिः छिः! पूर्वजों का नाम डुबा दिया।'' पद्मलता जैसे शोक से स्तम्भित हो गयी।

मुरारी ने थोड़ा हँसकर कहा, "देख, डुबाया था तभी तो तुझे हाँकने का ऐसा मौक़ा मिल गया? लेकिन तेरा ठाठ-बाट देखकर मुझे तो हँसी आ रही है पद्मी। क्या कहा था मुकुन्द राय की बेटी ने? तिलचटा भी पक्षी बन गया। बड़ी अच्छी उपमा दी थी, है न?"

पद्मलता समझ सकती थी कि जान-बूझकर मुरारी उसका अपमान कर रहा था। शायद उसी के किये अपमान का जवाब दे रहा था। ऐसा ही होता है। जब सम्बन्ध बिगड़ जाते हैं तो उसकी सारी मिठास कड़वाहट में बदल जाती है। तभी शायद लोग एक-दूसरे को नीचा दिखाने पर उतर आते हैं।

मगर नहीं, पद्मलता क्रोध करने नहीं आयी थी।

हँसकर बोली, "तुम्हारी स्मरण-शक्ति तो बड़ी तेज़ है। कम-से-कम गाँव का एक आदमी 'पद्मी' को भूला नहीं। जब से आयी हूँ सबने 'पद्मलता' 'पद्मलता' पुकारकर मेहमान बना रखा है। ख़ैर, अपनी ख़बर सुनाओ।"

"हमारी क्या ख़बर होगी? हे गोविन्द! भूत का भी कभी जन्मदिन होता है क्या? तेरी ही ख़बर सुनने लायक़ होगी, वही बता। सुना है अब बड़ी अमीर हो गयी है, दोनों हाथों से पैसे बरसा रही है? बड़ी अच्छी बात है।"

"अब तक तो मिले नहीं थे, जाना कहाँ से?"

"अरे बाप रे! इन तीन दिनों से तेरी ही महिमा-गाथा सुनते-सुनते कान पक गये मेरे। क्लब का चन्दा, स्कूल का चन्दा, गाँव में चापानल लगेगा—उसका चन्दा, मन्दिर-निर्माण होगा—उसका चन्दा, जैसे लूट मची है। तेरी बेवक़ूफ़ी पर तरस आता है। पर नाम होना भी कम तो नहीं।"

पद्मलता उपेक्षा-भरी हँसी के साथ बोली, "मेरा इतना नसीब कहाँ कि कुछ कर सकूँ। मन की कामना पूरी कहाँ कर सकी। जल्दबाज़ी में ज़्यादा ला भी नहीं सकी। अपने पास यही कोई एक हज़ार था और इन्होंने कुछ आठ सौ के लगभग जेब खरचा दिया था। एक आध सौ पहले से ही अपने पास था। इतने से किसका क्या भला हो सकता है। पैसे की तंगी के कारण कमल बुआ की पोती की शादी नहीं हो पा रही है। जब से सुना है कुछ करने के लिए जी मचल रहा है। जाते ही भेज दूँगी उनको।"

"कितने लाख रुपये कमाये हैं अविनाश ने? किस चीज़ का ठेका लिया था? चावल? गेहूँ? गाय-बकरी या औरत?"

मुरारी की तीखी तलवार जैसी नाक व्यंग्य से और भी टेढ़ी हो गयी, होठों पर कड़वी मुस्कुराहट बिखर गयी।

मगर पद्मलता तो हारने के लिए नहीं आयी, आई है जीतने के लिए। इसलिए चेहरे पर भोलापन दिखाकर बोली, "मैं क्या जानूँ? तुम भी कमाल करते हो, किस

चीज़ का ठेका लिया यह जानकर मुझे क्या करना है? मुझे तो आम खाने से मतलब, पेड़ गिनकर क्या करूँ? जब चाहिए पैसे मिल जायँ, बस। लेकिन तुम्हारी चिन्ता में तो मुझे मरकर भी चैन नहीं मिलेगा। घर तो गिरवी रख दिया, मगर पैसे सधा न सके तो? कितने रुपये में गिरवी रखा?''

''पाँच सौ! क्यों तू देगी क्या?''

''दूँगी क्यों नहीं? इन थोड़े से पैसों के लिए तुम्हारा घर चला जाएगा और मैं देखती रहूँगी?'' पद्मलता आँचल की गिरह खोलने लगी।

''पाँच-सात सौ आजकल साथ लेकर ही घूमती है क्या?''

''क्या करूँ मुरारी भैया, लाहिड़ी नानी इन चन्द रुपयों की ज़िम्मेदारी भी लेना नहीं चाहतीं, जो लायी थी सब लेकर घूमना पड़ता है। पैसे तो ख़र्च करने के लिए ही होते हैं, सिर्फ़ लौटने का किराया रह जाए उतना ही काफ़ी है मेरे लिए।

गिनकर सौ के पाँच नोट नीचे रखते ही मुरारी अचानक गुमसुम हो गया। फिर गम्भीर आवाज़ में बोला, ''देख पद्मी, तिलचटा का चिड़िया बनना फिर भी ठीक है, पर एकदम गरुड़ बनने की कोशिश मत करना।''

''चाहे तुम मेरा लाख अपमान कर लो, ये रुपये तुम्हें रखने ही पड़ेंगे, इन चन्द रुपयों के लिए, तुम्हारा घर हाथ से निकल जाए ये मैं कैसे सहन कर लूँ?''

''मगर तेरे रुपये मैं लूँगा क्यों? बहुत पैसे हो गये क्या तेरे पास? उन पैसों से गाँव के बाक़ी लोगों को तू ख़रीद सकती है मगर मेरे सामने मत दिखा ये अहंकार,'' कहकर उसने रुपये हटा दिये और अचानक अपनी पत्नी को सम्बोधित कर चिल्ला उठा, ''कब से एक लौंग माँग रहा हूँ उसका क्या हुआ? सब-के-सब मर गये क्या?''

मुरारी की पत्नी अब तक थोड़ा-बहुत सँवर चुकी थी और बाहर आने ही वाली थी कि पैसों की बातचीत सुनकर रुक गयी थी। अब वह अचानक मंच पर आ गयी और रूखे स्वर में बोली, ''मर जाती तो अच्छा ही होता, तुम्हारे हाथों से तो बच जाती। ऐसा मेरा नसीब कहाँ। ननदजी, जब से आप आयी हैं, रंग-ढंग देख रही हैं न इनके?''

''देखा तो ज़रूर। दिमाग ही ख़राब हो गया है। ये पैसे उठा लो भाभी, घर छुड़ाना है कि नहीं?''

मुरारी की पत्नी ने सारी बातें सुनी थीं फिर भी लोलुप दृष्टि से रुपयों को देखकर बोली, ''ऐसे आदमी को कोई पैसा उधार देता है भला? ज़िन्दगी में भी सधा नहीं पाएँगे ननदजी।''

''अरी पगली, सधाने की बात कहाँ से आयी? समझ लो तुम्हारी शादी का तोहफ़ा है बस? लो उठा लो अब। कहाँ छुपा रखा है बच्चों को, अभी तक देखा

ही नहीं?''

मुरारी की पत्नी ने सौ के सारे नोट झपटकर उठा लिए और प्रफुल्लित स्वर में बच्चों को बुलाने लगी, ''अरे, कहाँ हो सब? बुआजी आयी हैं, प्रणाम करो आकर।''

मुरारी कठोर दृष्टि से पत्नी को इशारे करने की असफल चेष्टा करता रहा। फिर बोला, ''रुपये लौटा दो, मैं नहीं ले सकता।'' मगर घर आयी लक्ष्मी का अपमान करे इतनी मूर्ख नहीं थी उसकी पत्नी। इसीलिए आँचल में बँधी गाँठ पर प्यार से हाथ फेरकर बोली, ''क्यों लौटा दूँगी भला? कल जब बच्चों को लेकर पेड़ के नीचे खड़ा होना पड़ेगा तब क्या होगा? और फिर ननद कोई परायी हैं क्या? क्यों ननदजी?''

पद्मलता इन बातों में न आकर मुरारी के बच्चों की कोमल हथेलियों पर दो-दो रुपये भरने में व्यस्त हो गयी।

नहीं, अब और कोई अफ़सोस नहीं, कोई अशान्ति नहीं पद्मलता के मन में। इस जीवन में अब और कोई कामना अधूरी नहीं रही। चरम सार्थकता के परम सुख को जैसे अपनी मुट्ठी में भर लिया है उसने।

ठीक इसी समय–छोटे-से अँधेरे कमरे में एक टूटी हुई खाट पर बैठकर पद्मलता का पति अविनाश पत्र लिख रहा था पत्नी के नाम...चार दिन के विरह में ऐसा दीर्घ पत्र? मगर पत्र दीर्घ न हो तो मन की व्याकुलता को प्रकाशित करे कैसे बेचारा ! अगले दिन वह आ जाएगी जानते हुए भी लिखे बिना नहीं रहा जाता।

लिख रहा था, ''पद्मा, मैं तो डूब गया। पटना में जिस नौकरी के लिए आवेदन किया था, इस जीवन में उसे तो पाने से रहा। सोचा था यह नौकरी लग जाएगी तो बाक़ी की ज़िन्दगी चैन से कट जाएगी। मगर विधाता को यह मंजूर नहीं। अपना घर-बार सब बन्धक देकर सिक्योरिटी के पैसे जुटाये थे, वो दो हज़ार रुपये खो गये। ...तुम्हें तो पता है चोरों की नज़र से बचाने के लिए बक्से में न रखकर रज़ाई के गिलाफ़ के अन्दर छिपाकर रखे थे, मगर वहाँ भी चोर की नज़र कैसे पड़ गयी पता नहीं।...

...यह मेरे किसी दुश्मन का काम है। किससे क्या कहूँ? मैं तो आज लुट गया हूँ। भविष्य में भी कोई किरण दिखाई नहीं पड़ती। शायद अपना पुश्तैनी घर-बार बेचने का ही दण्ड मिला मुझे। अफ़सोस हो रहा है, ऐसे समय में तुम भी दूर चली गयीं। तुम घर की लक्ष्मी हो, शायद तुम रहतीं तो ऐसा न होता। ख़ैर जल्दी आना। मेरी अवस्था आने लायक़ नहीं है। तुम्हें मुँह दिखाने में भी शर्म आ रही है।''

# प्रथम और अन्तिम

कोई एके-आध दिन नहीं, पूरे साढ़े चार वर्ष। हाँ, पक्के साढ़े चार वर्ष। घुटन-सी महसूस होती, फिर भी हिसाब लगाया प्रवीर ने मन-ही-मन, ठीक साढ़े चार वर्ष।

मगर पूरे चार साल छः महीने बाद अचानक रात के बारह बजे किसी रेलवे स्टेशन के वेटिंगरूम में अनादि से मुलाक़ात हो जाएगी और होते ही अनादि उस पर झपटकर उसकी शर्ट का कॉलर पकड़ लेगा, यह तो प्रवीर की कल्पना में भी नहीं था।

अगर प्रवीर ने अनादि को इतनी तीखी रोशनी में न देखा होता तो शायद डाकू या गुण्डा समझकर चीख़ उठता। मगर ऐसी नौबत नहीं आयी क्योंकि प्रवीर वेटिंगरूम के दरवाज़े की तरफ़ मुँह करके बैठा था और उसके पीछे ही जल रही थी रेल कम्पनी की कृपाधन्य चमकदार रोशनी।

हाँ, आजकल प्रथम श्रेणी के यात्री की सुविधाओं में अनेक कटौती होने के बावजूद उनके लिए बने विश्राम-कक्ष आज भी पूर्व समारोह की थोड़ी बहुत साक्षी बनकर टिके हुए हैं।

ख़ैर, अनादि के प्रविष्ट होते ही उसे स्पष्ट देख पाया था प्रवीर। पश्चिम बंगाल से बहुत दूर सीमान्त का स्टेशन था यह। आख़िरी गाड़ी रात के ग्यारह बजे आ चुकी थी। अब पूरे स्टेशन में निस्तब्धता थी। देखकर कोई नहीं कह सकता था कि सिर्फ़ घण्टे-भर पहले भी यहाँ कितना शोरगुल मच गया था। ऐसी निस्तब्धता छायी थी जैसे कोई निश्चल शव अन्तिम संस्कार की अपेक्षा में पड़ा हुआ हो।

फिर एक बार चंचलता उभरेगी रात के अन्तिम छोर पर। रात भर के सोये हुए इंज़न को ठूँसकर भर दिया जाएगा कोयले और पानी से, देख लिया जाएगा सारे कल-पुर्जों को कि कहीं कोई गड़बड़ी न हो, प्वाइण्ट्समैन दौड़ेगा, गार्ड दौड़ेगा, स्टेशन मास्टर चहल-कदमी करेगा, कुली जमादार सब दौड़ेंगे, फिर सीटी देगा इंज़न। अभी जो लोग बक्से-बिस्तर की तरह ही ढेर होकर वेटिंगरूम में या इधर-उधर खुले प्लेटफ़ॉर्म पर सिर छुपाकर पड़े हैं, उनमें जाग उठेगी प्राण-चेतना। रात समाप्त होते

ही सब दौड़ेंगे अपने गन्तव्य स्थल की ओर। कोई भागेगा बस पकड़ने के लिए तो कोई हवाई अड्डे की ओर दौड़ेगा और भी लम्बी यात्रा का संकल्प लेकर।

साफ़-सुथरे, धुले रेल के डिब्बे फिर से भर जाएँगे नये सामान और नये लोगों से।

मगर अभी ऐसा कुछ लगता नहीं। अभी सब निश्चल, निस्तब्ध, निर्जीव।

केवल प्रवीर सजग बैठा था, साथ काफ़ी पैसे रखे थे, इसीलिए। व्यवसाय के काम से श्रीनगर जाना था उसे। सुबह होते ही हवाई अड्डा पहुँचना था। मगर अनादि अबतक कहाँ था? इसी ट्रेन से तो आया होगा?

आश्चर्य की बात थी। दोनों एक ही ट्रेन से आये थे—प्रवीर और अनादि। मगर एक बार भी मुलाक़ात नहीं हुई। पता नहीं क्यों, दो-दो बार प्रवीर ने जालन्धर और अमृतसर स्टेशन पर पूरे प्लेटफ़ॉर्म के चक्कर काटे थे उस एजेण्ट की खोज में, जो उससे मिलने वाला था। नहीं तो हवाई जहाज़ से ही जा सकता था।

अगर प्रवीर हमेशा की तरह आकाशमार्ग का ही चयन करता।

फिर तो कम-से-कम इतने रुपये लेकर सजग बैठे तो नहीं रहना पड़ता। इस भयंकर नाटकीय पल का सामना कभी भी नहीं करना पड़ता। दो-दो भरपूर ज़िन्दगी इस तरह हमेशा के लिए समाप्त तो न हो जातीं।

प्रवीर अपने धन्धे पर निकल जाता अनादि अपने रास्ते पर। पिछले साढ़े चार वर्षों की तरह ही कट जाते और कितने ही अनगिनत वर्ष, शायद पूरी ज़िन्दगी ही कट जाती एक-दूसरे की सूरत बिना देखे—किसी ज़माने में जिनका दिन में कम-से-कम एक बार मिलना चाँद-सूरज निकलने के जैसे ही सुनिश्चित था। ऐसी ही दोस्ती थी किसी ज़माने में सुखी, गृहस्थ, रोज़गारी अनादि और अविवाहित, बेकार युवक प्रवीर की।

अनादि शायद ही कभी प्रवीर के किराये के कमरे में मिलने जाता, प्रवीर ही अनादि की सुखी गृहस्थी का नित्य अतिथि था। यद्यपि आज के इस सूट-बूट, क़ीमती घड़ी और चश्मे से सुसज्जित प्रवीर को देखकर उस पुराने भावुक कवि प्रवीर को पहचानना मुश्किल है, जिसके अधमैले कुर्ते के बटन खुले रहते थे और पैरों में होते थे सस्ते चप्पल।

अनादि को एक पल भी नहीं लगा उसे पहचानने में। और पहचानते ही साढ़े चार साल पहले की वह भयंकर स्मृति ताज़ा बनकर अनादि को डस गयी और उस जलन से होश-हवास खोकर प्रवीर की कमीज़ का कॉलर दबोच लिया अनादि ने।

एक झटके में प्रवीर ने छुड़ा लिया अपने-आप को और दबी आवाज़ में गरज कर बोला, ''अनादि भैया !''

बड़ी अजीब बात थी।

वही पुराना सम्बोधन उसके होठों पर आ गया ऐसे कठिन पल में भी?

अनादि एक बार फिर उसके कॉलर को दबोचने के लिए हाथ बढ़ाकर, क्रोधित आँखों से उसे घूरकर बोला, "ख़बरदार! पुराने सम्बन्ध को खींचने की कोशिश मत करो। अपने भगवान को याद कर लो।"

प्रवीर का लम्बा, सुगठित शरीर एक झटके में फिर अनादि की पकड़ से बाहर आ गया। फिर जेब में हाथ डालकर प्रवीर ने भी ताव भरकर कहा, " 'ईश्वर' को याद करने की ज़रूरत तुम्हें भी पड़ सकती है, अनादि भैया। मेरे पास कम्पनी के बहुत सारे रुपये हैं और उसके बचाव के लिए शस्त्र भी है जेब में।"

अनादि हाँफते हुए सामने पड़ी बेंत की आरामकुर्सी पर बैठ गया। घृणा और धिक्कार भरकर भयंकर स्वर में बोल उठा, "कावेरी कहाँ है?"

"कावेरी !" ऐसे चौंका प्रवीर जैसे बिजली का झटका लगा हो। "क्या कहा तुमने? कावेरी कहाँ है? यह तुम पूछ रहे हो? मुझसे?"

अनादि फिर खड़ा हो गया, बोला, "फिर किस शैतान से पूछूँ?" प्रवीर एकाएक स्तब्ध हो गया। फिर बोला, "तुम कावेरी की ख़बर नहीं रखते?"

अनादि फिर बैठ गया। वह हाँफने लगा, काँपने लगा। कड़वी आवाज़ में बोला, "जो परायी स्त्री को भगाकर ले जा सकता है, उसके लिए ऐसा अभिनय स्वाभाविक है।" उसके स्वर में वही कड़वाहट थी जिस कड़वाहट के साथ चार-पाँच साल पहले वह कावेरी से कहता था, "जो औरत पर-पुरुष के प्रेम में रँगी हो, उसके लिए यह अभिनय स्वाभाविक है।"

हाँ, शुरू से ही कावेरी पर सन्देह था अनादि को। उसी दिन जब दुल्हन बनी कावेरी ने कहा था, "ये ही प्रवीर राय हैं? कितनी ख़ुशी की बात है।"

"क्यों, ख़ुशी किस बात की?" झट से भौंहें तानकर पूछा था अनादि ने। "वाह! ख़ुशी क्यों न हो? आपके इतने घनिष्ठ मित्र हैं और सुना दूर के रिश्ते में भाई भी लगते हैं। तब तो अकसर मुलाक़ात होगी उनसे। देख सकूँगी, बात कर सकूँगी और दिल हुआ तो उनकी नयी कविताएँ छपने से पहले ही मैं पढ़ लिया करूँगी। है न ख़ुशी की बात? मेरी सहेलियाँ सुनेंगी तो एकदम हैरान हो जाएँगी।"

"ऐसी बात है? तो ये श्रीमान प्रवीर बाबू क्या रवि बाबू के समकक्ष हैं?" व्यंग्य भरी हँसी बिखरी थी अनादि के होठों पर ।

नयी दुल्हन, पति के प्यार में विभोर अचानक इस परिवर्तित स्वर को भाँप न सकी। बोली, "अहा! टैगोर का समकक्ष न हो तो कोई कवि नहीं होगा क्या? सभी एक साँचे के कवि होंगे क्या? प्रवीर राय तो आधुनिक कवि हैं।"

"जो अभागे, न'लायक़ लिखने की क्षमता नहीं रखते मगर लेखनी पकड़ने का शौक़ रखते हैं, वे ही आधुनिक कवि बन जाते हैं।" कहकर उस दिन बात वहीं समाप्त कर दी अनादि ने।

मगर जो काँटा दिल के बीचोंबीच चुभ गया उस दिन, निकला नहीं फिर कभी। नयी-नवेली दुल्हन की आनन्द उद्भासित मुखछवि भी इतनी पीड़ादायक हो सकती है, पल भर पहले भी अनादि को पता न था।

मगर प्रवीर से अनादि का लगाव आन्तरिक था। रिश्ता कितना भी दूर का हो, बचपन का यह मित्र, बचपन का सहपाठी अनादि के काव्य-रसहीन, रूखे-सूखे मरु-हृदय में एक स्नेह-सरिता बना गया था। उसके प्रति नव-विवाहिता पत्नी की मुग्ध प्रशंसा दिल पर काँटों का पौधा तो बो गयी फिर भी स्नेह-सरिता सूखी नहीं।

मन की गति बड़ी विचित्र होती है। इसकी लीला भी अजीब है। अनादि के ही आग्रह से प्रवीर उसके घर नित्य-अतिथि बनने लगा।

अनादि के निकट सम्बन्धी कम ही थे। जो विवाह के उपलक्ष्य में आये थे वे भी बाढ़ के बाद उसके पानी की तरह ही विवाह के दूसरे दिन ही लौट गये। बचे केवल अनादि और उसकी नव-परिणीता वधू कावेरी।

अतः अनादि प्रवीर की शरण में आया निस्संग कावेरी को थोड़ा संगदान करने का आवेदन लेकर। ''तू तो आकर भाभी से कुछ गप-शप कर सकता है। बेचारी अकेली रहती है। ख़ासकर शाम को। तू तो जानता है, मेरे घर लौटते रात के आठ-नौ बज जाते हैं।''

''तुम्हारे जैसे दफ़्तर-प्रेमी लोगों को शादी नहीं करनी चाहिए।'' हँसकर प्रवीर बोला, ''तुम नौ बजे घर लौटोगे और तब तक मैं बकता रहूँगा? भाभी को इससे ख़ुशी मिलेगी ऐसा लगता तो नहीं।''

''नहीं लगता?'' अनादि हँसकर बोला, ''आज की बक-बक कल की गुटर-गूँ हो सकती है, कौन जाने।''

फिर दबी आवाज़ में बोला, ''दरअसल बात क्या है बताऊँ? तेरी भाभी सुनसान घर में अकेली रहती है और नगेन... मतलब वह नौकर, समझा न?''

''घर में गहने भी तो कम नहीं हैं। तेरी भाभी तो कहती है, शाम के समय काम के बहाने नगेन जब आस-पास चक्कर काटता है तो उसे डर-सा लगता है। बड़ी डरपोक स्वभाव की है, अब देख रहा हूँ।''

प्रवीर ने ज़ोरदार विरोध किया, ''नहीं अनादि भैया, ऐसी हालत में भाभी को तुम कभी भी डरपोक नहीं कह सकते। भाभी तो अभी नयी दुल्हन हैं, कोई भी औरत इस हालत में ऐसे ही डर जाती और घबराती।''

''अच्छा?'' एक कठोर मुस्कान छा गयी अनादि के चेहरे पर। ''तब तो तुम्हारी भाभी ने सोच-समझकर एक अच्छा बहाना निकाला है, है न?''

प्रवीर ने इस 'बहाना' शब्द का दूसरा अर्थ किया। उसने सोचा इसी डर के बहाने पति को जल्दी घर बुलाना चाहती होगी। इसलिए हँसकर बोला, ''बहाना

बनाना ही स्वाभाविक है मगर कारण भी अनदेखी करने लायक़ नहीं है। मगर तुम एक काम कर सकते हो, "नौकर छुड़ाकर दिन-रात के लिए एक नौकरानी रख लो।"

"सुन लो बात" प्रवीर के सुझाव को सिगरेट के धुएँ की तरह उड़ा दिया अनादि ने। "नौकरानी क्या काम कर लेगी? ज़्यादा-से-ज़्यादा बर्तन माँजना, कपड़े धोना, बस? बाहर के काम के लिए आदमी चाहिए कि नहीं? मुझसे तो कुछ होता ही नहीं। फिर नगेन है भी कितना एक्सपर्ट! उसके हाथ की बिरियानी, फ़िश-फ्राई, कटलेट खाने से लगता हैं, किसी बड़े होटल का खाना खा रहा हूँ। ऐसे काम का आदमी तो तपस्या करके भी नहीं मिलता है। आदमी दरअसल बुरा भी नहीं है। तेरी भाभी तो यूँ ही डरती है। बात दरअसल यह है कि वह चाहती है कि शाम को कोई साथ रहे।"

"कोई साथ रहे?" हँसकर 'कोई' शब्द पर ज़ोर देकर प्रवीर बोला, "कोई भी रहने से चलेगा, ऐसा कहकर भाभी पर तुम अन्याय कर रहे हो, अनादि भैया।"

अचानक ही ठहाका लगाकर हँस पड़ा अनादि। "अनादि सेन की राय कभी ग़लत नहीं होती। मगर तुझे क्या तकलीफ़ है? शाम को तेरे पास काम ही क्या होता है? कविता-लेखन? वह तो यहाँ बैठकर भी हो जाएगा। बल्कि यहाँ अधिक प्रेरणा मिलेगी तुझे।"

"नहीं, कविता लिखने के लिए मरा नहीं जा रहा हूँ मैं," हँसकर प्रवीर ने कहा, "कवियों को तुमने समझ क्या रखा है?"

प्रवीर की अक्ल से जो शंका के बादल झाँक रहे थे, अनादि के निर्मल, उदार व्यवहार के आगे वे टिक न सके। बल्कि सोचकर स्वयं ही लज्जित और कुण्ठित महसूस करने लगा।...सोचा, इस सरल स्वभाव अनादि से कैसे कहूँ कि मुझपर भी इतना भरोसा क्यों? तुम्हारे उस नौकर से मैं कम ख़तरनाक हूँ क्या?

मगर कह नहीं सका। अतः प्रवीर की हर शाम कटने लगी अनादि के घर। परन्तु अनादि के हृदय के इस अनोखे रहस्य को जान पाना सम्भव था क्या? कम-से-कम कावेरी तो नहीं जान पायी थी। वह समझ नहीं पाती कि जिस प्रवीर को लेकर मन में इतनी ईर्ष्या है, इतना अविश्वास है, उसे ही क्यों इतना सादर निमन्त्रण, क्यों प्रतिदिन उसे नगेन के हाथ का फ़र्स्ट क्लास खाना खिलाने के बहाने हर शाम रुक जाने का हठ करना?

यह प्रश्न हज़ारों बार किया है कावेरी ने अपने-आप से, अनादि से, पर कोई ठीक-ठाक उत्तर नहीं मिला।

जवाब क्या दे, स्वयं अनादि भी जाने तब न? हो सकता है नौकर के बारे में मन में जो शंका थी उसी कारण या ऐसा सोचता होगा कि प्रवीर के द्वारा कोई बड़ा नुकसान नहीं हो सकता, या फिर सचमुच प्रवीर को घर बुलाकर चार स्वादिष्ट व्यंजन

खिलाये बिना नहीं रहा जाता होगा। क्या था अनादि के मन में कौन जाने।

बाहर से वह प्रवीर का उदार, उन्मुख स्नेही मित्र था। पर मन की सारी कालिमा उभर आती कावेरी के सामने।

हर बात में कड़वाहट, हर भाव से तीखे व्यंग्य कावेरी को जैसे आदत-सी पड़ गयी थी इनकी। इसे अनादि का एक शौक़ ही मान लिया था उसने।

शुरू-शुरू में तंग आकर यह सोचती थी कि अनादि की अनुपस्थिति में प्रवीर को मना कर देगी आने से। मगर उस भले आदमी के मुँह पर ऐसी बात न कह सकी। फिर ढील दे दी। उसने सोचा, 'बकने दो उन्हें, उल्टा-सीधा बकना ही उनका शौक़ है।'

मगर एक घटना ने मुन्ना के जन्म के बाद भयंकर मोड़ लिया। मुन्ने की शक्ल देखकर अचानक ही आग-बबूला हो गया अनादि। एक दिन तो उसने खुलकर बोल ही दिया, "मेरे जैसे काले-कलूटे का ऐसा गोरा-चिट्टा बेटा कैसे हो सकता है?"

इशारा इतना स्थूल और भद्दा था कि सुनकर कावेरी पथरा गयी। पत्नी के हृदय को लेकर ईर्ष्या, ताने देना एक बात थी परन्तु यह कुछ और। क्या इतना बड़ा अपमान कावेरी सहन कर लेती केवल इसीलिए कि वह अनादि की विवाहिता पत्नी थी? फिर भी बड़ी मुश्किल से अपने-आप पर काबू पाया उसने और अपमान को नज़र-अन्दाज़ कर बोली, "क्यों, मैं मुन्ना से कम गोरी हूँ क्या?"

"सिर्फ़ रंग ही क्यों", ज़हरीली साँस छोड़कर दाँत पीसकर अनादि बोला, "उसका नाक-नक्शा सब कुछ तुम्हारे विश्वासघात की साक्षी दे रहा है।"

उसी दिन कावेरी ने प्रवीर से कह दिया, "तुम अब यहाँ नहीं आना।" उसने कहा, "तुम्हें लेकर तुम्हारे दोस्त के मन में गहरी ईर्ष्या है। उनकी धारणा में मैं तुमसे प्रेम करती हूँ। खैर, अब तो मुझे एक साथी मिल गया है। अब से वही बचाएगा मुझे अकेलेपन से, दुनिया की हर मुश्किल से...क्यों रे मुन्ना?"

हाँ, इससे गम्भीर होकर नहीं कहा जा सकता था। सम्मान को ठेस पहुँचती। प्रवीर दोस्त की ईर्ष्या की बात सुनकर चौंक उठा था क्या? नहीं, चौंका नहीं वह। एक पुरुष के हृदय से अनादि के अन्तर्दाह को प्रतिदिन अनुभव करता था वह। अनुभव करता था फिर भी जाता था उनके घर। जाता इसलिए था क्योंकि बिना गये रहा नहीं जाता था उससे। सब जान-बूझकर भी अनादि के चेहरे पर लगे नक़ाब का फ़ायदा उठाता था वह। क्यों प्रवीर अपनी जानकारी उन पर ज़ाहिर करता जबकि एक दिन नहीं जाने से ही अनादि नौकर भेजकर उसकी ख़बर लेता था, "कल क्यों नहीं आये?" पूछता।

आख़िर अनादि को कोई हानि तो नहीं पहुँचा रहा था वह? केवल थोड़ी-सी मधुर मुस्कान, थोड़ी बातचीत, थोड़ा-सा साथ—इतना ही तो चाहिए था प्रवीर को।

अपने विवेक के आगे निर्दोष था प्रवीर। मगर विपत्ति को बुलावा दिया कावेरी की सावधानी ने ही।

उसकी बात सुनकर प्रवीर चौंका नहीं। केवल अचानक बोल उठा, "मित्र से ईर्ष्या मैं भी कम नहीं करता। उसे जब भी देखता हूँ तो 'बन्दर के गले में मोती की माला' की उपमा याद आ जाती है। और दिल करता है लूट कर ले जाऊँ उसके गले से इस माला को।"

प्रवीर नहीं चौंका था पर कावेरी चौंक उठी। एक अजीब-सी स्थिर निष्पलक दृष्टि से देखती रही और हँसकर बोली, "सिर्फ़ दिल करता है, हिम्मत तो नहीं होती?"

"है हिम्मत।" अचानक उसका एक हाथ पकड़ लिया प्रवीर ने, "तुम राज़ी हो?"

कावेरी खिलखिलाकर हँस पड़ी। फिर बोली, "लड़कियाँ अपने मुँह से उसका जवाब देती हैं भला?"

कावेरी के चेहरे पर बिखरी गुलाब की छटा को पल-भर देखकर थोड़ी देर चुप रहा प्रवीर। फिर बोला, "आज एक शुभ समाचार देने आया था तुम लोगों को। अचानक भाग्यदेवी की अनहोनी कृपा हो गयी, एक अच्छी नौकरी लग गयी। शायद चन्द दिनों में ही मुझे कोलकाता छोड़ना पड़ेगा।"

"यह तो और भी अच्छा है। अशोक वन से सीता का उद्धार और भी सरल हो जाएगा।"

पल-भर पहले के आवेग और उत्तेजना से लज्जित होकर भी चुप नहीं रहा प्रवीर। मुस्कुराकर बोला, "तुलना तो उल्टी हो गयी?"

"क्या उल्टा और क्या सीधा?" हँसकर कावेरी बोली, "कौन रावण है और कौन राम इसका हिसाब लगाना आसान है क्या? मगर हाँ, देवर लक्ष्मण की भूमिका तुम्हें पसन्द नहीं, यह तो पता चल ही रहा है।"

प्रवीर गम्भीर भाव से बोला, "तुम चाहे कितना भी मज़ाक़ कर लो कावेरी फिर भी सच कहूँगा कि जब भी अनादि भैया के साथ तुम्हें देखता हूँ, वैसी ही इच्छा मन में जागती है। जी करता है तुम्हें छीनकर दूर, कहीं दूर ले जाऊँ, बहुत दूर।"

"इरादा निस्सन्देह नेक है मगर आजकल के वीर-पुरुषों की सारी वीरता इरादे तक ही रह जाती है। मेरा मुन्ना ऐसा नहीं होगा, है न मुन्ना?"

इसके दो दिन बाद ही तो आयी वह भयंकर रात। अपने नये काम के सिलसिले में प्रवीर को अमृतसर जाना था उस दिन। सुबह नगेन के हाथ से कावेरी की लिखी एक अजीब चिट्ठी मिली प्रवीर को। कावेरी की लिखावट थी।

"तुम्हारी गाड़ी कितने बजे है, पता कर लिया है। ठीक समय स्टेशन पर

उपस्थित रहूँगी। लेकर भागने की हिम्मत है न? आख़िरी पल में पीछे तो न भागोगे? अब भी कह दो। औरत को जानते हो न? वह जब तक नाव पर पैर नहीं रखती, धरती से पैर कभी नहीं उठाती।''

एक साधारण खुले लिफ़ाफ़े में नगेन के हाथ आयी थी यह चिट्ठी। उलट-पलटकर देखा प्रवीर ने लिफ़ाफ़े को। खुला ही था या खोला गया?

मगर इस चिट्ठी का क्या जवाब था?

मूर्ख की भाँति नगेन से ही पूछ बैठा, ''कोई जवाब माँगा है?''

नगेन ने कहा, ''नहीं तो!''

रात की गाड़ी थी। सारा दिन एक भयंकर बेचैनी में कट गया। जीवन में जो परम आकांक्षित है, वह भी कभी भयंकर विपदा की मूर्ति में आ खड़ा हो सकता है, यह शायद उसी का प्रमाण था।

अब प्रवीर करे तो क्या?

क्या सचमुच हिम्मत करके वरमाला लेकर प्रतीक्षा करे उस परम आकांक्षित की? या कि रोक ले कावेरी को इस अमंगल, इस सर्वनाश के रास्ते से?

कावेरी की उलाहना-भरी हँसी दिल में गूँजने लगी। गूँजने लगी उसकी कही वह बात, ''इस युग के वीर पुरुषों की सारी वीरता उनके इरादों तक ही रह जाती है।'' ठीक है। प्रवीर भी देखना चाहता है भाग्य उसके लिए क्या सौगात लेकर आया है। वैसे ही तो बोझिल से बेकार जीवन की परिसमाप्ति का एक अकल्पनीय अवसर बिना माँगे ही मिल गया। अब देखना यह है कि जीवन के अन्दर महल का रंग बदलता है या नहीं।

प्रवीर का इसमें क्या दोष है? उसने तो जानबूझकर कुछ नहीं किया? दोस्त की पत्नी को भगाकर ले जाने का दोष उसे क्यों लगे?

दिन-भर अपने विवेक को यही समझाता रहा प्रवीर।

मगर उस दिन के नाटक का अन्तिम दृश्य इतना भयंकर होगा किसे पता था? इन्तज़ार के पल गिनता रहा, दृष्टिबाण से सारे प्लेटफ़ॉर्म को छलनी कर डाला प्रवीर ने। गाड़ी निकल गयी। वह मूर्ख-सा खड़ा देखता रहा। जब होश आया तो बाहर जाकर एक तार भेज दिया, ''गाड़ी छूट गयी। अगली गाड़ी से आ रहा हूँ। फिर लौट चला अनादि के घर की तरफ़।

मगर क्यों गया प्रवीर?

आज तक यह बात कुछ समझ में नहीं आयी? समझ में नहीं आया उसे किस उद्देश्य से गया था अनादि के घर?

केवल इतना याद है कि एक भयंकर अपमान की जलन अनुभव कर रहा था वह और क्षुब्ध आक्रोश से कावेरी को ख़ूब जली-कटी सुनाने की इच्छा हुई थी।

इसका अर्थ यह हुआ कि सब कुछ ही कावेरी का एक निष्ठुर परिहास था।

मगर इस प्रकार प्रवीर को भँवर में डालने की क्या आवश्यकता थी? ठीक उस समय, जब अभागे को थोड़े से प्रकाश की झलक मिली थी। अगर इस उधेड़बुन में निर्दिष्ट तारीख़ को न पहुँच पाने के अपराध में उसकी नौकरी हाथ से छूट जाए, तो? क्या दिलासा दे सकेगी कावेरी उसे?

मगर कावेरी ने ऐसा किया ही क्यों? क्या प्रवीर ने उसके चेहरे का रंग ठीक से पढ़ा नहीं था?

नहीं। शायद इसे ही कहते हैं, 'बड़ों की प्रीत रेत का बाँध।'

क्रोध में ऐसा भी लगा उसे कि अगर अनादि भी घर पर हो तो सारे रिश्ते तोड़ आएगा उसी के सामने। कावेरी की चिट्ठी दिखा देगा उसे।

फिर सोचा—क्या पता शायद अनादि ने देखी हो यह चिट्ठी। हो सकता है कावेरी और अनादि ने मिलकर ख़ूब खिल्ली उड़ायी हो उसकी। हो सकता है अनादि ने ही कहा हो, "पाठ पढ़ा दो उस प्रवीर को।" क्या पता, अनादि ने ही लिखवायी हो वह चिट्ठी। नहीं तो नगेन के हाथ खुले लिफ़ाफ़े में वह चिट्ठी। तभी समझ लेना चाहिए था प्रवीर को।

अपनी बेवक़ूफ़ी पर कोड़े बरसाते-बरसाते किस प्रकार अनादि के घर पहुँचा था वह, ईश्वर ही जाने।

मगर घर के दरवाज़े तक पहुँचते ही सुन्न हो गया वह।

नहीं, कोई रोने की आवाज़ नहीं आ रही थी अन्दर से। न कोई शोरगुल, न दरवाज़े पर भीड़। केवल उस ढलती शाम में ही सारा घर जैसे एक काली चादर में लिपटकर बुत की तरह खड़ा था। और उससे भी निस्तब्ध खड़ा था नगेन, दरवाज़े के ठीक किनारे। खुला दरवाज़ा मुँहबाए खड़ा था।

प्रवीर भी थोड़ी देर के लिए बुत बन गया। फिर शान्त भाव से उसने पूछा, "घर में कोई नहीं है क्या?"

नगेन चुप ही रहा। शायद सिर हिलाकर उसने अपना जवाब दे दिया।

थोड़ा झिझककर फिर पूछा प्रवीर ने "कहाँ गये हैं, पता है?"

अचानक एक अस्वाभाविक स्वर में तेज़ी से बोल उठा नगेन, "बाबू मुन्ना को लेकर श्मशान गये हैं और अभी-अभी माँ कहाँ चली गयी, पता नहीं। मुझसे और कुछ न पूछिये।"

प्रवीर को शायद अन्तिम वाक्य सुनाई नहीं दिया। तभी अचानक चिल्लाकर बोला, "मुन्ना को लेकर कहाँ गये बाबू?"

"कह तो दिया," थकी हुई आवाज़ में नगेन बोला, "बार-बार मुझसे क्यों कहलवा रहे हैं? अब मुझे छुट्टी दीजिए आप लोग। इस घर का तमाशा देख कर..."।

फिर भी तसल्ली नहीं हुई प्रवीर को, फिर भी चीख़कर बोला, "क्या हुआ मुन्ना

को?"

"मालूम नहीं," रूखे स्वर में कहा नगेन ने।

अचानक प्रवीर को लगा यह सब कुछ उस आदमी की बनावटी कहानी है, शायद उसे भगाने का इरादा है। इसलिए अचानक नगेन को ढकेलकर वह अन्दर चला गया।

मगर कितने पल के लिए?

फिर भागकर बाहर आया जैसे भूत ने खदेड़ा हो। और फिर आगे देखा न पीछे, भागकर चला आया उस गली से।

मगर उस गली से भागकर भी क्या उस भयंकर दृश्य से भाग सका था वह?

आज तक भी?

सूना था सारा घर ऊपर से नीचे तक। कावेरी के सोने का कमरा सपाट खुला था। यहाँ तक कि अलमारी का पल्ला भी मुँहबाए खुला पड़ा था। और–और कमरे की ज़मीन पर गिरा पड़ा था मुन्ने का छोटा-सा तकिया और उस तकिये से सट कर काली पड़ रही लहू की रेखा।

तब से लेकर आज तक कितने परिवर्तन आये प्रवीर की ज़िन्दगी में, कितने देश-देशान्तर घूमे मगर जब कभी वह अकेला हुआ–वही भयानक दृश्य उसका पीछा करता रहा।

इन साढ़े चार वर्षों में हज़ारों बार आतंकित हुआ है प्रवीर इस भयानक दृश्य को याद कर और हज़ारों बार उसने सोचा कि शायद कावेरी ने मज़ाक़ नहीं किया था। शायद अनादि को पता चल गया था, तभी...

मगर कैसे क्या हो गया?

क्या पत्नी के विश्वासघात से पागल होकर अपनी सन्तान को...? मगर पत्नी को न मारकर बेटे को क्यों? कहीं ऐसा तो नहीं कि पत्नी पर वार करते हुए अकस्मात् ही दुर्घटना घट गयी?

था ही कितना बड़ा वह। छः-सात महीने का। हो सकता है असावधानी से...। या फिर कावेरी ने ही रास्ते का काँटा समझकर उसे...छिः छिः! अपने ही मन पर कोड़े लगाता प्रवीर। मगर फिर वही सन्देह उसे पागल कर देता, नहीं तो कावेरी गयी कहाँ? कहीं क्रोध से पागल अनादि श्मशान से लौटकर प्रतिहिंसा की आग में अपना बाक़ी काम ख़त्म तो नहीं कर गया?...नहीं, नहीं, यह कैसे हो सकता है?

उस तूफ़ान के बाद शान्त होकर दोनों ने फिर वह घर बसा लिया हो शायद।

यह सोचकर भी प्रवीर का शरीर घृणा से संकुचित हो गया। मगर सब कुछ समाप्त हो चुका यह मानने को भी दिल तैयार कहाँ? जीवन में एक बार तो कभी कावेरी से मुलाक़ात हो ताकि वह पूछ सके–'कावेरी, क्या हुआ था? क्यों इतनी निष्ठुर बनीं तुम?'

इन साढ़े चार वर्षों में अनगिनत बार कोलकाता गया प्रवीर। शहर के इस कोने से उस कोने तक छान मारा, मगर कहीं पल-भर के लिए भी कावेरी की झलक तक दिखाई नहीं दी। नहीं मिल सकी उसकी कोई ख़बर।

ख़बर तो अनादि की भी नहीं मिली। अनादि के घर में अब कोई और किरायेदार रहने लगा है। मन-ही-मन न जाने कितनी बार अनादि से मुठभेड़ हुई है उसकी और गरजकर जो प्रश्न किया है उसने, आज मौक़ा मिल गया वही प्रश्न पूछने का। मगर यह कभी नहीं सोचा था प्रवीर ने कि वही प्रश्न अनादि भी करेगा...

''कावेरी कहाँ है?''

इसका जवाब प्रवीर से माँग रहा है अनादि?

प्रवीर की हैरत को नाटक समझ रहा है?

अचानक प्रवीर ने अनादि को दोनों हाथों से पकड़कर ज़ोर का झटका दिया और बोला, ''और भी स्वाभाविक है उसके लिए जो शैतान अपनी सन्तान की हत्या कर सके।''

एकदम बुझ गया अनादि। मुर्दे की तरह निर्जीव हो गया उसका चेहरा। निराश स्वर में बोला, ''तुम ने भी यही कहा। मगर ईश्वर की सौगन्ध...नहीं, ईश्वर का नाम नहीं लूँगा, दुनिया में अगर कहीं कुछ भी महान और पवित्र है, तो उसकी सौगन्ध प्रवीर, मुन्ने को मैंने नहीं मारा। भले अपनी सन्तान न हो, फिर भी था तो एक कोमल शिशु ही। उसे मैं...? तुम्हीं कहो प्रवीर, मैं राक्षस हूँ क्या?''

तब तक प्रवीर ने उसे एक और झटका दिया, ''अपनी सन्तान न हो...इसका मतलब? पागल हो गये हो या नशा कर लिया है?''

''पागल हो जाता तो ठीक ही होता, नशा भी करता तो अच्छा ही होता।'' निराश बुझे-बुझे स्वर में बोला अनादिं, ''मगर ऐसा नहीं है। वह मेरा बेटा नहीं था। मैं जानता था और अन्त में कावेरी ने भी यह बात स्पष्ट स्वीकार की थी। स्वीकार किया था उसने कि वह तेरा बेटा था। मगर फिर भी...मेरी बात मानो प्रवीर, एक अबोध शिशु को मैं...।''

अब प्रवीर के निराश होने की बारी थी। ज़रूर अनादि के दिमाग़ में गड़बड़ी हो गयी है। कोई शक नहीं इसमें। इसलिए निराश होकर बोला, ''तुम्हारी कोई बात समझ पाना मेरे बस की बात नहीं है।''

मगर अनादि ने जैसे प्रवीर की बात सुनी ही नहीं। इस तरह अपनी ही धुन में कहता गया, ''विधाता ने पुरुषों के साथ यह एक निष्ठुर व्यंग्य किया है। वह स्वयं नहीं जान सकता कि उसकी पत्नी की सन्तान उसकी अपनी है या नहीं। इससे बड़ा विधाता का परिहास आदमी के साथ और क्या हो सकता है?''

''जब कावेरी ने अपने मुँह से स्वीकार किया तब मेरी धारणा सत्य में बदल गयी। फिर भी—विश्वास करो मेरा—दिन-रात सन्देह की आग में जलते रहने पर भी

मैंने जानबूझकर उसे पलँग से नहीं गिराया। मेरी असावधानी से गिर गया था। उफ कितना भयंकर था वह दृश्य !''

फिर एक बार प्रवीर की आँखों के आगे उस भयंकर शाम का दृश्य घूम गया। फिर धीरे से पूछा उसने, ''मगर कावेरी?''

''अब और नाटक मत करो, प्रवीर।'' बुझे स्वर में कहा अनादि ने, ''जब से यह चिट्ठी देकर कावेरी तुम्हारे पास चली गयी है, मैं एकदम पत्थर-सा हो गया हूँ। सिर्फ़ इतने दिनों बाद प्लेटफ़ॉर्म पर अचानक तुम्हें देखकर पता नहीं क्या हो गया, शरीर का सारा ख़ून खौलने लगा। सोचा था, कावेरी तुम्हारे साथ ही होगी, इसीलिए... ।''

अजीब शान्त स्वर में प्रवीर बोला, ''एक बहुत बड़ी भूल के पीछे तुम भी दौड़ते रहे अनादि भैया और मैं भी। मगर क्या लिखा था कावेरी ने उस पत्र में?''

अब अचानक अनादि ने अपनी 'अटैची' खोलकर उसके अन्दर की जेब से एक तह किया हुआ काग़ज़ निकाला। प्रवीर की तरफ़ बढ़ाकर बोला, ''यह पत्र मेरे साथ ही है और आजीवन रहेगा। इसे फाड़ नहीं सका। जानते हो क्यों?''

तब तक चिट्ठी प्रवीर के हाथ जा चुकी थी। खोलने से पहले आँखों में प्रश्न लिए अनादि की ओर देखा उसने।

एक क्षुब्ध हँसी छा गयी अनादि के चेहरे पर। बोला, ''यही तेरी भाभी की एकमात्र चिट्ठी है मेरे पास। यही प्रथम और यही अन्तिम। शादी के बाद से मेरे ही पास तो रहती थी।''

तब तक चिट्ठी खोलकर पढ़ चुका था प्रवीर। मुँह से एक हल्की चीख़ निकल पड़ी। बोला, ''इस चिट्ठी को सच मान लिया तुमने? यही अर्थ निकाला तुमने इस चिट्ठी का?''

''ग़लत भी क्या सोचा मैंने और अविश्वास भी कैसे करता?'' कड़वे स्वर में अनादि बोला।

''ग़लत या सही यह मेरी आँखों में देखकर बताओ।'' गम्भीर हो बोला प्रवीर। ''ठीक से देखो आँखों में आँखें डालकर। फिर कहो इसमें अविश्वास की कोई बात है या नहीं।''

अनादि देखने लगा। देखकर काँप उठा वह। चिट्ठी पड़ी थी मेज़ पर, एक भयंकर झूठ का साक्षर लेकर। लिखा था, ''आपका शक ही ठीक था। अब तक जो सोचते रहे, सब सही था। मुन्ना आपका बेटा नहीं है।

शायद आपके घर में रहकर अधिक दिनों तक उसकी रक्षा नहीं कर पाती। अच्छा हुआ, ईश्वर ने ही मुक्त कर दिया। इस मुक्ति का आदेश लेकर निश्चिन्त हो कर जा रही हूँ उसके पास जो मुन्ना का असली पिता है। ईश्वर आपको सुखी

रखें, शांति दें।"

अनादि घबराकर बोला, "मैंने ग़लत समझा था क्या? मगर इसका अर्थ और क्या हो सकता है?"

"बहुत कुछ हो सकता है सिर्फ़ तुम्हारा शक सच नहीं हो सकता। इतनी बड़ी ग़लती क्यों की तुमने अनादि भैया? इतना नीच कैसे मान लिया कावेरी को? सच कहता हूँ तुमसे, कावेरी कभी भी मेरे पास नहीं आयी।"

"नहीं आयी?"

"नहीं।"

"फिर कहाँ गयी?"

"पता नहीं। जिस ईश्वर ने उसे मुक्ति दी, शायद उन्हें पता होगा।"

कावेरी की लिखी प्रथम और अन्तिम एक चिट्ठी प्रवीर के पास भी थी, मगर उसे बाहर नहीं निकाला प्रवीर ने।

एक रहस्य रहस्य ही रहे तो क्या बुरा है?...वही रहस्य तो प्रवीर की शान्ति और सान्त्वना है।

मेज़ के दोनों ओर बैठे हैं दोनों—निश्चल होकर। अचानक एक हाथ बढ़ाकर प्रवीर का हाथ पकड़ लिया अनादि ने और फूट-फूटकर रो पड़ा।

"सच कहता हूँ प्रवीर, मैंने उस छोटे बच्चे को..."

"मानता हूँ, अनादि भैया।"

अपने दूसरे हाथ से अनादि के हाथ को थाम लिया प्रवीर ने। फिर चुपचाप सर झुकाकर बैठे रहे दोनों, जैसे अभी-अभी प्राप्त मृत्यु-शोकग्रस्त दो व्यक्ति अपने अत्यन्त प्रियजन के शव को स्पर्श कर सिर झुकाये बैठे हों।

शोक-संवाद ताज़ा ही तो था।

अभी-अभी तो मौत हुई थी कावेरी की।

अब तक कावेरी उन दोनों की ज़िन्दगी में ही ज़िन्दा थी। शायद विश्वास-घातिनी बनकर या निष्ठुर रहस्यमयी बनकर—फिर भी थी तो !

ऐसे समाप्त तो नहीं हो गयी थी।

और कावेरी के सहारे ही ये दोनों भी ज़िन्दा थे।

कावेरी की मौत के साथ-साथ ये भी समाप्त हो गये। अब उसकी स्मृति के शव को स्पर्श कर चुपचाप बैठे रहने के सिवा और करना ही क्या है उन्हें?

□□